准教授・高槻彰良の推察10

帰る家は何処に

澤村御影

角川文庫
24092

目次

第一章　ミナシの家　七
第二章　消えた少年　一一七
【extra】花占い　二七一
【extra】向かいの家の猫の話　二九一

主なキャラクター紹介

高槻彰良《たかつき あきら》
青和大学で民俗学を教える准教授。
頭脳明晰で顔立ちも整っている。怪異が大好き。

深町尚哉《ふかまち なおや》
大学生。嘘を聞き分ける耳を持つ。
高槻のもとでバイトをしている。

高槻渉《たかつき わたる》
高槻の叔父。ダンディでスマートな英国紳士。
高槻を引き取り数年間育てていた。

遠山宏孝《とおやま ひろたか》
建築設計事務所を営む。
尚哉と同じ、嘘を聞き分ける耳を持つ。

佐々倉健司《ささくら けんじ》
捜査一課の刑事で、
高槻の幼馴染。
目つきが鋭く強面。
生方瑠衣子《うぶかた るいこ》
民俗学研究室の院生。
メガネの似合う
美人なのだが……。
難波要一《なんば よういち》
尚哉の数少ない友人。
さっぱりとした気のいい性格。
海野沙絵《うみの さえ》
真っ黒な瞳を持つ、
八百比丘尼の女性。神出鬼没。

イラスト：鈴木次郎

第一章　ミナシの家

高槻《たかつき》の家の扉を開けた途端、ぽぽんっという音と共に目の前で色彩がはじけた。

「──お誕生日おめでとう、深町《ふかまち》くん！」

金銀の紙吹雪と色とりどりの紙テープを真正面から浴びて、深町尚哉《なおや》は思わずその場で固まった。火薬の臭いがつんと鼻をつく。薄く漂う煙の向こう、背の高い大人二人がにやにや笑いながら上がり框《がまち》の上に立っているのが見える。

尚哉はゆるゆると指を持ち上げ、髪に引っかかった紙テープを取りつつ、

「……それ、『人に向けないでください』って書いてありませんでした？」

「うん、書いてあるねえ」

「最低限の距離は取ったぞ、一応」

空になったクラッカーの筒をまだ構えたまま、高槻彰良《あきら》と佐々倉健司《ささくらけんじ》が平然とそう返した。この大人達は、相変わらず子供のようなことをする。

今日は五月十五日。尚哉の誕生日である。

大人二人はまるで「サプライズ成功！」とでも言わんばかりの顔をしているが、実のところ、これはサプライズでも何でもなかったりする。

高槻から『夜の八時になったら、うちにおいで』とだけ書かれたメールがきた時点である程度覚悟はしていたのだ。ついフリーズしてしまったのは、クラッカーの音に驚いたのと、あとは単にリアクションに困ったせいである。

そもそもの発端について語るなら、話は去年の六月にまで遡《さかのぼ》る。

高槻の叔父《おじ》の渉《わたる》が来日していたときのことだ。鳥を見て倒れた高槻を自宅まで運んだ後、尚哉は渉と夜遅くまで話し込み、結局そのまま泊まることになった。

翌朝になって、渉が尚哉に酒を飲ませていたことを知った高槻は、渉を咎《とが》めた。「深町くんはまだ未成年なんだから駄目だよ！」と。

だから尚哉は、渉をかばうつもりで、自分はもう二十歳の誕生日を迎えているから問題ないのだと高槻に伝えた。

たぶん、それがいけなかった。

というのも、高槻は、前々から尚哉の誕生日を祝うつもりでいたようなのだ。折を見てそれとなく日付を確認しようと思っていたらしい。

実はとっくにそんな日は過ぎ去っていたのだという事実を前に、高槻は愕然《がくぜん》とし、ついで落胆し、そして拗《す》ねた。いい年をして、それはもう拗ねた。

稲村《いなむら》ガ崎《さき》に人魚の調査に行った後、渉や佐々倉も交えて高槻の家で宅飲みした際に、サプライズで尚哉の誕生日祝いが行われたりもしたのだが、それでもやっぱり当日に祝えなかったことが高槻は相当悔しかったようだ。

そんなわけで高槻は、今年こそはと意気込んでいた。二ヶ月も前から尚哉に対して、「今年はきちんとお祝いするからね！　五月十五日はできれば空けておいてね、もし予定が入るようなら連絡してね！」と何度も繰り返していたほどである。

とりあえず尚哉からは、「祝うのはまあいいですけど、先生のときみたいに、研究室で皆でお祝いするのとかはやめてください」と要望を出した。

高槻の誕生日は、毎年院生達が研究室でパーティーを開いて盛大に祝っている。あんな風に大人数で祝うのは勘弁してほしいし、頼むからハッピーバースデーなんて歌うのはやめてほしいし、プレゼントも遠慮したい。

高槻がやりそうなことを全て先回りして考え、そう頼んだ結果が、この高槻の家での誕生日会というわけだ。

「さあ、それじゃ食事にしようか。入って、深町くん」

そう言われて通されたダイニングのテーブルの上には、すでに食事の支度が整えられていた。大きなボウルに盛られたサラダ、斜めにカットしたバゲット、そしてシャンパンのボトルとグラス。今は空の皿には、これからメインディッシュが置かれるのだろう。

部屋の中には、肉の焼ける美味《うま》そうな匂いがしている。

キッチンに向かいながら、高槻がうきうきした様子で言った。

「今日はスペアリブにしてみたよ！　前みたいに健《けん》ちゃんにステーキ肉当ててもらおうかとも思ったんだけど、そうしょっちゅう福引もやってないからねえ。それはまたの機会ってことで」

「佐々倉さん、相変わらず『幸運の猫』のご利益続いてるんですか？」

「おう。次は焼き肉とかすき焼き用の肉も当ててえよな」

佐々倉が言う。

高槻は私服のサマーニットを着ているが、佐々倉はスーツ姿で襟元だけ緩めた格好だった。たぶん仕事帰りにそのまま来てくれたのだろう。忙しいのにわざわざ来てもらって申し訳ないなと尚哉は思い、感謝の気持ちを込めて佐々倉の分のサラダをちょっと多めに取り分けてみたら、「おい、葉っぱばっかり山盛りにすんな」と睨《にら》まれた。佐々倉にとって、レタスはただの葉っぱらしい。

「お肉焼けたよー。健ちゃん、シャンパン開けてくれる？」

高槻が佐々倉にそう声をかけつつ、オーブンから天板を取り出した。各自の皿に、手際よくスペアリブを取り分けていく。良い色に焼けた骨付きの肉は一つ一つが随分と大きく、たれと脂の匂いが濃く漂う。途端に腹が減ってきた。

「スペアリブにはビールを合わせたいところなんだが、今日はお祝いだからシャンパンなんだとさ」

佐々倉がボトルを開け、淡い金色のシャンパンがグラスに注がれる。

高槻が席に着き、グラスを掲げた。

「それじゃあ、あらためて——深町くん、お誕生日おめでとう！」

「……あ、ええと、どうも……」

尚哉は目を伏せ、もごもごと口の中でそう返す。

佐々倉が、自分のグラスを尚哉のグラスにぶつけて、にやりと笑った。

「何照れてやがんだよお前は。一つ年取ったくらいで」

「べ、別に照れてはいませんけどっ……なんかこう、いたたまれないっていうか」

恥ずかしいような、こそばゆいような、妙に落ち着かない気持ちを鎮めたくて、尚哉はグラスに口をつけた。ぱちぱちと炭酸がはじけるのを感じながら、ひと口飲み下す。なんだか両耳が熱いのは、酒のせいではないだろう。

たぶん、誕生日というものの晴れがましさがいけないのだと思う。そんな真っ向から祝われると身の置きどころに困ってしまうのだ。

そんな尚哉を見て、高槻が少し困ったように苦笑した。

「ああ、ごめんね、僕がはしゃぎすぎたせいかな。まあ、普通にうちにごはん食べに来たと思えばいいからさ。お肉、冷めないうちに食べなよ」

高槻に言われてはいとうなずき、尚哉はナイフとフォークを手に取った。骨と肉の隙間にナイフを入れて切り分け、口に入れる。

少しピリ辛のたれが染みた肉は柔らかく、噛《か》むと肉汁が口の中にあふれ出した。脂身と赤身のバランスも良く、いっそナイフを使わずに手でかぶりつきたい気分になる。この前の米沢牛《よねざわぎゅう》も美味かったが、ボリュームのある骨付き肉を食べるときの、いかにも肉を食べてますという感じもまた満足度が高いものだ。

尚哉の食べっぷりを目を細めて眺めながら、高槻が言った。

「食べづらかったら、手で持って直接食べてもいいよ。味はどう？」

「おいしいです！」

素直に尚哉が感想を述べると、高槻はよかったと言ってさらに笑った。

「そんなに凝ったものでもないけどね。たれに漬け込んで、オーブンで焼いただけだよ」

「スペアリブとか、家で調理する気ないです俺……オーブン持ってないし」

良い肉を使っているからというのもあるのだろうが、高槻の料理の仕方も上手《うま》いのだと思う。この准教授は、絵を描くことと初めての道を歩くこと以外なら、基本的に何でも上手にこなせるのだ。

しかし、よく考えたら、ゼミの先生の家でこうもしょっちゅうごはんをご馳走《ちそう》になるというのもどうなのだろうか。まあ、度々一緒に旅行したりしていることを思えば、今更なのだろうけれど――たぶん他のゼミ生には言わない方がいいのだろうなという気がした。難波《なんば》や江藤《えとう》辺りはずるいずるいと騒ぎそうだし、高槻目当ての女子学生達は羨《うらや》ましがるどころか殺意を向けてくるかもしれない。

それからしばらく皆食べることに専念し、あらかた食べ終わった頃のことだった。

骨に残った肉を実に野性味あふれる様子で齧《かじ》り取っていた佐々倉が、ふと思い出したという顔で尚哉を見た。

「そういえばお前、例の友達の件はどうなったんだ？」

「友達って……あ、難波の」

難波に耳のことがばれてしまった件についての話だ。

ゴールデンウィークに行った箱根《はこね》旅行の際に佐々倉にも相談したので、気にかけてくれていたらしい。そういえば、佐々倉に会うのは旅行以来だ。

「……思ったよりすんなり受け入れてもらえたので、大丈夫でした。ご心配をおかけしました」

「そうか。よかったな」

佐々倉がうなずく。

と、高槻が顔をしかめて言った。

「難波くんはね、異捜《いそう》が深町くんを強引に勧誘しようとしていたところに駆けつけてきて、深町くんを助けてくれたんだよ！　僕はそのとき講義中だったし、まさかそんなことが起きてるなんて知らなくて……本当に、難波くんが助けに来てくれなかったらどうなってたことか！　まあ、それで二人は仲直りできたらしいんだけどさ」

「あー……そのときの話なのかよ、それ」

脂で汚れた手をティッシュで拭《ふ》きながら、佐々倉が苦虫を嚙み潰《つぶ》したような顔をする。

どうやら、すでに高槻から話を聞いているらしい。

異捜――警視庁捜査一課異質事件捜査係の山路《やまじ》が尚哉のもとを訪れたことについては、後日高槻に報告しに行った。

話しておくべきだと思ったのだ。

異捜にマークされているのは高槻だけではなく、尚哉や遠山《とおやま》もその対象に入っていたこと。そして、お前は普通の就職には向かないから異捜に来いと勧誘されたこと。

話を聞いた高槻は――珍しく、はっきりとした怒りの色を顔に浮かべた。

『……彼は本当に、君に対してそんなことを言ったのか』

そう呟《つぶや》いた高槻の瞳《ひとみ》は、普段通りの焦げ茶色だったけれども、尚哉があまり見たことがないほどに冷たい光を浮かべていた。

それから高槻は、尚哉から顔を背けるようにして立ち上がった。

研究室の窓から、あのとき尚哉と山路が座っていたベンチを探すかのように中庭を見下ろし、低い声で高槻は言った。

『成程、健司が僕に異捜のことを隠すわけだ。……どうせなら、深町くんのところに行く前に、僕のところに来ればよかったのにね』

――異捜の存在を高槻が知ったのは、割と最近のことだ。

佐々倉が高槻を異捜から遠ざけようとしたがゆえのことだったが、実際に山路に会ってみると、それも仕方なかったのかなという気がした。

「……なんつーか、その……すまん」

　苦虫を嚙み潰した顔のまま、佐々倉が尚哉に向かってそう詫《わ》びた。

　尚哉は首を横に振り、

「佐々倉さんが謝ることじゃないですよ」

「いやまあ、別にあの人は俺の直属上司ってわけじゃねえんだが……同じ捜査一課の人間ではあるからな。すまなかった、本当に」

　佐々倉が言う。

　佐々倉にしてみれば、自分の職場の人間が他所《よそ》の学生に迷惑をかけたようなものなので、とりあえず謝っておきたいらしい。が、何しろ素の状態でもヤのつく職業の人かと思うくらい強面《こわもて》なのだ。そんなしかめっ面で謝られても、凶相が増すばかりでなお恐い。

　尚哉はまだ少しグラスに残っていたシャンパンを飲み干し、下を向いた。

「佐々倉さんが何であんなに林原《はやしばら》さんの上司を警戒してたのか、わかりました。なんかすごく……嫌な感じがしました、あの山路って人」

　ぱっと見は、人当たりの良さそうな人物だったのだ。

　にこにこと笑いながら、終始穏やかに話していた。

　けれど、向かい合っていると妙に威圧感があって――そのうちに気づいたのだ。張りつけたような笑みを浮かべたその顔の中で、目だけが一ミリも笑っていないことに。

　それに、こちらの退路をふさいでからめとろうとするかのような、あの言葉の数々。

『ねえ、深町くん。君はね、きっと普通の就職活動には向きません』

『もし就職できたとしても、苦しいだけだと思いますよ。だからうちに来なさい』

『君がどれだけ普通の人と違っていても』

『どれだけ異常でも』

思い出すだけで、端の方から心がすうっと冷えていく。

あのとき、山路の声に少しの歪《ゆが》みもなかったことを意識すると、それに拍車がかかる。

はたして自分は——山路の中で、人間として扱われていたのだろうか。

「……あのね、深町くん」

高槻が口を開いた。

尚哉は顔を上げ、高槻を見る。

高槻は尚哉と目を合わせると、言い聞かせるような口調で言った。

「この前も言ったことだけどね。山路さんから言われたことについては、気にする必要はないよ。彼は君を追い込むために、わざとそういう言葉ばかりを選んだはずだ。そしてそれは、あくまで彼の考えであって、事実でもなければ正しくもない」

「……わかってます、それは」

尚哉はうなずいた。

佐々倉が言う。

「彰良から話を聞いた後、異捜には一応抗議しておいた。相手は学生なんだし、勧誘するにしたってやり方を考えろってな。……とりあえず、次また勧誘されたら、すぐに俺か彰良を呼べ。一人で対応しようと思うな。お前に太刀打ちできる相手じゃねえ」

「……はい」

尚哉はまたうなずく。

高槻があらためてにっこりと笑い、気持ちを切り替えるようにぱんと手を鳴らした。

「──さて！　それじゃあ、もうこの話はこの辺で終わりにしようか。皆食べ終わったことだし、ケーキ出してもいい？」

「え、ケーキって」

「お誕生日だからね。駄目って言われなかったから、一応買ってあるんだ」

そう言って立ち上がり、冷蔵庫から白い箱を取り出す。

中には四角いチョコレートケーキが入っていた。フルーツやクリームなどは載っておらず、黒に近い色をしたガナッシュの上に細かな金箔《きんぱく》がわずかに散っている。

「ビターチョコのガナッシュとコーヒームースのケーキでね、甘さはかなり控えめなんだ。あ、無理に食べる必要はないからね！　もし食べられなかったら、僕が深町くんの分も食べるから」

言いながら、高槻が『2』と『1』の形をした小さな蠟燭《ろうそく》を取り出し、ケーキの上に立てた。二十一歳の意味らしい。

火をつけ、ずずいと尚哉の方に皿ごとケーキを押しやって、

「はい、深町くん。吹き消して！」

「えっ？　あ、はい」

いきなり言われて、尚哉は慌てて身を乗り出した。

尚哉が火を吹き消すと、高槻と佐々倉がぱちぱちと拍手する。

途端にぶり返してきたいたたまれなさに、尚哉はなんとなく身を縮め、

「……ていうか二人とも、俺のこと小さい子供と勘違いしてないですか。俺もう二十一ですよ、この年になって誕生日会とか普通しないでしょ」

椅子に座り直しながら、ぼそぼそとそう言ってみた。

「何でそんな祝いたがるんですか？　だってほら、昔は個人の誕生日を祝う風習とかなかったわけだし……だったら別に、祝わなくたって」

前に高槻から聞いた話である。

日本にはもともと、個人の誕生日を祝う習慣はなかったのだという。満年齢ではなく、数え年で年齢を数えていたからだ。

数え年では、生まれたときを一歳として、正月を迎えるごとに一つずつ年を加えていく。つまり、皆が同じ日に一斉に年を取るということだ。正月に家族や親戚《しんせき》で集まって盛大にお祝いをするのは、全員の誕生日を祝うためでもあったと言われている。

個人の誕生日を祝うようになったのは、昭和二十五年に「年齢のとなえ方に関する法律」というのが施行されて以降のことなのだそうだ。まだ百年も経っていないと思うと、

意外と歴史の浅い文化である。

　今のようにバースデーケーキだのバースデープレゼントだのと世の中が騒ぐようになったのは、誕生日の祝いが商業主義と結びついてイベント化した結果だろう。バレンタインチョコが日本で一般化したのはチョコレート会社の広告のせいだというが、それと同じような現象だと思う。

「うーん、誕生日を何で祝うのかっていう話をするなら、『出生』という人生の中でも特にめでたい出来事の記念日だからだと思うけど」

　高槻が苦笑してみせた。

「数え年から満年齢制に切り替わったことで、誕生日は個人との紐《ひも》づけをより強くしたわけでしょう。同じ誕生日の人なんて世の中にたくさんいるけど、でも『誕生日祝い』という場において、祝われるのはそこにいる個人だ。祝いの中心に立つその日の『主役』を、周りの人達がおめでとうと言って祝うんだ。——子供の頃にさ、カレンダーの日付にお誕生日のマークを付けてもらったことない？　僕、あれが嬉《うれ》しかったんだよね。なんだか自分一人のための、特別な日みたいに思えた」

　話しながら、高槻が火の消えた『2』の蠟燭をつまんだ。

　そっと引き抜き、ケーキ皿の縁に置く。

「『誕生日祝い』の主役は誕生日を迎えた本人だけど、『誕生日祝い』という行為の主体は基本的に本人ではなく、その周囲にいる誰かだよ」

高槻は『1』の蠟燭も引き抜き、『2』の横に丁寧に並べた。

それから、ナイフと取り分け用の皿を持ってきて、ケーキをカットし始める。

「そもそも『祝う』というのは、そういう行為だ。対象に対して、外から与えられるものだよ。そこには常に、祝う者と祝われる者が存在する」

まあ自分で自分を祝う人も勿論《もちろん》いるけどねと言って、高槻が少し肩をすくめてみせる。

それを眺めながら、尚哉はぼんやりと思い出す。

高槻の言う通り、小さい頃の誕生日というのは、確かに特別な日だった。

一つ年を取るのだと言われてもいまいち実感が湧かなかったが、ケーキやご馳走《ちそう》が食べられて、プレゼントをもらえる日だ。クリスマスと同じくらい大好きで幸せな日だったし、年の数だけ蠟燭が立てられたケーキの特別感はすごかった。

でも――尚哉の耳がこうなってからは、少しずつ変わっていった。

まず、バースデーケーキが姿を消した。

尚哉が甘いものを食べられなくなったからだ。

小学生の間はそれでもまだ家族で祝うということをしていたし、夕食も普段より豪勢ではあったが、ケーキがない分、お祝い感が薄れるのはどうしようもなかった。

中学に上がってからは、お祝い自体がなくなった。当時の深町家は、家族の会話というものが消えつつあった頃だ。両親の仲はぎくしゃくしていたし、尚哉も部屋にこもりがちになっていた。それでも、誕生日プレゼントだけは一応もらえた。シンプルな包装がされた図書カード。尚哉が自分でそれがいいと希望したものだ。

そして、大学入学を機に一人暮らしを始めてからは、誕生日というものは、書類に書き込むための単なる日付でしかなくなった。

何しろ、周りに尚哉の誕生日を知る人なんて一人もいないのだ。誰に祝われることもなく、ともすれば自分でも忘れてしまって、後日カレンダーを見て、ああそういえばと思い出す。大学一年のときも、二年のときも、そんな風に誕生日は過ぎていった。

別にそれでかまわなかったのだ。

この先もずっとそうなのだろうと思っていたし、そのことに特に不満もなかった。

……それなのに。

「だからつまり、何が言いたいのかというとね」

高槻が、小さめに切ったケーキを尚哉の前に置いた。

「これはお祝いする側が勝手にやってることだから、深町くんはそんな申し訳なさそうな顔をしなくていいんだよっていう話。僕達は、祝いたいから祝ってるだけだよ」

「そういうことだ。つべこべ言わずに、大人しく祝われとけ」

佐々倉がそう言って、尚哉を小突く。

尚哉はそれに反論しようとして、けれど急に胸が詰まったような気持ちになって、口を閉じた。

ずっと——一人なのだと思っていたのに。

『お前は孤独になる』

そんな呪いをかけられたはずなのに。

祝ってもらえるというのは、つまりは一人ではないということだ。

自分を気にかけてくれる誰かが、そこにいるということ。

ああそうか、と尚哉は気づいた。

先程から感じていたいたたまれなさの正体が、やっとわかった。

……嬉しかったのだ、自分は。

クラッカーに、ご馳走に、蠟燭の載ったバースデーケーキ。

まるで小さい頃に戻ったみたいな、もう二度とないと思っていたそれらが、懐かしくて嬉しくて——でも、そんなものを無邪気に喜んでしまう自分が子供みたいで恥ずかしくて、「ありがとうございます」のひと言が口に出せなかった。でもその一方で、こんなに祝ってもらっているくせにお礼の一つも言えないでいる自分がひどく情けなくて、だからこうもいたたまれなかったのだ。

そう自覚した途端、なぜだか泣きそうになって、尚哉は慌てて下を向いた。

フォークを手に取り、ケーキを一かけら口に入れる。

高槻の言った通り、ケーキはあまり甘くなかった。なめらかなガナッシュはとろりと溶けて舌の上にビターチョコの味わいを残し、中のムースは思いのほかしっかりとコーヒーの味と香りがする。……自分はもっと甘いケーキの方が好みだろうに、わざわざ尚哉のために甘くないケーキを探したのだろうか、この人は。

「……あの」

おずおずと、尚哉は口を開いた。

「うん、何？」

高槻がにっこり笑って言う。

尚哉は、ケーキの味が残る舌を不器用に動かし、

「今日は、ありがとうございました。わざわざこんな、色々用意してもらって
二人に向かって、ようやくそう言った。

高槻がまた笑う。

「僕達が勝手に祝っただけだって言ったでしょう。……ケーキ、食べられそう？」

「はい」

「そう、よかった」

高槻がそう言って、やっと自分の分のケーキに手をつける。

佐々倉はといえば、なんとすでに食べ終わっている。刑事という職業柄か、佐々倉はいつも食べるのが速い。

「健ちゃん、ケーキおかわりする？」

「する」

「はいはい」

高槻がまたナイフを手に取る。

佐々倉が手をのばし、高槻が皿の縁に置いていた『2』の蠟燭《ろうそく》をつまみ上げた。

「しかし、深町ももう二十一か。出会った頃はまだ十代のガキだったのかと思うと、なんかこう、時の流れを感じるよな……」

「そうですね、なんだかんだでもう二年経ったんですね」

「見た目は相変わらずガキ臭《くせ》えけどな」

そう言って、佐々倉が笑う。

尚哉は一瞬口をつぐみそうになり——けれど、すぐに佐々倉をじろりと睨《にら》んで、

「すみませんね、ガキ臭くて。まあ、こちとら佐々倉さんより十五も若いですし？」

「……お前今、暗に人を年寄り扱いしただろ」

「してません。事実を述べただけです」

「可愛くねえガキだなおい」

佐々倉がでかい手で尚哉の頭をつかみ、ぐしゃぐしゃと髪をかき回す。高槻に比べてだいぶ荒っぽいその手つきに、尚哉は己の頭を押さえながら、

「先生。佐々倉さんが乱暴します」

「健ちゃん、大人なんだから優しくね」

「やなこった」

高槻が差し出したケーキのおかわりを受け取り、佐々倉がこれまた三口くらいで食べ

てしまう。高槻が苦笑しながら、「コーヒーを入れるね」と言って席を立った。

尚哉はケーキの残りを食べながら、ガキ臭い、という佐々倉の言葉を反芻《はんすう》する。

……見た目が高校生みたいだとは、よく言われる。

四月のサークル勧誘では去年も今年も一年生と間違われた。髪型も服装も高校時代と変わらないせいかなと、そう思っていた。難波みたいに垢抜《あかぬ》けていないせいだと。

でも。

『――ところで君は、大学三年にしては幼く見えますね』

先日山路に言われた言葉が、頭の端をかすめていく。

山路はあのとき、異界に行ったことのある人間は年を取る速度が変わることがあると言った。年を取るのが遅かったり、あるいは急激に老け込んだりすることもあると。

別に医学的な根拠があるわけではなく、単にそういうケースが散見されるというだけの話らしいが――自分はそうではないと言い切ることが、尚哉にはできない。否定するだけの材料が、己の中に見つからない。

尚哉は、キッチンでコーヒーを入れている高槻にちらと目を向けた。

山路のことを高槻に報告した際。

尚哉は、この件についてだけは言わずにおいた。

というより――言えなかったのだ。

山路は、肉体の変化が原因だろうと言っていた。異界の空気、あるいは食べ物のせいかもしれないと。

『口に入れるものには気をつけて。人の体は食べたものでできてるんだからね』

これは沙絵《さえ》が言っていたことだ。八百比丘尼《やおびくに》は、人魚の肉を口にしたことによって、その肉体をどうしようもなく変質させてしまった。

尚哉は、十歳のときに異界の食べ物を口にしている。去年の夏には再び異界に迷い込み、黄泉《よみ》のすぐ間近まで行って、その空気に触れた。『もう一人の高槻』にもはっきりと、「混ざっている」と言われている。「半分向こうのもの」なのだと。

では——高槻は、どうなのだろう。

高槻は十二歳のときに神隠しに遭っている。行方が知れなかった一ヶ月の間、どこにいたのかはいまだ不明のままだ。

だが、もしもそれが異界に迷い込んでいたからだとしたら。

一ヶ月もの間、飲まず食わずだったわけはないだろう。異界のものを食べ、異界の空気に触れながら、それだけの時間を過ごしていたのだとしたら——高槻の肉体には、一体どれほどの影響が出ているのか。あるいはそれは、尚哉の比ではないかもしれない。

キッチンに立つ高槻を、尚哉はもう一度盗み見る。

別に年を取っていないわけではない。背も高いし、きちんと大人の体格になっている。でも、三十六歳という年齢を考えたとき、やはり高槻の見た目はどうしたって若いのだ。

普段高槻に対してよく向けられる「二十代にしか見えない」という賛辞が、まさかこんな意味を持つことになるなんて。

いや——決めつけるな、と尚哉は己の中で呟《つぶや》く。

これは確証のない、単なる可能性の話だ。

高槻だって言っていた。山路はあのとき、尚哉を追い詰めるためにわざと不安を煽《あお》るような言葉ばかりを並べたはずだと。ならば、この話だってそれと同じかもしれない。

そうであってほしかった。

これ以上、自分達の人生に異常性は必要ない。

「深町くん？……どうかしたの？」

視線に気づいた高槻が、少し首をかしげてみせた。

尚哉はそれに対して、何でもないですと答える。

高槻に自分と同じ能力がなくてよかったと、そう思いながら。


佐々倉の抗議が効いたのか、その後、異捜からの接触はなかった。

日々は穏やかに過ぎていき——と言いたいところだが、五月後半の尚哉は、それなりに忙しかった。

ゼミでの発表があったのだ。

当初は高槻が話して進めていたゼミも、五月末からグループに分かれて順に発表していくことが決まっていた。その一番手に、高槻ゼミの数少ない男子学生五人でグループを組んで立候補したのである。

テーマは『幽霊トンネルの噂について』。

例の、初回ゼミの後に五人でフィールドワークに赴いたトンネルである。これを、「①噂の発生時期及びその媒体の特定」、「②噂の広まり方と内容の変遷」、「③媒体ごとの語り方の特徴と考察」の三点から調査分析した。

発表の準備中に、噂の元となった殺人事件の犯人が逮捕されたこともあり、SNSを中心に『幽霊トンネル』の噂はほんの一時期だが再燃した。それに対する世間の反応等も拾いつつ、どうにかまとめ上げて発表したところ、高槻の評価は悪くなかった。最初にこの噂が語られ始めた『発生の特定』については調べ方の甘さを指摘されたものの、SNSやYouTube、人から聞いた話といった媒体ごとの語り方の特徴や、内容の変遷についての調査と考察などは、よくまとめてあると褒めてもらえた。他のゼミ生の反応も良かったように思う。

五月はそうして過ぎ去っていき、六月がやってきた。

もう梅雨入りが近いのか、雨の日が増えてきた。大学では、高校までと違って講義ごとに教室が変わる。そのため校舎間の移動も多く、天気が悪い日は傘が必須《ひっす》だ。校舎の入口に傘立てがあるわけでもないので、皆が濡《ぬ》れた傘を持ち歩くことになる。そのせいで廊下も教室も床が濡れているから、足元には気をつけなくてはならない。特に、第一校舎一階西側の角は要注意だ。なぜか異常に滑る箇所があり、「魔の第一コーナー」と呼ばれて恐れられている。そこでコケた犠牲者は、留年し続けて卒業できずに自殺した幽霊に足を引かれたのだと話す者もいる。青和《せいわ》大学にだって、学校の怪談は存在する。

　その日も、朝から雨だった。

　尚哉は傘をたたみながら、第三校舎の階段を上がった。目指すは四階の４０５教室。火曜四限、高槻ゼミが行われる教室である。

　教室の扉を開けると、もう半分ほどのゼミ生が来ていた。難波要一《よういち》と福本孝彦《ふくもとたかひこ》、池内《いけうち》哲太《てった》の三人も、窓際の席に固まって座っている。江藤冬樹《ふゆき》はまだのようだ。

　三人はそれぞれスマホを手に何か調べながら、真面目な顔で話し合っている。

　尚哉は彼らの方に歩み寄り、近くの席に座りながら尋ねた。

「何話してるんだ？」

「おー、深町。いや、インターンの募集始まったなーって話してて」

　難波が答える。

　三人が見ているのは、インターンの募集サイトだった。

　インターンとは企業が実施している職業体験プログラムのことで、企業を訪問したり、一定期間働いてみたりすることができるというものだ。会社の雰囲気や仕事内容を知ることができるし、企業側に気に入られれば青田買いしてもらえることもあるらしい。

　大学三年ともなると、やはり就職活動関連の話題が増えてくる。本格的に就活が始まるのは来年三月、企業へのエントリーが始まる頃だが、三年生の間にインターンに参加する学生も結構いるという。

「やっぱ夏休み中に幾つか行っといた方がいい気がしてさ……あー、そしたら髪黒くしないとなー、面倒臭えなー……」

難波が、己の茶髪を指でつまんでぼやく。確かに、そんな明るい髪色でインターンに行くのはまずいかもしれない。

「難波はさあ、顔に似合わず真面目だよなー」

そう言ったのは池内だ。

なんだかいつも眠そうに見える垂れ気味の細い目を難波に向け、感心した口調で言う。

「俺の周り、まだそんなに就活のために動き出してる奴いないよー。秋くらいからぼちぼちでいいんじゃないのって奴ばっかり。なあ、福本もそうだよなあ？」

池内が福本に話を振ると、福本はスマホから目を上げ、

「そうですね、ぼくもまだ全然です」

そう答えた福本の声が、ぐにゃりと歪《ゆが》んだ。

尚哉は反射的に耳に手をやる。

すると難波が福本に向かって、

「おい福本、嘘言うな？　お前、どうせもう自己分析とかとっくに済ませてるクチだろ。池内騙《だま》されんなよー、福本は意外とやる奴だぞ」

「ふふ、ばれましたか」

福本が眼鏡のブリッジを指で押さえて、不敵に笑う。

丸い形の眼鏡をかけ、顔も体も全体的に丸っこい福本は、いつも穏やかなですます口調で話す。そのせいでなんだか漫画に出てくる校長先生みたいだと尚哉はいつも思う。

「実はぼく、インターンも行く気満々です。出版系狙ってます」

「えー、抜け駆けすんなよー。ていうか俺なんて、まだ自己分析も終わってないよー」

池内が情けない顔をする。

そのまま池内は尚哉の方を向き、

「じゃあ、深町はー？　もしかしてお前も抜け駆け組？」

「抜け駆け組ってなんだよ。……俺はまだ悩み中っていうか、色々考えてるところ」

「だよなー、まだそんなもんだよなー！……ていうかさあ」

そこで池内が、ふうとため息を吐いた。

机に頬杖《ほおづえ》をつき、横を向いて窓の外へと視線を投げ、

「まだ学生生活は半分も残ってるっていうのに、もう卒業後の話に振り回されるのかって思うと、なんか辛《つら》くない？……青春って短いよな……」

遠い目をしながら呟く池内に、福本が「わかります」と賛同した。

「早いうちから準備した方がいいに越したことはないんでしょうけど。……でも、本音としては、まだまだ遊びたいですよね……」

「本当それだよ……」

「確かにな……」

難波と尚哉もうなずき、四人でそろって窓の向こうの空を見やる。重く垂れ込めた雨雲ばかりがどこまでも広がり、ますます陰鬱《いんうつ》な気分になってくる。

そこへ、江藤がやってきた。

そろって窓の方を向いている四人に少しぎょっとした様子で、

「え、何？　何で皆《みんな》して外見てんの？　なんか撮影とかしてる？」

「学生生活を憂えてただけだ、気にすんな」

難波が投げやりな口調で答える。

すると江藤は、くしゃくしゃっとしたパーマのかかった栗色の髪を軽く振り、

「何だよお前ら、暗いぞー。仕方ねえなあ、これでも読んで元気出せ」

そう言いながら江藤が取り出したのは、図書館のものと思《おぼ》しき古びた本だった。表紙には『耳嚢《みみぶくろ》』とある。江戸《えど》時代中期の随筆で、著者の根岸鎮衛《ねぎしやすもり》が聞き集めた噂話や不思議な話などがたくさん載っている本である。

それがどうしたという顔をした尚哉達に、江藤はまあ待てとばかりに片手を上げ、

「知ってるか？——『耳嚢』は、とってもえっちだ」

「……何だと」

ぴく、と難波が小さく顎《あご》を上げ、福本と池内がすっと真顔になって江藤を見つめる。

江藤はさっき上げた片手を内緒話の形で口元に添え、声を潜めると、

「いやー、卒論のテーマ決めに役立つかなーと思って、図書館から借りてきたんだけどさ。読んで驚いた、エロい話が一杯だわこれ。江戸時代人やべえわ」

「江藤」

「おう」

「貸せ」

「ほい」

難波が差し出した手の上に、江藤が本を載せる。すかさず福本と池内が両脇から覗《のぞ》き込む。江藤が正面に立ち、とりあえず巻の一の『大陰の人因果の事』を読めと勧める。嵐のような勢いでページがめくられ、難波達は顔を寄せ合うようにして熟読し始める。

一人だけ動かずにいた尚哉に、江藤が尋ねた。

「深町はいいの？　それとも順番待ち？」

「俺はいいよ、読んだことあるから」

尚哉はそう答える。

『耳嚢』は高槻がよく資料として使うので、前に研究室の本棚から借りて読んだのだ。何しろ巷《ちまた》の噂話を雑多に集めた本なので、怪談奇談の類《たぐい》と一緒に猥談《わいだん》も多く載っている。しかも結構えげつない話が多い。江藤が勧めた話を熟読中の難波達の口からは「ちょっ、マジ？」「え、馬？」「うわ、妻……妻、これ……花入れ……あー……」という呟《つぶや》きが漏れ、黙って読めよと尚哉は思う。さっきから、近くの席の女子の視線が冷たい。

と、江藤が目を輝かせて尚哉を見て、

「おっ、さすが深町センセイ、『耳嚢』履修済みかよ！　な、えっちだよな、これ！」

「あー、まあ、とりあえず『雲雨《うんう》』って書いてあったらそういうことしてるもんな……」

「あ、なんかやんらその言葉出てくると思ったら、やっぱそーゆー意味か！――おい野郎ども、それ読み終わったら『雲雨』って言葉探せ！　もれなくえっちだと深町センセイが今教えてくれたぞ！」

「ちょっ、ちょっと待て江藤、俺は別にそんなことは言ってない！」

「よっしゃ、『雲雨』な！……あった、『雲雨に乗じ』。おー、乗じて何したんだよ！」

「馬鹿、探すな難波！」

「深町センセイ、何か他にオススメの話ってありますか？」

「ねえ深町センセイ、ここ訳してー。たぶんエロいんだけど、俺古文苦手なのよ」

「福本、池内、お前らまで！　ていうかセンセイ呼びやめろ！」

わあわあと大騒ぎになってしまい、尚哉は頭を抱えたくなった。

何しろ高槻ゼミは女子の方が多いのだ。そんな中で、エロ本（ではないのだが）で盛り上がらないではしい。というか、自分までそれに巻き込まないでくれと思う。周りの女子達がこっちを見る目が、どんどん冷たさを増してきている。

「あーもーっ、たから騒ぐなって！　お前ら男子中学生かよ――」

ここを訳せと池内が目の前に掲げてきた本を、ぐいと引き下ろしたときだった。

ちょうど教室に入ってきた高槻と、思いきり目が合った。

高槻はこちらを見たまま、一瞬目を丸くして足を止め、それからぷっと小さく笑った。

どうやら知らぬ間にチャイムが鳴っていたらしい。見られた。この馬鹿騒ぎを高槻にばっちり見られてしまった。どうしよう、なんだか無性に恥ずかしい。

尚哉は、手に持っていた本でぱこんと池内の頭を叩《たた》き、

「……早く座れ。ゼミ始まるぞ」

「あ、やべ」

難波達も高槻に気づき、江藤が本を回収して座る。福本と池内も自分の席に戻った。

高槻は先程の笑いの余韻を微妙に引きずったまま、教壇に立った。

こほんと小さく咳払《せきばら》いをして、あらためてにっこりと笑う。

「はい、こんにちは。それでは、今日のゼミを始めます」

高槻の言葉で、教室の空気が切り替わる。学生達は休み時間に手にしていたスマホや本を置き、ノートパソコンやルーズリーフを広げる。

「今日は、第二グループの人達の発表だったね。それじゃあ早速、神田《かんだ》さん、白岡《しらおか》さん、春原《はるはら》さん、よろしく」

高槻が本日のグループ発表のメンバーに向かって言った。

彼女達は、教室の中央の席に固まって座っていた。髪が短くてボーイッシュな雰囲気なのが神田、黒髪ロングでややぽっちゃりしているのが白岡、栗色ショートボブで小柄

なのが春原だ。

白岡が前のめりに自分のノートパソコンを覗き込みながら、口を開いた。

「え、えっと、私達は、『ひきこさん』をテーマに選びました。まずは、『ひきこさん』の話の内容と発生時期について、まとめました」

神田が立ち上がり、資料を配布していく。

その間に、白岡が説明を始める。

「『ひきこさん』は、二〇〇一年七月二十四日に『Alpha-web こわい話』というサイトに投稿された話が、現状確認できる最古の例と言われています。このサイトは怖い話の投稿サイトで、もう閉鎖されていますが、アーカイブは閲覧可能です。えっと、神田さんが今配った資料の①に、その最古の『ひきこさん』の話を載せてあります」

手元に配られた資料に、尚哉は目を落とす。

資料①は、サイトに投稿された内容をそのままコピペしたもののようだ。タイトルは『ひきこさん』。その後に、投稿者のハンドルネーム、投稿日、性別。続く本文は、概《おおむ》ね次のような内容である。

――ある小学校に、Aくんという男の子がいた。小雨のぱらつく中、急いで帰宅しようとしていたAくんは、おかしなものを目撃する。ぼろぼろの白い着物を着た異様に背の高い女が、Aくんくらいの小学生をすごいスピードで引きずっているのだ。女の髪は長く、顔は遠目に見てもわかるほどに目と口が横に裂けていた。女はAくんに気づくと、何か叫びながら追いかけてくる。Aくんは無我夢中で逃げ、家にたどり着く。

翌日の放課後、Aくんは女のことをすっかり忘れて、友達のBくん、Cくん、Dくんと教室で遊んでいた。時刻は六時を回り、窓の外では雨が降り出している。Aくんは昨日のことを思い出し、あの女のことを話すが、皆は信じてくれない。だがそのとき、校門のところにあの女が現れ、横向きに走りながら校舎の中に入ってきた。皆は散り散りに分かれて逃げ、外に逃げのびたDくん以外は、校舎内に隠れて恐怖の一夜を過ごす。

翌朝、隠れ場所から出てきたBくんとCくんは、お互いの無事を確かめ合う。そしてCくんは、自分が夜中に目撃したものをBくんに話したのだった――「僕見たんだ……あの女が、すごいスピードでAくんを引きずりながら走り去っていくのを」と。

「この①の投稿があった翌々日の二十六日、別の人物が同じサイトに『ひきこさんについて知っている事』という投稿をしました」

白岡が話を続ける。

「①の投稿の時点では、タイトル以外に『ひきこさん』という言葉は出てきません。話の中で、この異様な女はただ『おんなのひと』『おんな』とだけ語られており、その女の名前が『ひきこ』であるという言及はないです。それに対し、この二十六日の投稿では、先の投稿について聞いたことがある話をします、という形で、『ひきこさん』の由来譚《たん》とその特徴を語っています。内容については、資料の②にコピペしてありますので、そちらをご参照ください」

②の投稿によると、『ひきこさん』の本名は『森妃姫子《もりひきこ》』だという。彼女は背が高く、活発でよく笑う可愛い娘だったが、学校でひどいいじめに遭っていた。ある日、いじめグループが彼女の手を縛り足を持って学校中を引きずり回し、彼女は顔にひどい傷を負ってしまう。彼女は学校に行けなくなり、家に籠《こも》るようになるが、今度は両親からひどい虐待を受け、家の中を引きずり回される。自分の部屋に引き籠るようになった彼女に、両親はろくに食事を与えず、何年もの時が過ぎていく。

やがてひきこさんは、雨の日になると窓から外に抜け出して、小学生を襲うようになる。ひきこさんの目と口が裂けているのは、傷が治りそうになる度にカッターで自ら裂いているからだ。そんな目立つ容貌《ようぼう》にもかかわらず、彼女を目撃するのは小学生だけで、自分の顔を見た小学生に向かって「私の顔は醜いか!」と叫びながら追いかけてくる。ひきこさんはカニのように横向きにしか走れないが、異様に足が速く、捕まった小学生は足をつかまれて肉塊になるまで引きずられる。両親もすでに殺されており、犠牲となった小学生の死体と共に彼女の家にコレクションされている。

ひきこさんから逃れる方法は、幾つかある。ひきこさんは、誰かにいじめられている子は襲わない。それから、かつて自分をいじめていた子と同じ名前が名札に書いてあると、怖がって近寄ってこない。また、「私の顔は醜いか!」という問いかけに対し、ひきこさん自身のトラウマを突く形で「引っ張るぞ! 引っ張るぞ!」と唱えると助かる。自分の顔を見るのを嫌がるので、鏡を見せるのも有効だという。

「資料③は、二〇〇二年三月二十二日に『ひきこさん？』というタイトルで同じサイトに投稿された、雨の中横走りする背の高い人の目撃談です。資料④は、同年十二月十一日に『※ひきこさんの事※』というタイトルで投稿された内容。ひきこさんにはゆきという弟と雨子という妹がいて、ひきこさんの姿は大人には気づかれないことなどが語られています。資料⑤は同年十二月二十五日の投稿、資料⑥は二〇〇三年四月十九日の投稿。投稿者は全て異なります」

白岡が言う。

「このようにネットの片隅で細々と語られていた『ひきこさん』の話は、二〇〇三年八月五日放送の『世界痛快伝説!! 運命のダダダダーン！Z』というテレビ番組で紹介されたことで、全国に広まりました。二〇〇八年以降、映像作品が幾つも作られ、ひきこさんは口裂け女と戦ったり、コックリさんと戦ったりしています」

白岡の言葉に、ゼミの学生達から笑いが漏れた。

なぜ一部のエンタメ業界はVSものを作りたがるのかと、尚哉は内心で首を捻《ひね》る。

ゴジラとガメラがかつて戦ったように、ひきこさんは口裂け女と戦わされ、貞子《さだこ》と伽椰子《かやこ》もバトルさせられている。それは、強いもの同士が戦う姿に娯楽を見出《みいだ》すプロレス的な興味によるものなのか、あるいは一種の抱き合わせ販売なのだろうか。

まあ、VSものが作られるということは、世間的な認知度が十分高まったという証明でもある。その結果、ネタとして消費され始めたことを示してもいるけれど。

白岡の話を、高槻は教壇に立ったまま、にこにこしながら聞いている。

とりあえず一通り発表が終わるまでは口を挟まないスタンスのようだ。先日尚哉達が発表したときもそうだった。時折首をかしげたり、急ににこにこ度合が増したりすることもあるので、なんとなく高槻の様子を窺《うかが》いながら発表したものだった。白岡達も、ちらちらと高槻の方に視線を向けている。

「ええと、つ、次に、『ひきこさん』の話が成立した背景や特徴について見ていきます」

白岡から話を引き継ぎ、今度は神田が口を開いた。

こういう発表には、皆まだ慣れていない。白岡と同じく、神田も自分のノートパソコンを覗《のぞ》き込むようにして下を向きながら、ぼそぼそと話す。

「『ひきこさん』は、先程白岡さんが述べたように、インターネットの投稿サイトで語られていたものでした。『ひきこさん』の話には、既存の怪談から継承された要素と、社会的要素の両方があっ……あり、ます」

神田が少し舌をもつれさせると、高槻が頑張れと言わんばかりに笑いかける。神田は赤くなった顔を隠すようにますます下を向き、先を続けた。

「裂けた顔、美醜に関する問いかけ、足が速い。これらは、明らかに口裂け女から継承された要素です。資料②の投稿にも、『口裂け女じゃないので』という、口裂け女と比較する文言があります。そして、②で語られている『学校に来なくなりました』『家の中に篭って』『部屋から出てこなくなった』という言葉からは、『ひきこもり』の状態が窺えます。ひきこさんの本名の『森妃姫子』自体、『ひきこもり』のアナグラムになっています。この投稿がされた当時、ひきこもりは殺人事件の報道と関連して、社会から注目を集め始めていました。この投稿者が、そうした社会的風潮を意識して、ひきこさんのバックボーンにひきこもりを据えたことは、間違いないでしょう」

神田が続ける。

「『ひきこさん』の話の特徴として、もう一つ言及しておくべきなのは、話が生まれた初期段階で、すでに詳細なバックボーンが形成されていたことです。①の投稿時点では、ひきこさんは『なんだかよくわからないけど襲ってくる女の怪異』という扱いでした。でも、その二日後にはもう、本名や人を襲う理由、対処方法などが語られている。これは、口裂け女の噂と比べると、随分展開が早いです」

語られ始めた当初の『口裂け女』の話は、きわめてシンプルなものだった。

マスクをした女に「わたし、綺麗《きれい》？」と問いかけられ、「綺麗です」と答えると、「これでも？」と言われて裂けた口を見せられる。ただそれだけの話だったという。「ポマードと三回唱える」という対処方法や、「整形に失敗したから口が裂けた」といったバックボーンは、噂の流行後に後付けで作られたものである。

話というものは語られるうちに変容し、成長する。

高槻がこれまで何度も言ってきたことだ。

それが『ひきこさん』の話では、大変な短期間で行われた。

「このスピード感は、『ひきこさん』がネット上で生まれ、語られた話だからだと思います。口伝《くちづ》てに広まる話と違って、インターネットで語られた怪談は、いつでも参照できる形で文字として残ります。口伝てでは長い話を伝えるのは無理ですが、文字なら長さを気にする必要もありません。それに、こうした投稿サイトでは、自分より前の投稿を読み、それに便乗するということがよく行われていたようです。——こうした書き込みサイトや電子掲示板というものは匿名性が高く、書き込まれた内容は一種の『ネタ』として扱われます。そのネタを皆でいじっていく、そうして皆で話を作っていく、そういう語りの場が形成されていたからこそ生まれたのが、『ひきこさん』の話なのです」

そこまで神田が話したところで、今度は春原が話を引き継いだ。

春原は軽く咳払《せきばら》いすると、少し鼻にかかったアニメ声優のような声で話し始めた。

「えっとー、次に、『ひきこさん』の類似怪異について調べてみました。『ひきこさん』とよく似た内容の話で、『引きずり女』っていうのがあります。資料の⑦に挙げてますけど、トラックに引きずられて死んだ子が、死んだ直後の姿で現れて『引きずってやろうか』と尋ねてくるという話です。これに対して『はい』と答えると、一週間以内に車に巻き込まれて死にます。『ひきこさん』と違って、その子本人が引きずるのではなく車に引きずられるわけですけど、その子が死んだ原因にいじめがあったり、現れるのが雨の日と決まっていたり、『引きずる』という言葉が入っていたりすることから、『ひきこさん』の話と非常に近い関係にあると思います」

前の二人に比べると、春原は人前で話し慣れているようだ。二人のように下を向いたりもせず、堂々とした様子で話を進めている。

「『口裂け女』との類似性については神田さんが言及したので省きますけど、『背が高い』という特徴は、現代の都市伝説における女性怪異によく見られるものです。『アクロバティックサラサラ』も『八尺様《はっしゃくさま》』も背が高いですよね。『口裂け女』も長身だし。──それで、何でこんなに背の高い女の怪談が多いのかっていうのを考えたんですけど、『見下ろされる恐怖』っていうのがあるんじゃないかなって思いました」

春原がそこで一度言葉を切り、ちらと高槻の方を見た。

高槻のにこにこ度合が増し、先を促すようにうなずいてみせる。

春原がまた口を開く。

「私は背が低いのでよくあるんですけど、自分よりはるかに背が高い人から見下ろされるのって、結構怖いです。威圧感あるし、何かされたときに太刀打ちできない感じがして。昔の妖怪《ようかい》でもいますよね、見越《みこ》し入道《にゅうどう》とか。あと、江戸時代の『画図《がず》百鬼夜行《ひゃっきやこう》』に『高女《たかおんな》』って妖怪が載ってて、何の説明もないんですけど、腰から下がぐいんってのびて二階まで背が届いてる女の絵なんです。ろくろ首とかも、ぐいんって首をのばして上から見下ろしてくるイメージがありますよね。だからやっぱり見下ろされるのって、人間の恐怖の一つなんだと思うんですよ。人間っていうか、動物的本能かもですけど」

春原の言いたいことは、なんとなくだが尚哉にもわかる。

高槻も佐々倉もかなりの高身長だ。別に怖いと思ったことはないが、まだ付き合いが浅かった頃には、多少の威圧感を覚えたことはある。もし何か恐ろしい存在に見下ろされたとしたら、威圧感どころでは済まないだろう。

「というわけでー、私達の発表は、以上になります。……何か質問とか、ありますか？」

春原がそう言って、教室の中を見回した。

発表の後は、質疑応答となる。

ゼミ生達は発表者の三人を見て、何とも言えない顔をした。

尚哉も、微妙な気分で手元の資料を見下ろす。

はいと手を挙げたのは、新田《にった》だった。髪が長くてややきつめの目をした女子である。

「あの、じゃあ、言ってもいい？」

「……はい、どうぞ」

何を言われるのか覚悟している顔で白岡がうなずき、新田が言う。

「この配布資料、大半が前に高槻先生が配ったやつの使い回しじゃない？　勿論《もちろん》、そのまま切り貼りしたんじゃなくて、自分達でまとめ直したんだろうけど」

――そうなのだ。

『ひきこさん』は、高槻も以前講義で扱っている。その際、『ひきこさん』の初出と思われるネット記事などは、まとめて配布資料にしていたのだ。ついでに言うなら、神田が話した『ひきこさん』成立の背景や特徴についても、高槻がかつて講義で説明した内容をなぞっただけのように思えた。

いくらなんでも手抜きじゃないかと言外に責める新田を前に、白岡達がうなだれる。自分達でもわかっていたことなのだろう。

高槻が苦笑いして言った。

「うーん、そうだねえ……確かに、もうちょっと内容に独自性が欲しかったかな」

その言葉に、白岡達がますます下を向く。

高槻は、白岡達だけではなく教室全体を見回し、

「まだ皆発表っていうものに慣れてないから、仕方ないんだけどね。毎年、ゼミ発表の最初の頃は大体こんな感じなんだ。『口裂け女』をテーマにした子達が、口裂け女の特徴や類話だけ並べて発表をお終《しま》いにしちゃったりとかね。ちょっと面白いのだと、学校の怪談をテーマにして、様々な話を新聞記事風に並べて書いてきた子達もいた。夏休みの自由研究みたいだったな。……でもね、それだと、論文にならないでしょう？」

そう言って、ちょっと首をかしげてみせた。

「論文っていうのは、多くの資料にあたったうえで分析や考察を行い、自分の意見を述べるものです。他の本に書いてあることや他の研究者が言っている内容をそのままままとめるだけじゃ、ただの資料になっちゃうよ。——勿論、『ひきこさん』をテーマにするなら、その成立や内容をまとめる必要はある。だけど、それはあくまで前提条件なんだ。大事なのは、そこから何を読み取り、何を考えたかです。今日の発表で言うと、春原さ

んが担当した分だね。あの部分をもっと三人で話し合って膨らませられたらよかったと思う。『見下ろされる恐怖』についての言及は、なかなか面白かったよ」

高槻が言うと、春原がぱっと顔を上げ、少しだけ誇らしげに胸を張った。

高槻はにこりとして、

「『ほんとにあった怖い話』っていうドラマがあるよね。二〇〇九年八月に放送された十周年記念スペシャル版に『顔の道』っていう話があるんだけど、知ってる人はいる？『ほん怖』の中でも特に怖いと評判の話でね、山の中にある廃屋みたいな民家の中で、ぼろぼろの白いドレスを着た首のない女に遭遇するシーンがあるんだ。この女がやたらと大きいんだよ。天井につきそうなくらい。ドラマの後の霊能者の解説によると、すごくエネルギーを持ってるから巨大化できたんだってことになってたけど」

そのドラマなら、たぶん再放送か何かで尚哉も観たことがある。

確か佐藤健《さとうたける》が主演していたやつだ。異様な声を上げながら階段を下りてくる女に首がないと気づいたときの衝撃もすごかったが、よく見ると女の背がやけに高いことがわかって、それがひどく怖かった覚えがある。

「春原さんが言った通り、いつの頃からか、日本の女性怪異には『高身長』という特徴が付与されることが多くなった。この特徴をあえて女性に付与しているところが面白いと、僕は思う。一般的に、女性は男性よりも小柄な傾向にあるよね。それを『すごく背が高い』とすることで、怪異としての異常性を強調しているんだろうね」

高槻はそこで一度言葉を切り、また教室内を見回した。

「ただ、ここには別の意味もある気がする。子供達にとって『背の高い女性』というものが何を表すのかを、ちょっと考えてみたくなるよね」

高槻の言う意味がつかめず、ゼミ生達が首をかしげる。

高槻は己の傍らを見上げるような素振りをしながら、

「幼い子供にとって、一番身近にいる女性は大抵母親だ。まだ体の小さな子供からすれば、母親というのはとても背が高く見えるはず。子供にとって母親は誰より信頼のおける相手だけど、厳しく叱られれば怖いと思うこともある。誰より身近なその背の高い女性は、決して敵に回してはいけない存在だ。もしその人が自分を害するようなことがあるなら、それは子供にとって一番の恐怖だよ。――そんな思考が、怪談に登場する女性怪異の背丈を高くしたと考えることもできるんじゃないかな」

そう言って、高槻はまたゼミ生達に視線を戻す。

それはあるかもしれないと、尚哉は思う。怪談の担い手は子供達だ。子供達にとっての根源的な恐怖がそういう形で怪談に反映されたというのは、十分ありえる。

「さて、それじゃあ、せっかくなので皆の意見を聞こうか。皆は、今日の『ひきこさん』の発表を前提条件として、どういう方向性で論文として展開していく？　発表を聞いて思ったことでもいいけど」

「……あー、ええと、そしたら、ちょっと思ったことなんですけど」

難波が小さく手を挙げた。

高槻が難波を指す。

「どうぞ、難波くん」

「あの――ひきこさんって、死んでないんだなって」

難波が言う。

横から尚哉が「あ、それ、俺も思った」と呟《つぶや》くと、難波は「だよな?」と尚哉を見た。

高槻がにこにこしながら「つまり?」と促すと、難波が続ける。

「人を殺す女の怪談って昔から一杯あるじゃないですか、お岩《いわ》さんとか。でもその人達って、殺されて怨霊《おんりょう》になってるんですよね。けど、ひきこさんって、①の時点でも別に幽霊とは書いてないし、②の投稿にも死んだって言及がなくて、いじめとか虐待が原因で精神に異常をきたした人って感じの書き方してる。なんかひきこさんって、『化け物』っていうより『ヤバい人』って雰囲気の方が強くって。こういうタイプの怪談って、昔はそんなになかったんじゃないかなって思うんですけど」

難波が口を閉じると、高槻は、今度は尚哉を見て「深町くんの意見は?」と尋ねた。

尚哉は少し考えてから、

「……まあ、『口裂け女』だって死んでない気はしますけど、でも難波が言った通り、『ひきこさん』の話には、『ヤバい人が襲ってくる』っていう怖さがあります。神田さんの発表でも言及されてましたけど、『ひきこもり』っていう言葉が世間の注目を集めたのは、その頃あった殺人事件にからんでのことですよね。だから意識的にそういう面を強調したんだろうなって……あと、もしかしたら、それだけじゃなく、ホラー小説の影響とかもあったのかもしれない」

もう一度、尚哉は手元の資料に視線を向ける。

『ひきこさん』の初出は、資料①によれば二〇〇一年だ。尚哉は頭の中で、以前読んだ雑誌の記憶を必死に掘り起こす。

「いわゆるサイコ系ホラーが流行し始めたのは九〇年代後半くらいからだって、前に読んだ覚えがあります。幽霊より人間の方が怖い、っていうタイプのホラー。そういうのが流行《はや》って……異常な人達に殺されるかもしれない恐怖っていうのが怪談を好む人達の中に根付いて、それで生まれたのが『ひきこさん』なんじゃないかって気がしました」

尚哉が言うと、高槻はにっこり笑ってうなずいた。

「うん、それはあるだろうね。最近の実話系怪談なんかは、その傾向がもっと顕著なんじゃないかな。異常な人に出くわして怖い目に遭う話、結構あるよね。『ひきこさん』が持つ、話としての新しさはそういうところにあったと思う」

「――だけど、ひきこさんも、これまで怪談で語られてきた女の怪異の系譜に連なる存在ではありますよね？」

今度は福本が口を開いた。

丸っこい眼鏡のブリッジをくいと引き上げ、高槻を見て言う。

「白い着物に長い髪という外見的特徴は、近世期の幽霊画そのままです。すごい速さで追いかけてくるっていうのも、イザナミや山姥《やまんば》や道成寺《どうじょうじ》伝承といった『追いかけてくる女』の系譜ですよね。せっかく今風のバックボーンを背負ってデビューしたひきこさんも、結局伝統には逆らえなかったということでしょうか。……あ、でも、そうか。バックボーンが足されたのは②の投稿からだから、①の時点では、割とスタンダードな女の怪異として登場してたってことなんですかね……?」

腕組みして考え込む福本に、高槻はまたうなずいて、

「そうだね。ひきこさんの姿形や行動に、従来の怪談の典型が使われているのは、注目しておくべき点だと思う。ひきこさんが女性として設定されていることも含めて考えてみるといいよ。日本の怪談には、女性の怪異の話がとても多いからね」

日本に女の怪談がやけに多い理由については、以前高槻が講義で取り上げている。

かつての日本は男性優位の父系社会で、女性の地位は低かった。仏教的な考え方においても、女性は穢《けが》れたものだった。女は迫害され、支配されるべき存在。だからこそ男達は、弱くあるべき女達が反抗し、強い執着や我欲を顕《あら》わにしたときに戦慄《せんりつ》した。

というか——男達には、心当たりがあったのではないだろうか。

自分達がひどい目に遭わせた女達が、いつか復讐《ふくしゅう》してくるはずだという心当たりが。

彼らが抱いた恐怖は多くの怪談を生み、人々の中に浸透していった。

そうして、男性優位の考え方が薄れつつある現代においても、それは話型として、怪

談というもののイメージの典型として、残り続けているのだ。

得体の知れない女の怪異に、自分達は今なお怯《おび》えている。『背が高い』という特徴が女性の怪異に付与されがちなのも、あるいは『女から見下ろされたくない』という気持ちが働いているのかもしれない。女性の側からすれば実に不当な話なのだろうけれど。

「あとは……ひきこさんが現れるのが雨の日だというのも、印象的だね」

高槻がそう言って、窓の外に目を向けた。

ゼミ生達も、つられたように窓の方を見る。外はまだ雨が降っている。空は暗く、雲は低く、窓ガラスを雨の雫《しずく》が伝っていく。

「雨や風を怪異の前兆とするのも、古くからある例だ。晴れて風のない穏やかなときよりも、怪異にふさわしく見えるからだろうね。たとえば鳥山石燕《とりやませきえん》は、『画図百鬼夜行』の『姑獲鳥《うぶめ》』の絵の中で、雨を降らせている。それから、そう——『耳嚢』」

高槻が、尚哉達の方を見て、くす、と笑った。

どうやらゼミが始まる前の馬鹿騒ぎの際、尚哉が『耳嚢』を持っていたことまでしっかり見られていたらしい。これだから目の良い人は、と尚哉は少し顔をしかめる。

高槻は笑ったまま、話を続けた。

「『耳嚢』の中にも、雨の日に怪異が起こる話が入ってるよ。巻の四『番町《ばんちょう》にて奇物《きぶつ》に逢《あ》う事』という話は、大雨の中で傘も差さずに道端にうずくまっている女を見た後に病気になる、という内容だ。どこへも行けない一本道だというのに、後で見たら女の姿は消えていて、人間ではなかったことがわかる。——こんな風に、怪異が起こる条件や前兆について調べていくのも面白いかもしれないね。『耳嚢』は電子書籍にもなっているから、『雨』でキーワード検索してみると早いよ」

高槻の言葉に、難波が「よっしゃ」とばかりに拳《こぶし》を軽く握るのが見えた。

たぶん『雨』ではなく『雲雨』でキーワード検索するつもりなんだろうなと思って、尚哉は呆《あき》れた視線を難波に向けた。まあ、学問にも楽しみは必要なのかもしれない。


ゼミが終わり、尚哉は研究室棟に足を向けた。

例によって高槻から『バイトの話があるから、研究室においで』と連絡がきたのだ。

雨はまだ止まず、尚哉は傘を差しながら、キャンパスの中庭を突っ切った。

さすがにこの天気では、いつも賑《にぎ》やかな中庭にもほとんど人がいない。辺りは薄暗く、いつもダンスサークルがステップを踏んでいる辺りには大きな水たまりが広がっていて、絶え間なく降る雨が不思議な紋様を水面に描き出している。

雨をきっかけに現れる怪異があるというが、晴れた日を日常とするなら、確かにこの眺めは非日常だ。

雨の日は、なんだか世界が遠く感じられる。

景色は灰色に煙り、紗《しゃ》の幕をかけたかのように少しかすんで見える。頭上に広げた傘は、降りしきる雨からこの身を守ってはくれるけれど、同時にこちらの視界を半ばふさぎ、傘の上で雫が跳ねる音のせいで、耳まで少しふさがれる気がする。

ひきこさんが雨の日にしか出かけないのは、傘で人々の視界が悪くなるからだという。

梅雨になったらひきこさんは出かけ放題だなと思いつつ、尚哉は研究室棟に入った。

傘を振って水滴を払い、三階に向かう。

３０４のプレートがついた扉をノックすると、「どうぞ」と柔らかな声が返った。

扉を開ける。

「いらっしゃい、深町くん」

中央の大机でノートパソコンを開いていた高槻が、こちらを見て微笑む。

窓側以外の壁を全て書棚でふさがれた部屋。古い本のにおいと、部屋の主《あるじ》が好むココアの香りが混ざり合った空気。晴れだろうが雨だろうが、この研究室の中だけはいつも変わらない。

「コーヒー飲むよね？　今入れるから、座って」

高槻が立ち上がり、部屋の奥へと歩いていく。

研究室の突き当たりの窓の前には、湯沸かしポットとコーヒーメーカーが置かれた小テーブルがある。高槻はそこに歩み寄り、飲み物を作り始めた。尚哉には苦いブラックコーヒー、自分用には甘いココア。高槻は、研究室に誰か来る度、それが決まりであるかのように自ら飲み物を用意する。

かっちりとした形の上品なスーツに包まれたその背中を見つつ、尚哉は尋ねた。

「また『隣のハナシ』に依頼がきたんですか？」

「うん。でも今回は、前の依頼者の紹介でもある」

「前の依頼者？」

「深町くん、松井《まつい》志穂《しほ》さんを覚えてる？　浅草《あさくさ》の老舗《しにせ》旅館の子」

「ああ、『紫鏡《むらさきかがみ》』のときの人ですか？」

「そう。松井さんから僕の話を聞いて、それで相談してみようと思ったんだって」

こういうことはたまにある。

以前依頼してきた人から話を聞いたとか、紹介されたとかで、新しく依頼がくるのだ。どうやら怪異相談にも口コミというものがあるらしい。別に高槻は「怪異相談承ります」などと看板を出しているわけではないのだが。

メールを見ていいよと高槻が言ったので、尚哉は高槻のノートパソコンを引き寄せた。

画面には、件《くだん》の依頼メールが開かれていた。

『このサイトのことは、友人の松井志穂さんから聞きました。

ちょっとどこに相談したらいいのかわからなかったもので、ご迷惑かもしれませんが、こちらにメールさせていただきます。

ちょっと前にネットで少し話題になった『ミナシの家』をご存じでしょうか。

実は『ミナシの家』は、僕の親戚《しんせき》が管理する貸家なんです。今は借り手がつかず、空き家になっています。

ひと月ほど前に、友人達（松井さんは含まれていません）にこの話をしたところ、「行きたい」と言われてしまい、僕は気が進まなかったのですが、親戚に頼んで泊まらせてもらうことになりました。

夜になり、雨が降り出した頃、一階のガラス戸越しに、庭に黒い影が佇《たたず》んでいるのが見えました。僕達は悲鳴を上げ、慌ててその家から逃げ出しました。

それ以来です。

雨が降ると、僕は幽霊を見るようになりました。気配だけのときもあります。ちょうど傘で見えない視界の端や、窓の外に、彼女がいるんです。

僕は、お祓《はら》いに行った方がいいのでしょうか。

一度話を聞いてもらえると助かります』

尚哉は画面から顔を上げ、ちょうど飲み物の載ったトレーを持って戻ってきた高槻を見た。

「……何ですか、この『ミナシの家』って。先生、知ってます？」

「うん、一時期怪談系のYouTubeや電子掲示板でよく取り上げられてたからね。——簡単に言うと、事故物件だよ」

尚哉の前に犬の絵柄のマグカップを置きながら、高槻が答えた。

トレーを机の上に置き、尚哉の隣の椅子にすとんと腰を下ろして、

「三年前に一家心中があった家だ。父親が妻と二人の息子を殺して、最後に自分も首を

吊《つ》ったんだよ。事業に失敗して、借金があったらしい。で、たまたまその家の番地が三丁目七番地四号だったものだから、『ミナシの家』って呼ばれたんだ。ミナシは、皆死ぬの意味だとする説と、身が無くなるから『身無し』だとする説の二つがあるね」

「いやそれ、だいぶ無理矢理感漂ってませんか？」

「まあ、日本人はとかく語呂《ごろ》合わせが好きな民族だからねえ」

高槻がちょっと肩をすくめる。

「文字上は全く違っていても、声に出して読んだときの音が同じだからという理由で、別の言葉の意味をかぶせたがる。場合によっては、別の意味をかぶせたいがために、そうは読まないだろうという読み方をわざとする。住所表記が『三－七－四』だからといって、それをわざわざミナシと読む人は普通いないよね。でも、そう読むことで違う言葉に置き換えられるというのが大事なんだ。——言葉遊びの一種だけど、その根底にあるのは言霊思想だからねえ。面白いよね」

かつてこの国の人達は、口から発した言葉には呪力《じゅりょく》が宿ると信じていた。だからこそ、不吉な意味を持つ言葉と同じ発音の言葉を避けてきたのだ。『四』は『死』と音で通じるから避ける、というように。

怪談の世界では、そうやって避けてきた言葉がむしろ意識的に使われる。

逆に言えば、『三七四』は『皆死』だから不吉だと言われて納得できてしまう人達は、今なお言霊の呪力を信じているということだ。どれだけ科学が進もうとも、人々の中に培われてきたそうした思想は消えることはないらしい。

『『ミナシの家』という名称を初めて使ったのは、事故物件を訪ね歩くユーチューバーでね。『都内某所』っていう言い方をしていたし、映像上は家にボカシを入れてたんだけど、番地に言及して『ミナシの家』と呼んだんだ。で、そこからその家を特定した人がいて、電子掲示板に詳しい情報を書き込んだんだよね。それでちょっとその界隈《かいわい》で有名になっちゃったんだ、この家」

高槻がそう話しながら、自分の青いマグカップを手に取る。

なみなみと入れられたココアの上には、丸いマシュマロが二つ浮かべられている。マシュマロの表面には、パンダらしき顔が描かれていた。たぶん瑠衣子《るいこ》辺りが買ってきたのだろう。この研究室の院生には、可愛らしいマシュマロを見つけると高槻のために買ってくるという習性がある。

尚哉は自分のマグカップを手に取り、コーヒーをひと口飲むと、

「でも、そんなことで有名になっちゃったら、この家を持ってる人にとっては、すごい迷惑じゃないですか？」

「だろうねえ。借り手がつかないって書いてあるし」

高槻が少し顔をしかめてみせる。

「事故物件というものに対する興味は、ある時期から随分と高まってきているからね。事故物件を調べられるサイトもあるし、事故物件に住んでその体験を話すことを売りに

している人もいる。この『ミナシの家』も、実際に行ってみたという人が結構いたよ」

「……何でそんなことするんですかね。別に観光名所じゃあるまいし」

今度は尚哉が顔をしかめる。

すると、高槻がくすりと笑った。

「観光名所と同じなんだよ、一部の人にとってはね」

「え？」

「人が事故物件というものに接したとき、まず想像するのはそこで死んだ人のこと。そして、その魂が今なおその場所に残っているのではないかということだ。それが普通でない死に方だったのならなおさら、そこにはきっと成仏できない霊がいるだろうと考える。つまり、そこに行ったら幽霊に会えるんじゃないかな、心霊写真が撮れるんじゃないかなって期待するんだ」

高槻がマグカップを口に運び、溶けかかったマシュマロをぱくりと食べる。

少しだけ唇についたマシュマロを舌先で舐《な》め取り、高槻は続けた。

「そして、そういう情報は、今では簡単にネットで拡散される。多くの人がその情報に触れ、せっかくだから行ってみようかなと思う人が出てくる。きっとその人達は、その場所で体験したことを誰かに話すだろうね。体験レポをネットにアップする人だっているだろう。――そうして、その場所には、いわゆる『心霊スポット』としての評判が立つんだよ。観光スポット的にね」

「要するに、あの寺には浦島太郎《うらしまたろう》の伝説があるから行ってみよう、っていうのと似たような感じですか？」

「うん、そういうこと。ただ、史跡や伝説の舞台とされるような観光名所があくまでも『過去』に支えられた場所であるのに対し、心霊スポットというものは、『過去』と『現在』の両方に支えられている」

「過去と現在？」

尚哉が首をかしげると、高槻はにっと笑って、

「だってさ、浦島太郎伝説が残るお寺に行くとき、そこに行ったら浦島太郎に会えるかもとか竜宮城《りゅうぐうじょう》に行けるかもとか、そんなの普通思わないでしょう？　でも、一家心中があった家を訪ねるときは、そこで何かしらの心霊体験ができるんじゃないかと期待するわけだ。その家にとって、一家心中は過去に起きた出来事だけど、そこで起こる心霊現象は現在の出来事だよ。両方の評判あってこその心霊スポットなんだ。……そう、だからこの『ミナシの家』の噂は、ほんの一時期しか話題にならなかったんだ」

そう言って、高槻はパソコン画面に視線を向ける。

確かに、メールの文面にも「ちょっと前に少し話題になった」とある。今はそうではないということだ。

「この家は、ちゃんと管理されている貸家だからね。見た目も普通だし、勝手に中に入れるわけじゃない。訪ねたところで、塀越しに家や庭を眺めるとか、門の前で写真を撮

るとかしかできないんだよ。それでも、『家の前に行くと、線香のにおいがした』とか『窓の中に首吊り死体が見えた』なんて言う人も少しはいたけど、やっぱりそれでは『体験』として物足りない。心霊スポットというものに皆が期待する要件を満たさなかったんだ。だから、『ミナシの家』は、心霊スポットとしては急速に廃れていった」

「つまらなかったから、人気が出なかったわけですね」

高槻の話に、尚哉は成程と思う。

訪れた客の満足度が低ければ、口コミ評価は集まらない。観光地ならば閑古鳥が鳴くし、店なら潰《つぶ》れる。だいぶ不謹慎なたとえだが、そういうことなのだろう。

だが——しかし。

このメールの送り主は、『ミナシの家』の中に入っているのだ。

そして、そこで怖い目に遭い——幽霊を見るようになった。

ならば、この家は。

「……気になるよねえ？」

机に片肘《かたひじ》をついて尚哉の顔を見やり、高槻が唇の端を吊り上げてみせた。

「はたしてこの家には、本当に幽霊がいるんだろうか。彼が見ている幽霊というのは、何なんだろうね？　そこに行ったら、もしかして僕も幽霊が見られるのかな！」

こういうときの高槻はいつも、ひたすらに楽しげだ。

遠足前の子供のような顔をしている高槻に、尚哉は言う。

「別に俺は幽霊は見たくないですよ。……でもまあ、確かに気にはなりますね」

「だよね！　それに、彼は松井さんのお友達だからね。困っているみたいだし、できれば早く話を聞きに行ってあげたいところなんだけど、深町くんはいつなら行けそう？」

「講義の時間さえ外してもらえれば、いつでもいいですよ」

「そう、よかった！……あ、でも、そろそろ就活関連のあれこれも始まる頃だよね。難波くん達と結構そういう話してるみたいだけど、深町くんはインターンシップの申し込みとかするの？」

「申し込みは……しないですけど。でも」

「でも？」

「……たぶん、遠山さんの事務所で、夏休みにちょっとバイトすると思います」

「え」

高槻が少し目を瞠《みは》る。

尚哉はちょっと早口になって、

「あ、えっと、け、経験として、一応やっておいた方がいいのかなと思って！　普通にインターンに申し込むよりだいぶハードルが低いですし、遠山さんの方から声かけてもらったので……遠山さんには、いつもお世話になってますし」

何でこんなに言い訳めいた口調になっているのだろうと自分でも不思議に思いながら、尚哉は言う。

尚哉と同じ能力を持つ遠山宏孝《ひろたか》は、建築設計事務所を開いている。遠山には何度か就活関連の相談に乗ってもらっているのだが、その度に「うちの事務所で働けばいいのに」と言われるのだ。とりあえず夏休みの間に少しバイトしてみないかとも提案されている。院への進学も考えていることについては、まだ高槻には話せていなかった。

尚哉自身、まだ決めかねているのだ。

下手に伝えて院に行くと期待させた末に、結局就職する方を選びましたなんてことになったら、なんだか申し訳ない。それに、遠山のところで一度バイトさせてもらって、自分が普通に働けるかどうか試してみたい気持ちもあった。その上でよく考えて、やっぱり院に進みたいと決まったなら、あらためて高槻に相談しようと思っている。

高槻はそっかとうなずき、それから妙にしみじみとした口調で、

「ああでも、深町くんもそういうことを考えるようになったんだねえ……この前お誕生日は祝ったけど、就活とかの話をする方が時間の経過を感じるなあ」

「さっき難波達ともそんな話になりましたよ。学生生活折り返したばかりなのに、もう卒業後のことを考えないと駄目なのかって」

「——あ、そういえばさ！」

そこで急に、高槻が尚哉の方にぐいと顔を寄せた。

なぜかやたらと嬉《うれ》しそうに目をきらきらさせながら、

「さっき、ゼミが始まる前に、なんか皆と楽しそうにしてたよね、君！」

「……あれは、あいつらが勝手に盛り上がってるのに巻き込まれただけです」

高槻が寄ってきた分、後ろに身を引いて、尚哉はそう返す。

が、高槻はにんまりして、

「そう？　すごく仲良さそうに見えたけど。深町センセイって頼られてたじゃない？」

「あれも勝手に呼ばれただけです！」

「ねえ、深町くん。――グループ発表、やってよかったでしょう？」

不意打ちのようにそう言われて、尚哉は思わず言葉に詰まった。

ゼミの初日に、尚哉がグループ発表と聞いて顔をしかめたことを、高槻は覚えているのだろう。

「君達の発表は、よくまとまってた。きちんと分担や話し合いが行われたんだなっていうのが伝わってきて、嬉しかったよ」

「……あれは、難波が」

尚哉はぼそぼそと言った。

「難波が上手《うま》くまとめてくれたんですよ。あいつ、ゼミ代表するだけあって、グループのリーダーとか向いてます」

「そう。グループ発表の後、打ち上げした？」

「しました。福本がべろんべろんに酔っ払って、あと、江藤が脱いで大変でした」

「そっか。楽しかったんだね」

高槻が言う。

まるで自分のことのように嬉しそうな顔で笑いながら。

「難波くんは、本当にいい子だよねえ。……君との関係も、変わらなくてよかった」

高槻の言葉に、はい、と尚哉は小さくうなずいた。

難波は——尚哉の耳の力を知っても、本当に何も変わらなかった。

前と変わらず、他の学生と話すときと同じように接してくれる。

……いや、厳密に言うと、少し違うのかもしれない。

難波は、誰かが尚哉の近くで嘘を言っているとき、さりげなくその誰かをたしなめるようになった。場の空気を壊すことなく、相手に変だと思われることもなしに、「嘘を言うな」と上手く伝えるのだ。さっき、福本が嘘をついたときもそうだった。

難波はそういうことを自然にやってのける。

すごい奴だと、尚哉は心の底からそう思う。

もし難波がいなかったら、自分はどういう風にグループ発表を乗り切っただろうか。

マグカップを口に運びながら、尚哉はそんなことを考えてみる。

たぶん、当たり障りのない会話だけをして、出過ぎず目立たぬ範囲でグループ発表をこなして——そして、発表後の打ち上げには、きっと何か理由をつけて参加しなかっただろう。江藤達からは嫌われはしないまでも、「あいつ付き合い悪いな」と思われて、発表後はもうそんなに話もしない。深町センセイ、なんて呼ばれることも勿論《もちろん》ない。

それが、以前の自分の、他人とのかかわり方だ。

ずっとそんな風にして生きてきた。

でも、今は。

「九月になったらゼミ合宿もあるからね。楽しみだね！」

高槻が言う。

それに対して、眉《まゆ》をひそめることなく「そうですね」とうなずける自分がいることをなんだか嬉しく思いながら、尚哉は残りのコーヒーを飲み干した。


依頼人とは、その週の土曜日に会うことになった。

依頼人の名前は園部《そのべ》秀一《しゅういち》。大学二年生だという。

待ち合わせ場所に指定されたのは、園部が通う大学近くのコーヒーショップだった。

その日も弱い雨が降っていた。気象庁はついに関東の梅雨入りを宣言し、高槻と尚哉は傘を差しながら約束の店に向かった。

傘をたたみ、店に入ってカウンターで飲み物を買う。店内はそれなりに混んでいて、ほとんどの席が埋まっていた。スマホをいじっている女性、難しい顔でタブレットを操作している男性、小さな子供連れでママ友会らしきことをしている女性グループもいる。

はたして依頼人の園部はどこにいるのだろう。

と、窓際のテーブル席から、女子の声が聞こえた。

ていた髪は、今は背の中程までのばされている。

「高槻先生！　こっちです、こっちー！」

見ると、松井志穂が笑顔でぶんぶんと手を振っていた。前は肩の上で切りそろえられていた髪は、今は背の中程までのばされている。

高槻は笑みを浮かべてそちらに歩み寄り、

「松井さん、ひさしぶり！　元気そうだね」

「はい、元気です！　その節はお世話になりました」

志穂が立ち上がり、高槻に向かって頭を下げる。

志穂の隣には、大人しそうな男子学生が一人座っていた。カタカナの「ハ」の字そのままに眉尻《まゆじり》が下がっているせいか、普通にしていてもなんだか困っているように見える顔をしている。志穂がはきはきとしていて元気な分、なかなかに好対照な二人だ。

高槻と尚哉が席に腰を下ろすと、志穂が言った。

「私と園部くん、同じ語学サークルに入ってるんです。園部くんが最近元気ないんで声かけてみたら、『信じてもらえないだろうけど、近頃幽霊に取り憑《つ》かれてるみたいで』なんていうもんだから、高槻先生のこと思い出して……園部くんにうちの旅館の話をしたら、『その先生紹介して』って頼まれたんです。せっかくだからご挨拶《あいさつ》だけさせてもらおうかと思って、一緒に待ってました。高槻先生、相変わらずかっこいいですね！　お会いできて嬉しいです！」

「うん、僕も松井さんにまた会えて嬉しいよ。ところで、お家《うち》の人達は——君の家の旅館は、その後変わりない？」

高槻が尋ねる。

「父もおかーさんも元気ですよ。……あー、でも、旅館の方は、一時期よりもちょっとお客さん減ったかもしれません。近頃不況ですしね、仕方ないです」

少し苦笑いして、志穂が答える。

志穂の家は、人喰《ひとく》いの鏡を祀《まつ》っていた。だが、その鏡は高槻が壊してしまったのだ。あの後、志穂の家の旅館がどうなったのかは、尚哉も少し気になっていた。やはり、鏡の加護がなくなった影響はあったらしい。

だが、志穂の顔に浮かんだ苦笑は、すぐに消えた。

「でも、なんだかあの後、父が前より話しやすくなった気がするんですよ。前は気難しい感じだったのに、なんか憑き物が落ちたみたいにすっきりした顔してて。——私、自分で旅館を継ぐ気は今でもあんまりないんですけど、でも最近、外国のお客さん向けに英語のサービスとか増やしたらいいんじゃないかなとか、父と話したりしてるんです。私、英語得意なんで、何かできることないかなって思って」

明るい顔で、志穂がそう話す。

その顔を見て、ああ、と尚哉は思う。

志穂はたぶん今でもあの鏡にまつわる真実を知らないのだ。だから志穂にとって、客足が減ったことは鏡の影響ではなく、単なる不況のあおりでしかない。

あの鏡は、志穂の家に『呪い』と『祝い』をもたらした。人喰いの鏡を代々受け継がなければならない『呪い』と、それによって家業を安定させられるという『祝い』。

でも、『呪い』も『祝い』も、そうだと認識されなければ成立しないのだ。

志穂は、呪いの構図の外側に立っている。

この晴れやかな笑顔が、その証拠だ。

「そう。とてもいいと思うよ。……よかったね、松井さん」

高槻が微笑んでそう言うと、志穂は素直な声で、はい、と答えた。

それから志穂は立ち上がり、

「じゃあ私、もう行きますね。今日はお客さんが多い日なんで、私も家を手伝わないと。先生、園部くんのこと、よろしくお願いします！」

ぺこりと高槻に向かって頭を下げ、志穂は軽やかな足取りで店を出て行った。

残された園部は、下がった眉尻をさらに情けなく下げながら高槻を見て、

「……園部です。今日はよろしくお願いします」

そう言って、頭を下げた。

高槻は穏やかに笑うと、

「青和大の高槻です。こちらは助手の深町くん。松井さんから聞いていると思うけど、僕らは別にお祓《はら》いができるわけじゃない。でも、君の身に今起きていることについてとても興味があるし、相談にも乗れると思う。——詳しい話を、聞かせてもらえるかな」

「はい……ありがとうございます」

園部はうなずいて、気持ちを落ち着かせるように手元のコーヒーカップに手をやった。ひと口飲んで、小さく息を吐く。

うつむき加減のその顔には、憔悴《しょうすい》の色が濃かった。時折窓の外にびくびくと目を向けるのは、メールに書いてあった幽霊とやらに怯《おび》えているからだろうか。

「……あの家に行くことになったのは、本当にたまたまなんです」

ぼそぼそとした低い声で、園部が話し始める。

「講義が同じ奴らと四人で飲んでたときに、前にやってたテレビの心霊番組の話になって……それで俺、ふっとあの家のことを思い出して。『ミナシの家』って知ってるか？って訊《き》いてみたんです。知らないっていう奴らばっかりだったんで、こういうことがあった家だって話したら、皆《みんな》して『行きたい』って騒ぎ始めてしまって」

何しろ飲み会の最中である。その場のノリと勢いもあったのだろう。今すぐ親戚《しんせき》に連絡しろと、皆が園部をせっついた。

その家を管理しているのは、園部の母方の伯父《おじ》夫婦である。仕方なく園部は、従兄《いとこ》に『一晩だけ泊まらせてもらえないかどうか、親に訊いてみてくれないか』とLINEを送ってみた。泊まる理由は、合宿だと言ってごまかした。

しばらくして『どうせ空き家だからいいんじゃない？』と返事がきた。ちゃんと親に確認してくれたかと尋ねてみると、『お袋に訊いてみた。一晩ならいいってさ。ただし中は汚すなよ』と返ってきた。

その場で皆に伝えると、じゃあ早速次の週末に行こうという話になった。『ミナシの家』を取り上げたYouTubeをスマホで回し見して、その場はそれなりに盛り上がった。

だが、正直なところ、園部本人はあまり行きたくなかったのだという。話すんじゃなかったと後悔したが、もはや後の祭りだった。

「悪い噂が立ったせいで借り手がつかなくて困るって、前に伯母《おば》がこぼしてたんですよね。変な人達が勝手に庭に入ったりとか、色々問題も起きてたみたいで」

「親戚の人達は、その家で幽霊を見たりはしていないの？」

高槻が尋ねると、園部は首を横に振った。

「手入れのために定期的に中に入ってるそうですけど、別に何もないそうです」

次の週末、園部は親戚から鍵《かぎ》を借り、友人達と共に『ミナシの家』に向かった。

家があるのは練馬《ねりま》区の住宅街で、外から見た感じでは、他の家と変わりはなかった。

それでも、ここで無惨な一家心中が行われたのだと思えば、なんとなく怖い気持ちにもなる。そんな気持ちを振り払いたかったのか、園部も友人達もすげえすげえと妙にはしゃぎながら家の中に入った。

家の中は、当然ながら電気も水道も止まっている。園部達は、食料や飲み物、キャンプ用のランタンや寝袋などを持ち込んでいた。トイレは近くのコンビニで借りればいい。家の中を探検したり、写真や動画を撮ったりしていたら、やがて日が暮れてきた。

園部達は持ち込んだランタンを点《つ》け、庭に面した一階のリビングで食事をとった。

リビングは、かつてこの家で起きた惨劇の舞台となった部屋だった。

積み重なった借金に追い詰められた父親は、深夜に二階の子供部屋で寝ていた二人の子供を刺し殺した後、妻の腹を刺し、さらに首を絞めて殺害した。そして、家族の死体をこのリビングに運び込んで並べ、自分は階段で首を吊《つ》ったのだ。

勿論《もちろん》、事件の痕跡《こんせき》は何も残っていなかった。血の染み一つない床の上に直接座り込み、園部達は特に何をするでもなく時間を潰《つぶ》した。

皆だんだん口数が少なくなっていったのは、やはり恐怖のせいだった。

いくらランタンを点けたところで、部屋の隅々まで照らせるわけもないのだ。光の届かない暗がりに今なお血まみれの死体が並べられているかのような気がして、怖かった。

いつの間にか、外は雨になっていた。

きつい雨がガラス戸を叩《たた》き、遠くの方で低く雷が鳴っていた。時折向こうの方の空が稲光で白くなるのが見え、園部達は見るともなしにそれを見ていた。

何度目かの雷が光ったときだった。

――えっ、と誰かが声を上げた。

ほぼ同時に、園部もそれに気づいた。

庭の隅に、黒い影のようなものが立っていた。

雨の夜の庭は暗く、庭木があるせいで街灯の光もあまり届かない。それでも間違いなく、何者かがそこにいた。

女だった。

恨めしげにこちらをじっと見つめている白い顔。

雨だというのに傘も差さずに庭の隅に佇《たたず》む女の姿は異様で、その体はゆらゆらとかすかに揺れているように見えた。

「目が合った——そう思いました」

そのときだった。

園部の隣に座っていた友達が、じりっと尻《しり》で後退《あとずさ》った。

まるでそれが合図であったかのように、女が動いた。

片腕を上げ、こちらを糾弾するかのごとく人差し指でひたと指差すと、滑るような足取りでガラス戸の方へ近づいてくる。

最初に悲鳴を上げたのが誰だったかはもう覚えていない。気づけば全員わあわあと声を上げ、転びそうな勢いで立ち上がり、傘も差さずに『ミナシの家』を後にした。

翌日、明るくなってから、園部達はもう一度『ミナシの家』を訪れた。

置きっぱなしにしてしまった持ち物を回収するためだ。

昨夜の天気が嘘のように、空は青く晴れていた。家の中にも庭にも異常はなく、自分達が持ち込んだランタンや寝袋やごみが乱雑に散らかっていた。

きっと昨夜のあれは見間違いだったのだと一人が言い、そうに違いないと他の者達も同意した。

そして、皆でそそくさと床の上のものをかき集め、家を出た。

「でも……でも、それ以来、雨の日になると、時々見えるんです。……感じるんです」

園部はそう言って、また窓越しに外を見やった。

話している間に、いつの間にか雨は止んだようだ。道行く人々は傘を閉じ、水溜《みずた》まりを避けながら歩いていく。

彼らが邪魔そうに手にぶら下げた傘に目をやり、園部は苦しげな声を出す。

「傘を差すと……傘の向こうに、誰かが立ってるような気がするんです。窓の向こうに顔が見えたこともあります。よく見ようとすると消えるんですけど……視界の端の方をかすめるみたいにして、女の人が立ってるのが見えるんです」

「それは、どんな女の人なの？」

高槻が尋ねると、園部は一瞬言い淀《よど》むような気配を見せた。

そして、己の顔に片手を当てるようにしながら、こう言った。

「顔が血まみれなんです。……傷が、あって」

尚哉はその言葉に、先日白岡達が行ったゼミ発表を思い出す。

雨の日に姿を見せる、顔に傷のある女。

それはまるで――『ひきこさん』ではないか。

だが、園部の話から考えるに、『ひきこさん』は無関係だろう。となると、その女の正体は、一家心中の際に殺された母親だろうか。子供を殺され、自身も道連れにされたことに腹を立てて、今なお成仏できずにいるとでもいうのか。

高槻が尚哉の方に視線を向けた。

尚哉は小さく首を横に振る。

今の園部の話に、嘘はなかった。ちらとも声は歪《ゆが》まなかったのだ。

高槻がまた尋ねる。

「園部くん。君以外の友達も、その女を見るようになったの？」

「いえ……俺だけです」

園部がそう言って、また手元のコーヒーカップを口に運んだ。

随分と傾けてからようやくそれが空だったことに気づいたようで、園部は少し慌てた様子でカップをテーブルに戻す。

「一応、皆にも訊いてみたんです。でも皆には、何も起きてなくて……たぶん、目が合ったのが良くなかったんだと思います」

空っぽのカップを両手で握りしめながら、園部は呟《つぶや》くように言う。

「あの、俺やっぱり、取り憑《つ》かれてるとかそういうことですよね……？　お祓いとか、行った方がいいんですよね、きっと」

よく見ると、園部の手は少し震えていた。

怖いのだ。園部は本当に怯《おび》えている。

雨の日になると現れる、顔に傷のある女に。

高槻が少し目を伏せ、何か考えるような顔をしながら、己の顎《あご》を軽く指でなでた。

尚哉はそれを見て、おや、と思う。

今にも園部の手を取って「素晴らしい！」とでも叫ぶかと思ったのだが、高槻のテンションがいまいち上がらない。だが、その唇には楽しげな笑みが浮かんでいる。高槻好みの案件ではあるようだ。もしや高槻も少しは大人になって、落ち着いた対応を心掛けるようになってくれたのだろうか。

高槻が目を上げ、また園部を見る。

「園部くん」

「……はい」

園部がすがるような目を高槻に向ける。

高槻は大きく身を乗り出すと、テーブルの上にあった園部の手を取り、

「——とりあえずその家、僕も泊まらせてもらうことってできる？　僕もぜひ泊まってみたいなあ、事故物件！」

浮かれた大声でそう言った高槻を、店内の他の客達が驚いた顔で振り返る。園部はぽかんとした顔で、己の手を熱烈に握りしめている高槻を見つめている。

尚哉は慌てて高槻をどうどうと押さえながら、駄目だこれはと内心で頭を抱えた。この人は一体いつになったら落ち着いてくれるのだろう。

園部の親戚《しんせき》に連絡を取ってもらい、なんとか今夜の宿泊許可を取りつけると、高槻は例によって「じゃあ今日は三人でお泊まり会だね！」とはしゃいだ。

「先生、お泊まり会じゃないです。もうちょっと真面目にやってください」

「僕はいつでも真面目だよ？　何にでも楽しみを見出《みいだ》そうとしているだけだよ」

「事故物件に楽しみを見出さなくていいですから！」

浮かれた様子の高槻を小声で叱りつけ、尚哉はそっと園部の様子を窺《うかが》った。

ドン引きされていたらどうしようかと思ったのだが、園部は戸惑った顔はしつつも、見守るような目で高槻を見ていた。もしかしたら、志穂からあらかじめ高槻の人となりについて説明されていたのかもしれない。

「……あの、高槻先生。やっぱり俺も行かないと、駄目ですか？」

園部が高槻に尋ねた。できればもうあの家には行きたくないらしい。

だが、高槻はにっこり笑って、

「うん、だって幽霊を見ているのは園部くんだからね。君がいないと話が始まらない」

「そうですか……だけど、もしあの家に行ったせいで、高槻先生まで取り憑かれることになったらどうするんですか？」

「それはむしろ本望だよ！　ぜひ取り憑いてくれないかなと期待しているくらいだから、園部くんは気にしないで！」

高槻は力強くそう答える。尚哉が取り憑かれる可能性については、この際考慮してくれていないらしい。

「それより園部くん、その家に行く前に、できれば君の友達からも話を聞けないかな？」

高槻が言うと、園部はスマホを取り出し、友達に連絡を取り始めた。

一緒に『ミナシの家』に行った友達は三人。一人はこれから用事があるから駄目だと言い、一人は連絡がつかず、最後の一人は「ちょっとだけなら」ということで、わざわざ尚哉達が今いるコーヒーショップまで来てくれた。

高田《たかだ》と名乗ったその友人は、「幽霊に関する相談に乗ってくれている大学准教授」というものをどう捉《とら》えたのか、席に着くなり興味津々な目で高槻を見て、

「えー、大学の先生が幽霊の研究してるとか、本当にあるんですねー！　しかもビジュアル良いし、なんか映画みたい……これ、マジなやつなんですよね？　バラエティ番組の企画とかじゃなくて。あ、名刺もらえるんですか、ありがとうございます！」

高槻の名刺をもらってなぜか喜んでいる高田に、高槻が尋ねた。

「君は、あの家に行った後も、特に何事もなく過ごしてるんだよね？」

「そうですね、特に何もないです。……けど、あれからしばらくは、風呂場《ふろば》で頭洗うときとかに背後が滅茶苦茶《めちゃくちゃ》気になったりとかしましたね。振り返っても別に何もいないんですけど、なんかやっぱ怖くて」

「振り返っても何もいないのは残念だねえ、もし何かいたときにはぜひ僕に連絡して

ね！——ところで君は、庭に立っていた女とは目を合わせなかったの？」

高槻がまた尋ねる。

高田はうーんと首を捻《ひね》り、

「目が合うも何も、影しか見えなくて……どこが目だとか鼻だとかわかんなかったですもん。雨降ってたし、暗かったし。それに俺、霊感もないですし」

「そう。でも、誰かいたのは確かなんだね？」

「はい、それは間違いなく。顔はわかんなかったですけど、なんか視線は感じましたし。しかも急にこっちに近寄ってきたから、すげえ怖くて」

高田はきっぱりとそう言った。

それから高田は心配そうに園部を見て、

「けどなんか、園部はそれで取り憑かれたっぽいし……なんか悪いことしたな、俺達があの家行きたいって言ったばっかりに」

「……いや、大丈夫。とりあえずこれから、高槻先生ともう一回あの家に行ってくる」

「そっかー。ごめんな、夜にバイト入ってなかったら俺も一緒に行ったんだけど……ちゃんと解決するといいな」

高田はそう言って、園部の背中を叩《たた》いた。

ごめんと謝る声にも、解決を願う声にも歪みはなく、そのことに尚哉はなんだかほっとした。悪ふざけしかしない適当な付き合いではなく、二人はちゃんと友達らしい。

それから高槻と尚哉と園部の三人で、まずは『ミナシの家』の管理をしているという園部の親戚の家に向かった。園部の親戚は、『ミナシの家』とはほんの少しだけ離れた隣町に住んでいるのだそうだ。

家を訪ねると、玄関まで鍵《かぎ》を持ってきてくれた園部の伯母《おば》は、園部の後ろに立つ高槻と尚哉をちょっと怪訝《けげん》そうな目で見た。

「あら？　秀ちゃん、またお友達と合宿なんじゃないの？」

確かに、スーツ姿のイケメンといかにも地味そうな大学生の組み合わせは、甥《おい》っ子の友達と言われてもあまり納得できないかもしれない。

すると高槻が前に出て、にっこりと彼女に笑いかけた。

「こんにちは。僕は、青和大学で准教授をしている高槻と申します。今日は無理を言って申し訳ありません。実はこれからちょっとした実験を行いたくて、それで園部くんに頼んであの家を貸していただくことになったんですよ」

「え、あ、ああ……そ、そうなんですか……それはどうも、頑張ってください。どうせ今は誰も住んでいない家ですしね」

園部の伯母が高槻を見上げ、その品良く整った容姿に見惚《みと》れて少しぽっとなる。顔の良い人はこういうとき便利だなと、尚哉はいつも思う。園部の伯母の目に浮かんでいた不審そうな色が、おかげで一気に霧散した。

高槻はにこやかに笑ったまま彼女を見つめ、

「もし差し支えなければ、あの家を所有されている経緯を伺ってもいいでしょうか？貸家にしているとのことでしたが、元はお身内の方がお住まいだったのでしょうか」

「あそこは、夫の実家だったんです。義理の両親は二人とも早くに亡くなってしまって、夫が相続したんですよ。人に貸したら家賃収入が入るからってことで、綺麗《きれい》にリフォームしたんですけどねえ……」

園部の伯母が、苦笑しながら言葉を濁らせた。

高槻はいかにも誠実そうな顔でうなずき、

「前に事件があったという話は聞きました。大変でしたね」

「あら嫌だ、ご存じでしたか。そうなんですよ、ただでさえ人が死ぬと事故物件なんて言われるのに、おかしな噂まで立ってしまってねえ」

困ったものだという顔で、園部の伯母がため息を吐く。

「変な人達がしょっちゅう家の前まで来て、勝手に撮影したりして……ご近所の方が気にして見回りをしてくださったおかげで、最近はそんなこともなくなったみたいですけど、一時はひどかったそうですよ。もういっそ売ってしまおうかなんて話も夫としてるんですけど……売ったところで、あんまり良い額にならなそうで」

「それはますます大変ですね。もし本当に幽霊が出るのでしたら、僕が喜んで住むんですが――……でも幽霊、出ないんですよね？」

高槻が少し目を細めて、園部の伯母にそう確認した。

園部の伯母は勿論《もちろん》ですよとうなずいて、

「何も出ません。リフォームし直しましたから、中も綺麗なもんですし」

きっぱりと言ったその声は、これっぽっちも歪《ゆが》まなかった。少なくとも彼女は幽霊など見ていないし、そもそもそんなものを信じてもいないのだろう。

が、高槻はさらにたたみかける。

「義理の御両親が住んでいた頃にも、特に何も起きなかったんですよね？　もともと何か曰《いわ》く因縁がある土地というわけでもなく？」

「何もありませんよ、夫が育った家ですし。——ねえ、秀ちゃんだって、前に住んだことあるんだからわかるでしょ？　普通の家だって」

ふいに園部の伯母が、そう言って園部を見た。

え、と思って、尚哉は園部に目を向ける。

そんな話は聞いていない。てっきり、仲間達との肝試しで足を踏み入れたのが最初だと思っていた。

園部は一瞬ばつの悪そうな顔で口ごもり、それから高槻と尚哉を見て、

「……言ってなくてすみません。小学生の頃、夏休みに家をリフォームしたことがあって、そのときだけ家族であの家に住んでたんです」

「ああ、そうだったんだね！　そのときも、別に何も起きなかったんだね？　それとも園部くん、そのとき庭に死体を埋めたりした？」

「し、してないですよ！　何てこと言うんですか！」

園部が全力で首を横に振る。

何だつまらないという顔をした高槻の脇腹をそっと肘《ひじ》でつつき、尚哉は「そろそろ行きましょうか」と促した。園部の伯母がまた不審そうな顔をし始めている。あまりおかしな発言ばかりしていると、件《くだん》の家の鍵を借りられなくなりそうだった。


園部の伯母から無事に鍵を借り受け、尚哉達は今度こそ『ミナシの家』に向かった。

最寄りの駅前で食料やライトなどを買い込み、バスに乗る。数駅先で降りてしばらく歩き、バス通りから脇道に逸《そ》れて、やや年季の入った住宅街の中へと入っていく。

『ミナシの家』は、郵便ポストのある角から数えて四軒目。同じくらいの古さの民家に挟まれる形で、景色の中に埋没するようにひっそりと建っていた。

白い壁に灰色のスレート瓦《がわら》の屋根。これといった特徴もない地味な洋風住宅で、敷地もそんなに広くはなさそうだ。庭木がやや鬱蒼《うっそう》として見えるものの、周囲の住宅との違いはあまり感じられない。昼間なのに雨戸が閉まっていたり、窓にカーテンがなかったり、塀の表札が剥《は》がされていたりするのを見てやっと、ああここは空き家なんだなとわかる程度だ。何も知らなければ、普通に前を通り過ぎてしまうだろう。

「……ここが心霊スポットとしてはあっという間に廃れたっていうのも、なんかわかる気がしますね」

尚哉が呟《つぶや》くと、高槻はあははと笑った。

「確かに、この家の前で写真を撮ったって、普通すぎて面白くないかもね。やっぱり、いかにもな廃屋とか、滅茶苦茶な増改築を繰り返したのがわかるような家じゃないと、雰囲気が出ないかな。——さて、とりあえず中に入ろうか、園部くん……園部くん？」

高槻が怪訝な顔で園部を見た。

園部はなぜか『ミナシの家』ではなく、道路の先の方を見ているようだった。

「どうかしたの？　園部くん」

高槻に声をかけられ、園部ははっとした様子でこっちを振り返った。

「あ、すみません、なんかぼうっとしちゃって……今、鍵開けます」

借りてきた鍵を取り出し、園部が玄関に向かった。

鍵を挿し込み、扉を開ける。

家の中は薄暗く、しんと静まり返っていた。

外から見たときにはわからなかった違和感のようなものが急に押し寄せてきて、尚哉は思わず息を呑《の》む。

人の住んでいない家だ、というのがはっきりと伝わってくるのだ。

それは、一つの靴も見当たらない三和土《たたき》や、何も置かれていない下駄《げた》箱、何も掛かっていない壁といった、『何もなさ』が醸し出す空虚感だけではちょっと説明のつかないものだった。まるで時間が止まっているかのような不思議な感覚。住む者がいなくなった時点で、この家の中の何もかもが停滞してしまったかのようだ。人がいない気配、というものがあるのなら、この家の中を満たしているのはそれだと思う。

だが、ここに人がいなくなった経緯を思い出した途端、空間が醸し出す異様さはじわりとした嫌な恐怖に化けた。さっきまで誰もいないと思っていたくせに、あちこちにわだかまるぼんやりとした薄闇の中にいもしない幽霊を見てしまいそうになる。そもそも人は、ただ暗いというだけで、なんとなく恐怖を覚えるものだ。

――が、高槻彰良という人に限っては、全くそうではない。

「お邪魔しまーす！」

明るい声で元気よくそう言って靴を脱ぎ、高槻が家の中に上がり込む。もうちょっと風情を大事にできないものかなと思いつつ、尚哉はその後を追った。園部ももたもたと後をついてくる。

玄関のすぐ正面は、二階に上がる階段になっていた。右手側には和室があり、和室と階段の間に、廊下が真っ直ぐ奥に向かってのびている。廊下の先にはキッチンと、広めの洋室が一つ。おそらくここがリビングだろう。部屋の中はがらんとしていて、壁紙も床も新しくて綺麗だった。

園部の伯母《おば》からは、ついでに家の換気をしておいてくれと頼まれている。雨戸とガラス戸を開け放ち、網戸だけにすると、家の中の薄暗さが少しましになった。とはいえ、空はいまだ曇天のままで、明るい陽射しが差し込んでくるとは言い難い。

リビングの網戸の向こうは、庭になっていた。園部達が幽霊を見た場所である。園部はちらとそちらに目を向け、すぐに視線を逸らすように尚哉達を見ると、

「えっと、じゃあ、換気のついでに他の部屋も見ておきますか？」

園部の言葉に、高槻がにこにことうなずいた。

あちこちの窓や戸を開けながら、三人で家の中を見て回る。

水の出ないキッチンやトイレ、浴室。定期的に掃除はしているようだが、やはり若干の埃《ほこり》っぽさはある。二階には、小さめの洋室が三つあった。どの部屋もからっぽで、家具もカーペットも残っておらず、天井の照明器具も全て外されている。おかげでどの部屋がかつて子供部屋として使われており、どの部屋が両親の寝室だったのかもわからなかった。だが、聞いた話によると、二階のどこかの部屋で二人の子供が殺され、また別の部屋で母親が殺されたはずだ。

そして、父親は階段で首を吊《つ》ったという。

園部の親戚《しんせき》は、家の中を念入りにリフォームしたようだ。惨劇の痕跡《こんせき》はどこにも見当たらず、血の染みどころか傷一つ見当たらない。

二階の廊下の真ん中で、尚哉はすうっと息を深く吸い込んでみた。

別におかしな感じはしなかった。

家の中に入ったときに感じた多少の空気の淀《よど》みも、あちこち開け放ったおかげでなくなっている。これまで異界に触れる度に味わってきた胸を圧迫されるような息苦しさも、

肌がざわつくような異様な気配もない。

やっぱりここはただのからっぽの家でしかないのだろうな、と尚哉は思った。成仏できない死者の怨念《おんねん》が今なお血まみれの姿で床を這《は》いずっているような、そんなホラー映画みたいな話ではないのだろう。

とはいえ、前に幽霊トンネルに行ったときは、基本的には何も感じなかったのに、ふと空気の重さを感じた瞬間が一度だけあった。あの瞬間に起きたことを考えると、もしかしたら尚哉の能力では、幽霊が活性化したときにしか感知できないのかもしれない。考えてみれば、八百比丘尼も雪女もサトリも、彼らがその本性を剝《む》き出しにするまでは、目の前にいても何も感じなかった。

まあ、それならそれで、やばいと感じたら高槻と園部を引きずって外に出ればいいのだ。活性化していない幽霊なら、きっと無害だ。そこは己の能力を信じたい。高槻と園部の後について階段を下りながら、尚哉はそう思う。

そう——こうやって、少しずつでいいから把握していくのだ。

自分の力のことを。己にできることを。

把握し、知っていく。

それはきっと必要なことで、いつか何かの役に立つはずだ。

だって、使えるものは何だって使わないといけない。

自分達は、もうとっくにそういう局面に来ている。

『本物』を引き当てる率が上がってきている現状を考えると、そんな気がするのだ。

だから——そのためにも。

「……深町くん？」

高槻が、階段の下から怪訝《けげん》そうにこちらを見上げた。

考え事をしていたら、階段の途中で足が止まっていたらしい。高槻と園部はすでに階段を下りきっていた。

「どうしたの、深町くん。——あ、もしかして、幽霊見えた⁉」

「見えてません。ていうか、いちいち目を輝かせないでくださいよ」

尚哉はそう返して、階段を下りる。

……高槻には、異界の気配がわかるようになったという話はしていなかった。

なんとなく、話したら高槻が責任を感じそうだからだ。

尚哉がこうなったのは、長野で黄泉比良坂《よもつひらさか》を下って以来のことだから。

高槻自身はもう覚えていないことだが、長野で死者の祭に迷い込んだ際、高槻は尚哉に「僕が君を巻き込んだから、こうなった」というようなことを言った。長野に行こうと言ったのは自分だから、尚哉が再び死者の祭に招かれたのは自分のせいなのだと。

尚哉からしてみれば「それは違う」のひと言に尽きるのだが、あれが高槻の基本の思考回路による発言なのは間違いない。長野に行ったのがきっかけで尚哉の能力に変化が出たなどと言ったら、この人はきっと己を責めるだろう。

なんだか高槻に話せていないことが増えていくなあと思いつつ、尚哉はまた高槻と園部の後ろをついて歩く。

一通り家の中を見て回り、またリビングに戻ってくると、高槻が言った。

「こんなに綺麗《きれい》な家なのに、誰も借り手がいないなんてもったいないねえ」

「仕方ないですよ。人が殺された家なんて、誰も住みたくないでしょうし」

園部が苦笑いして言う。

尚哉は「あ、でも」と口を挟んだ。

「最近は、事故物件に住みたがる人も多いっていいませんか？　安く借りられるから」

「そうだねえ。でも、そういうのは単身者が多いんじゃないかな。ここみたいな家族向けの物件だと、難しいのかもしれない。子供がいると、特にね。本人達は気にしなくても、周囲の人達は気にするかもしれないし」

高槻の言葉に、確かにそうだなと尚哉は思う。学校で子供が「お前の家、事故物件なんだろ？」などと言われていじめられたりしたら大変だ。それにやっぱり、気分的な問題として、かつて家族丸ごと死んだ家で子育てはしたくないかもしれない。

高槻が、網戸越しに庭を見て言った。

「ああ、また降り出しそうな空だね。――コンビニ、今のうちに行っておこうか」

この家は水道が止まっているので、トイレが使えないのだ。園部達も、前に来たときにコンビニでトイレを借りたと言っていた。

荷物は家の中に置いておいて、三人で近くのコンビニに出かけることにした。コンビニまでは、五分ほど歩いただろうか。トイレだけ使って買い物しないわけにもいかず、高槻が上機嫌でお菓子を買うのを尚哉は渋々許した。

コンビニから家に戻る途中の道で、高槻が園部に気遣うような声をかけた。

「園部くん、大丈夫？　今も女の人の姿が見える？」

「……あ、いえ」

ぼんやりと町並みを眺めながら歩いていた園部が、高槻を振り返って首を振った。途中で雨が降るかもしれないからと持ってきた傘を軽く持ち上げるようにして、

「今は別に見えないです。……今、雨降ってないし」

「そうか、君が女の人の姿を見るのは、雨の日だけだと言っていたね。それなら、降り出す前に早く家に帰らないといけないね。――ところで、君は前にあの家に住んでいたんだよね。やっぱりこの辺を歩いてると、懐かしい気分になったりする？　あのコンビニは、当時からあったのかな」

「あ、はい、コンビニありましたよ。よくアイスを買いに行ってました。懐かしいっていうか、結構覚えてるもんですね。この辺、建て替わってる家とかほとんどないんじゃないかな、覚えてる景色と全然変わらなくて……あの家は、住んでる人だけ入れ替わってるみたいですけど」

園部が、通り過ぎざまに傍らの家を指差す。

「え、何で入れ替わってるってわかるの？」

尚哉は驚いて、そう尋ねた。

ずっと前に見た景色を完璧《かんぺき》に覚えていられる者など、そうはいない。まして、前を通っただけで住人が替わっているとわかるなんて、高槻並みに記憶力と観察力が優れていないと無理ではないだろうか。

すると園部は、なんだか情けない笑みを浮かべて、

「……表札が、替わってたので」

ぽそりと、そう答えた。


『ミナシの家』に戻り、先程開け放った窓や雨戸を、今度はまた閉めて回った。雨が降り出したときに、雨粒が吹き込んだらまずい。

ただし、リビングはガラス戸だけを閉めて、雨戸は開けたままにしておいた。

園部とその友人達がここに来たとき、そうしていたと聞いたからだ。

空はますます暗くなっていた。今にも雨が降りそうだからというだけでなく、陽が落ちたせいもあるだろう。もう夜がやってくるのだ。家の中は、来たときよりも濃い闇にじわじわと支配されつつある。

高槻が、小型のＬＥＤランタンを灯《とも》して、床に置いた。

白い光が辺りに放たれ、三人の顔を照らす。

「なんだかキャンプみたいだね！　ちょっと早いけど、晩ごはんにしようか」

高槻がそう言った。

床に座り込み、駅前のスーパーで買ってきた食べ物や飲み物を袋から取り出す。

なんとなく三人とも庭の方を向いて座っているのは、やはり園部が見た幽霊というのを意識してしまうからだろうか。

といっても、別に何が見えるわけでもないのだ。

外の景色は、あっという間に夜闇に没してしまった。手入れが行き届かずにのびた庭木の枝葉が、街灯の光や隣家の明かりをほとんど遮ってしまっている。ガラス戸には、室内に灯るランタンの光と自分達の姿がまるで亡霊のように映っていた。

鮭おにぎりの包装を剝《む》きながら、自分の姿と向かい合ってものを食べるというのも変な構図だなと尚哉は思った。高槻はにこにこしながら、弁当に入っていたタコさんウィンナーを綺麗な箸《はし》遣いでつまんで食べている。

だが、園部はなかなか食が進まない様子で、尚哉や高槻が食べ終わっても、手に持ったサンドイッチを半分も食べられていなかった。日中よりもさらにびくびくとした様子で己の背後や部屋の隅に目を向け、そうでなければ庭の方を気にしている。

高槻が、さっきコンビニで買ってきたポッキーの箱を袋から取り出し、

「園部くん、食欲ないならお菓子でも食べる？　甘いものは好きかな？」

明るい声でそう言って、園部に向けて差し出した。

が、園部は首を横に振り、それからちょっと信じられないという顔で高槻を見た。

「あの……高槻先生は、全然怖くないんですか？　この家も、この部屋も」

「うん、全然。今もわくわくしてて楽しいし。だって、滅多にない経験じゃない？　暗い部屋の中でランタンだけ灯して皆でごはん食べるって」

本当に楽しそうに言いながら、高槻はポッキーを一本取り出してくわえた。ぽきり、と先の部分を折り取るようにして食べる。

「で、でもここ、人が殺された家ですよ？　しかもこの部屋に、死体が並べられてたんですよ⁉　何でそんな呑気《のんき》にしてられるのか、俺には理解できないですっ……」

園部が上擦った声でそう言って、部屋のあちこちに忙《せわ》しなく目をやった。

床に置いた小型ランタンは思いのほか明るく、白い光を辺りに放ってはいたが、その範囲はあくまで限定的だ。部屋の隅や廊下の方は暗闇に沈んでしまっている。

たぶん園部は今、その暗がりに、並べられた死体の姿を見ているのだろう。

血にまみれた幼い子供達と母親の死体。

寝ている間に一思いに刺された子供達の顔には、そこまで苦痛の色はない。だが、母親は違う。母親は刺された後に、さらに首を絞められて殺されているのだ。母親の腹部は血で染まり、首には指の痕《あと》が赤黒くくっきりと残っている。見開かれた目は虚空を見つめ、恐怖と苦痛がその顔をひどく歪《ゆが》ませている。——園部につられたようにそんな想像を巡らせ、尚哉は思わず暗闇から目を背ける。

こういうとき、想像力は敵となる。怖いと思うだけで、脳は勝手にその怖さを具現化しようとする。ないはずのものを確かにそこに存在するかのように思い込ませ、気配すら感じさせるのだ。

「……まあ確かに、かつて人が殺された家の、死体が並べられた部屋にいるのは、気持ちのいいことではないのかもしれないね。僕はちょっと人の気持ちに疎いところがあるから、あんまりそういうのわからないんだけど」

高槻が肩をすくめて、そう言った。

手に持ったままだったポッキーの残りをあっという間に食べてしまい、箱を置く。

「死は穢《けが》れだし、穢れは伝染《うつ》るものだとされている。今でも葬式帰りには体に塩を撒《ま》くくらいだ。この場所を不吉だと君が考えるのも、当然のことなんだろうね。――でもさ、この家で起きたことを知らない人からすれば、ここはただのリフォーム済みの貸し物件でしかないよ？」

「それはそうでしょうけど、でも……」

「そうだねえ、じゃあそろそろ恐怖についての話をしようか」

高槻が、くすりと小さく笑った。

「ねえ、園部くん。君にはこの部屋に今でも死体が並んでいるように思えるのかもしれないけれど、それは、ここに死体があったという情報を君が持っているからだよ。さっきも言ったけど、何も知らない人にとっては、ここはただのからっぽの部屋なんだ」

ぐるりと部屋の中に視線を巡らせ、高槻は言った。

尚哉はそれを聞きながら、昼間会った志穂のことを思い出していた。

志穂の父親は、旅館の客が減ったとき、きっと思ったことだろう。これは人喰《ひとく》いの鏡が壊れたせいに違いないと。

尚哉も同じことを思った。いや、旅館の客足について聞く前から、すでに心配していた。鏡の加護を失ったせいで、旅館に悪い影響が出ているのではないかと。

だがそれは、志穂の父親と尚哉が、あの鏡がどういうものかを知っているからだ。あの鏡が志穂の家にもたらしていた恩恵についての情報を持っているからだ。

けれど、志穂は——彼女は、何も知らない。

志穂にとっては、あの日壊れたのは単なる鏡でしかないのだ。旅館の経営に影響をもたらしたりなどするわけもない、ただの古い姿見。

高槻が今話しているのは、それと同じことなのだと思う。

ものや場所に、本来それが持つ以上の意味を持たせるのは、結局は人なのだ。

高槻が言う。

「この家は一時期心霊スポットとして有名だった。それは、この家で起きた事件について知っている人達がそう騒ぎ立てたからだ。つまり、この家を心霊スポットたらしめていたのは、人々の『記憶』と『情報』だといえる」

「『記憶』と『情報』……？」

「うん。この家で事件が起きたという『記憶』。そして、この家の番地は『ミナシ』と読むことも可能な『三七四』であるとか、この家の前に来たら線香のにおいがしただとか、そういったこの家にまつわる数々の『情報』。それらが、この家を恐るべきものにしたんだ」

高槻は唇に笑みを浮かべたまま、まるで講義のときのような口調で、園部に向かってそう話す。

「前者は事実だけど、後者は単なる噂にすぎない話も多かった。それでも、人から人へと語られ、広く世間に伝わるうちに、噂話は確かな情報であるかのような影響力を持った。それを頼りに、わざわざこの家を訪ねる者が出るくらいにね。――ところで」

そこで高槻が一度言葉を切った。

床に片手をつき、園部の方に少し身を乗り出す。

「この家が有名になったときに、僕も多少は調べたんだけどね。この家で体験できる心霊現象は実は二つしかなくて、さっき言った線香のにおいと、あとは『窓越しに死体がぶら下がっているのが見える』というやつだけなんだ。……だから僕は、君の話を聞いたときに、おかしいなと思った」

ランタンの光が高槻の顔を照らしている。日本人にしては色の白いその顔は暗がりの中で少し浮かび上がるかのようで、瞳《ひとみ》に反射した光が星のように輝いて見える。

「僕が知る限り、この家にまつわる怪談で、『庭に佇《たたず》む顔に傷のある女』なんていう話はないんだよ」

高槻が言った。

「報道された内容では、殺された奥さんは、腹を刺されて首を絞められただけだ。顔に傷を負っていたなんていう話は、少なくとも世間に知られてはいない。それに、彼女の幽霊が出るなら、庭じゃなくて家の中なんじゃないかな」

園部が語った女は、この家にまつわる『記憶』とも『情報』ともそぐわない。

それなら、その女は一体何者なのか。

「おかしなことは、もう一つある。この部屋の中から、君がその女を目撃したときの状況だ。——その場に一緒にいた君の友達は、庭にいたのは影だと言った。暗かったから、目鼻の判別もできなかったってね」

すっと、高槻が庭に面したガラス戸を指し示す。

暗い夜の庭。影の濃淡でなんとなく庭木の配置はわかるが、ガラスにランタンの光や自分達の影が映り込んでいるせいで、外の景色はひどく見づらい。

そうか、と尚哉はようやく気づいた。

——この状態で、庭の隅に立つ何者かの顔をはっきりと判別できたはずはない。

「園部くん」

長い指でガラス戸を示したまま、高槻が言う。

「また雨が降ってきたみたいだね」

まるでその言葉を合図にしたかのように、辺りに雨音が響き出す。

園部は吸い寄せられるように庭に目を向け、ひっと小さく悲鳴を上げて、

「い、います！　お、おん、女の人が、顔に傷のある女が！」

「そんな人はいないよ、園部くん」

「います！　こ、こっちを見てる……」

「その人は一体誰なんだろう。——園部くん、君は知ってるんじゃないのかな」

「し、知らない！」

絶叫するように答えた園部の声が、ぎいんと激しく歪んだ。

尚哉は耳を押さえながら、園部を見る。

園部は蒼白《そうはく》な顔色で、がたがた震えながら目を見開いていた。

園部の恐怖は、まぎれもなく本物だ。

この『ミナシの家』に、園部だけが違う『記憶』を重ねている。

「こっちを見てる……俺のこと、恨んでる……っ」

「その恨みは、君が感じている恐怖は、一体どこから来ているんだろうね。園部くん」

座り込んだまま後退《あとずさ》ろうとする園部の腕を、高槻がつかんだ。

そのまま、園部の顔をすぐ間近から覗《のぞ》き込む。

「君には、心当たりがあるんでしょう？……その女に恨まれる、心当たりが」

囁《ささや》くように、高槻が問いかける。

ランタンの輝きが映り込んだのではありえない、内側からの青い光が、高槻の焦げ茶の瞳を侵食していく。昏《くら》く深い藍色《あいいろ》に変わった瞳の奥で、全てを呑《の》み込むかのような底なしの夜が口をあける。

魅入られたようにその瞳を見上げた園部に、高槻は尋ねる。

「君だけがその女を見るのはなぜなんだろうか。君の『記憶』の中のその女は――一体、誰なんだい？」

「あ……っ」

あえぐように息をして、園部がぎこちなく口を動かす。

「よ――陽子《ようこ》さん……です」

「陽子さん？」

ぱちり、と高槻がまばたきした。瞳を染め上げていた夜の気配が、途端にかき消える。

園部がはっとしたように、ぱちぱちとまばたきを繰り返した。高槻の瞳をあらためて見上げて、そこにもう青い光が見えないことを不思議がっているかのような顔をする。

尚哉は横から尋ねた。

「陽子さんって、誰？」

「あ……ええと」

園部が目を伏せた。

高槻が園部の腕を放す。

園部はうつむき、しばらく沈黙した後、口を開いた。

「陽子さんは……この家の、近くに住んでた人です」

「それ、もしかしてさっき表札が替わってるって言ってた家？」

尚哉が訊《き》くと、園部はこくりとうなずいた。

そして園部は、話し始めた。

小学生の頃に見た家の表札を今でも覚えている理由。

そして、この家にまつわる——園部だけの、記憶の話を。

「……前は、あの家の表札は、『初瀬《はつせ》』でした」

初瀬陽子。

それが、彼女の名だった。

園部は小学四年の夏休みの間だけ、この家に住んでいた。自宅のリフォームが終わるまでの仮住まいだ。

小学生の園部にとって、それは嬉《うれ》しくも何ともない話だった。仲の良い友達と、夏が終わるまで遊べない。近くの公園に行ってみても知らない子ばかりで、縄張りを主張されて追い出された。家の中も外も勝手が違いすぎて、なかなか馴染《なじ》めなかった。

すっかり拗《す》ねていた園部に声をかけてくれたのが、陽子さんだった。

陽子さんは園部の母親よりも若く、そして美人だった。ほっそりしていて、長い髪をいつも一つに束ねて背に流していた。夫と二人暮らしで、まだ子供はいなくて、でも子供が大好きなのだと言っていた。

「よく、手作りのお菓子を持ってきてくれたんです。庭から入ってもらって、そこのガラス戸を開けて、上り口のところに二人で腰掛けて、お菓子を食べました。優しくて、よく笑う人で……！　でも」

あるとき、園部は陽子さんが腕に怪我をしていることに気づいた。

Tシャツの半袖《はんそで》にぎりぎり隠れる位置ではあったが、上腕にひどい痣《あざ》ができていた。

陽子さんは園部の視線に気づくと、「ちょっとぶつけちゃって」と苦笑いしながら、袖を引っ張って痣を隠した。

また別の日には、口元に痣と傷ができていた。

どうしたのと園部が尋ねると、陽子さんは「転んだの」と答えた。

まだ子供の園部にだって、それが転んだ傷じゃないことくらいすぐにわかった。

喧嘩《けんか》の傷だ。前に友達と取っ組み合いの喧嘩をしたときに、園部も似たような怪我をしたことがあった。

でも、陽子さんは大人なのに、一体誰と喧嘩したのだろう。

その謎は、ある晩、親と一緒にコンビニまでアイスを買いに行ったときに解けた。

陽子さんの家の前を通ったとき、男の人の怒鳴り声と陽子さんの泣き声がしたのだ。

「陽子さんの旦那《だんな》さんは、休みの日に見かけたことがありました。眼鏡をかけた優しそうな人で――それなのにあんな風に怒鳴るなんて、俺、びっくりしちゃって……」

ＤＶという言葉は、テレビで見て知っていた。でも、それが実際に自分の身近なところで起こるなんて、夢にも思っていなかったのだ。

園部の親は、その場に立ちすくんでしまった園部の腕を慌てて引き、足早に陽子さんの家の前を通り過ぎた。

そして園部に、「あそこの家の人とはもうかかわるんじゃない」と言い聞かせた。

それに対し、自分が何と返事をしたのか、園部はもう覚えていないという。

だが、それ以降、陽子さんの方からも、園部には近寄ってこなくなった。

というか、陽子さんは、近所の誰ともかかわらなくなってしまったようだった。

道に人がいれば顔を伏せ、わざと避けるようにして通るようになった。半ば顔を覆うように長い髪をばさりと垂らし、帽子やサングラスを着けるようになった。毎日暑いのに、服も長袖になった。

そこまでしても隠しきれない傷や痣が全身にあるのが、遠目にもはっきりとわかった。

でも、そんな姿では、やはりどうしても人目を引くものだ。

やがて陽子さんは、周りの視線を気にするように、あまり外を歩かなくなった。

出かけるのは、決まって雨の日――人通りが少なく、歩いている人がいても傘で視界が遮られる、そんな日を選んで外出するようになった。

近所の人達も、陽子さんが明らかに人目を避けているのがわかるせいか、遠くから見るばかりで、近寄ろうとはしなかった。

「……彼女を助けようとしてくれる人は、ご近所に誰もいなかったの？」

「さあ……俺も陽子さんには近づかなくなってたから……わかりません」

高槻の問いに、園部がそう答える。

少なくとも園部の親は、陽子さんの家の事情にはかかわろうとしなかったのだろう。

だって、自分達はすぐにいなくなるのだから。

ほんの一時しかいない町の厄介事に首を突っ込む必要はない。所詮《しょせん》は他人事《ひとごと》だ。

そう思っていたのではないだろうか。

「夏休みが終わる頃、家のリフォームが終わって……帰れることになりました」

やっと住み慣れた家に戻れる。園部はそれが心底嬉しくて——けれど唯一、陽子さんのことだけが、心に引っかかっていた。

優しくしてもらったのだ。

ひと言くらいは挨拶《あいさつ》するべきだと思った。

「だから、もう明日《あした》帰るっていう日の夕方に、陽子さんの家に挨拶に行ったんです。親に言ったらたぶん止められるだろうから、一人でこっそり。……そしたら」

インターホンを押そうとしたときだった。

家の中から、またあの怒鳴り声がした。

園部は咄嗟《とっさ》に門を開けて、敷地の中に足を踏み入れた。

何かが倒れる音と、何かが壊れる音がした。

園部が窓から家の中を覗くと――陽子さんが倒れているのが見えた。

陽子さんの顔は血まみれだった。園部の目には、それが鼻血なのか、それとも別の箇所からの出血なのかもよくわからなかった。

陽子さんの夫は、こちらに背を向けるようにして、陽子さんの横に立っていた。

そして――信じられないことに、その男は足を振り上げ、陽子さんを踏みつけたのだ。

陽子さんの弱々しい悲鳴が響く。男はもう怒鳴ることすらせず、無言で陽子さんを踏み、蹴飛《けと》ばし続ける。それはあまりにも異様な光景で、園部は身動きさえできなかった。

「助けないとって、思ったんです。でも、怖くて……もし声を出したら、あの男が振り返って、こっちに襲いかかってくるような気がして……そしたら、そしたら陽子さんが、窓から覗《のぞ》いてる俺に気づいたんです」

陽子さんは血まみれの顔をこちらに向け、かっと両目を見開いた。

助けて、と腫《は》れた唇が動いた気がした。

次の瞬間、陽子さんの夫がこちらを振り返ろうとするのがわかって、園部は慌てて窓から離れた。

そして、後ろも見ずにその場を逃げ出し――家に駆け戻って布団をかぶった。

自分が見たものが恐ろしすぎて、親にも話せなかった。口にするのさえ恐ろしい出来事なんていうものがこの世にあることを、園部はそのとき初めて知った。

翌日、園部は親が運転する車で、この家を後にした。

陽子さんの家の前を通り過ぎたとき、園部は、陽子さんの夫が庭にいるのを見た。花壇の手入れをしているようにも見えたし、何かを埋めているようにも見えた。傍らに大きなスコップがあったからだ。

陽子さんの姿はどこにも見えなかった。

きっと陽子さんは殺されてしまって、庭に埋められたのだ。

そう思った。

「もしあのとき、俺が陽子さんを助けてたら……陽子さんは、今でも生きてたかもしれない。そう思って……でも怖くて、本当に怖くて……だから、忘れようと思いました」

陽子さんのことを思い出しそうになる度に、園部は、あれは夢だったのだと己の中で繰り返した。

夜中に見る怖い夢と同じだ。現実ではない。悲鳴を上げて飛び起きたらすぐ忘れる、そんな夢と同じだ。そうして園部は徐々に陽子さんのことを思い出さなくなっていった。

やがて中学生になり、高校生、大学生になって――あの小四の夏を過ごした家を訪れることはその後一度もなく、いつしかそんな女性がいたことさえ忘れてしまった。

かつて一時的に暮らした家で一家心中事件が起きたと聞いたときも、まだ陽子さんのことは忘れたままだった。

だが、あの晩。

友人達とこの家に泊まりにきたあの晩に、庭に黒い影を見て、園部はそれを幽霊だと思った。

そして、その瞬間――園部は、陽子さんのことを思い出した。

なぜなら園部にとって、自分に祟《たた》る幽霊がいるとするなら、それは陽子さん以外なかったから。

「ああ陽子さんが来た、そう思ったんです。陽子さんが俺を恨んでる、どうして助けてくれなかったのかって責めてる、そう思って……」

両手でぐしゃりと己の髪をつかむようにしながら、園部が身を震わせて言う。

そのときだった。

はっとしたように、高槻が庭の方に目を向けた。

つられて尚哉と園部もそっちを見る。

ガラス戸に亡霊のごとく映り込む自分達の姿。その向こうにぼんやり見える夜の庭。

そこに――先程までは確かになかったはずの黒い影が、見えた。

誰かが立っている。

ガラス戸のすぐ外に。

ひい、と園部がかすれた悲鳴を上げて、高槻にしがみついた。

高槻は園部を尚哉に押しつけ、大股《おおまた》にガラス戸に歩み寄ると、がらりと引き開けた。

「――どなたですか？」

「――誰だお前ら」

高槻の問いかけにかぶさるように、外から声がする。

男の声だった。

尚哉は、ひしとしがみついてくる園部を引きずるようにして、高槻の横に並んだ。庭を覗いてみる。

六十代くらいの小柄な男が、そこに立っていた。その体がほぼほぼ闇に溶けて見えるのは、彼が黒い傘を差し、黒いレインコートを着込んでいるからだ。

「この家は空き家だぞ。何を勝手に入り込んでるんだ、酒盛りでもしてるのか？　それとも肝試しか、動画撮影か、いい加減にしろ！　今度こそ警察に突き出すぞ！」

男が傘を振り上げるようにして怒鳴る。

高槻はまあまあ落ち着いてというように片手を上げ、そのままその手で園部を示し、

「僕達は、この家を管理している方に許可をいただき、鍵《かぎ》をお借りしてここに来ています。こちらにいる彼の親戚《しんせき》が、この家の管理者なんです」

まだ尚哉にしがみついたままだった園部が、はっとした様子でポケットをまさぐり、家の鍵を取り出して男に見せた。

男はなんだという顔をして、

「無断侵入じゃないのか。しかし、あんたら、こんなところで何してるんだ」

「ええ、彼のお祓《はら》いを少々」

高槻はにっこり笑って、もう一度園部を手で指し示した。

　男は、隣の家に住んでいる者だった。

「一時期、ユーチューバーだかなんだか知らないが、わけのわからない連中がよくこの家の辺りをうろちょろしてな……勝手に撮影したり、庭に入り込んだり、それどころか家の中に入ろうとしたりするもんだから、近所の人間で気をつけて見回りしてたんだ。近頃じゃ収まってたから、もう大丈夫かと思ってたんだが……ふっと見たら、この家の中に明かりが見えてな。また誰か勝手に入り込んだかと、様子を見に来たんだよ」

「それは誤解させてしまって申し訳ありませんでした。──ところで、一ヶ月ほど前にも、やっぱり同じようにこの家の様子を見に来ませんでしたか？　そのときは、こちらの彼の他に、学生が三人ほどいたはずですが」

「ああ、そんなこともあったな」

　あっさりと、隣家の男が認める。

　尚哉は拍子抜けした気分で、男と園部を見比べた。

　つまり、園部達が庭に見た黒い影というのは、この男のことだったのだ。傘もレインコートも黒いものだから、その姿は影のようにしか見えなかったのだろう。

「まあ、許可を取ってるなら別にかまわないんだ。邪魔をして悪かったな」

　そう言って帰ろうとする男に、高槻が声を投げた。

「あの、すみません！　もしよろしければ、少々お伺いしたいことがあるんですが」

「何だ」

男が振り返る。

高槻は尋ねた。

「あなたは、もうこの土地に住んで長いんですか？」

「もう三十年くらいになる」

「では、彼のことを覚えていますか？」

高槻が、また園部を指す。

「十年前、まだ小学生だったときに、彼はこの家に住んでいたことがあります。夏休みの間だけでしたが」

「……ああ、そういえばそんなこともあったかな」

曖昧《あいまい》に首をかしげつつ、男が答える。

園部は隣家の男とは交流がなかったらしい。園部の方でも、男の顔はよく覚えていないようだ。

高槻が続けて尋ねた。

「それでは——初瀬陽子さん、という方のことはご存じでしょうか？」

「初瀬……？」

男は眉根《まゆね》を寄せながら、また首を捻《ひね》る。

やはり覚えていないか、と尚哉は少しがっかりした。まあ、十年前のご近所さんのことなんて、そこまで記憶に残るものでもないのかもしれない。

だが、そのときだった。

男が、ああ、と首を元の位置に戻して言った。

「陽子さんのことか。前にこの辺に住んでた人だな。もういないが」

「彼女の消息について、何かご存じではありませんか？」

「ああ、今は確か岡山の方に住んでるんじゃなかったかな」

男が言う。

え、と園部が目を剝《む》いた。

「し、知ってるんですか……？　ていうか、生きてるんですか彼女⁉」

「生きてるも何も、今年も年賀状が届いたからな」

こともなげな口調で男が答える。

園部は愕然《がくぜん》とした様子で、男と高槻を見比べる。

隣家の男は言った。

「あの人はなあ、旦那《だんな》がひどい奴で、いわゆる家庭内暴力ってやつでボコボコにされてなあ。でも、ある日ついに離婚して、引っ越していったんだよ。それで、うちの妻のところに葉書をくれたんだ。それ以来、年賀状のやりとりだけは続いてるよ。——妻と仲が良かったんだ。よく庭の手入れを手伝ってくれていたらしい。旦那のことを警察に相談しに行ったときは、私と妻が一緒に付き添ったんだよ。まあ色々大変だったんだが、どうにか上手《うま》くいった」

「あ……」

園部が、突然へたりとその場に座り込んだ。

なかなか状況が理解できないのか、呆《ほう》けたような顔をしている。けれど、やがてその顔に、じわじわと喜びの色が広がっていく。ただでさえ下がった眉尻《まゆじり》をますます下げるようにして、そうですかと園部はゆっくりうなずき——そしてその顔が、唐突にくしゃくしゃに歪《ゆが》んだ。

隣家の男が、ぎょっとした様子で園部に声をかけた。

「お、おい、どうした？……え、兄ちゃん、泣いてんのか⁉」

狼狽《うろた》える男の前で、園部は床にうずくまり、身を震わせ始めた。

押し殺そうにも殺しきれない泣き声が、その口から漏れる。隣家の男はますます狼狽え、おいおい大丈夫かと言いながら園部の背中に手を置く。園部は床に額を押しつけるようにして首を振り、泣き声の下から、「そうですか、彼女は元気なんですね」とかすれた声で呟《つぶや》いた。

そして、よかったよかったと何度も繰り返した。

——園部から高槻のもとに再びメールが届いたのは、それから二週間ほど経った頃だった。

メールには、丁寧なお礼の言葉と共に、『もう雨が降っても幽霊は見えなくなりました』と書いてあった。

あれから東京は梅雨真っ只中《ただなか》だ。しとしとと降り続ける雨に街は濡《ぬ》れそぼり、誰もが傘を広げて往来を行き交っている。

でも、その傘越しに、園部が顔に傷のある女を見ることはなくなったらしい。

研究室でメールを見せてもらった尚哉は、高槻に言った。

「結局、園部くんが見ていたものは、彼の思い込みだったたっていうことですか？」

「そうなるだろうね」

高槻が答える。

「園部くんは今まで、陽子さんのことを誰にも話せずにいたんだと思う。自分のせいで死んでしまった、殺されてしまったと思い込んで――表面上は彼女のことを思い出さなくなっても、後悔と自責の念はいつまでも消えずに残っていた。そして、十年前に見た血まみれの陽子さんの顔は、園部くんが再びあの家を訪れたことで、彼の記憶の底からよみがえったんだ」

意識の表層に浮上したそれは、まさしく亡霊のごとく園部に取り憑《つ》いた。

園部の記憶の中で、顔に傷のある陽子さんが外を歩くのは雨の日だけだ。

だから、雨が降る度、園部は彼女の姿を見るようになった。

だが、それは園部の意識が作り出した幻だ。本物ではない。

尚哉はコーヒーのマグカップを口に運びながら言った。

「でも、よかったですよね。陽子さんが今も元気に暮らしてるってわかって」

あの後。

隣家の男は自分の家に取って返し、陽子さんから届いた年賀状をわざわざ持ってきてくれた。

年賀状には、写真がプリントされていた。麦わら帽子をかぶった女性が、右手にトマト、左手にキュウリを掲げて笑っている写真だ。農家なのか、それとも家庭菜園でもやっているのか、「昨年は豊作でした！」と丸っこい字で書き添えてある。

明るい陽射しの下、全開の笑みをこちらに向けたその顔には、少なくとも写真で見る限り、痣《あざ》も傷痕《きずあと》もなかった。

園部は写真を見てさらに大泣きし、隣家の男は自分が泣かせたとでも思ったのか、困った顔でおろおろした末に「もしよかったら、それ持って帰る？」とまで言ってくれた。が、園部もさすがにそこまではと思ったようで、涙でべしょべしょの顔と声で礼を言い、丁寧な手つきで年賀状を返して、男を見送った。

そして園部は、高槻と尚哉にも「ありがとうございます」と深々と頭を下げた。

園部が見ていたものの正体が判明してしまえば、もうこんな電気も水道もない家に泊まる必要はない。涙を拭《ぬぐ》った園部が「もういいので帰りましょう」と言い、泊まることはせずに帰ることになった。……高槻は「えええ、せっかくだから事故物件で一晩過ごしたい」とごねたのだが、尚哉が無理矢理引きずって外に連れ出した。何しろ寝袋もないのだ、必要もないのに床で寝るのはできれば避けたい。

……家を後にするとき、尚哉はもう一度、深く息を吸い込んでみた。

けれど、やはり何も感じなかった。

家の中はしんとした静寂に満たされ、あちこちに暗闇が溜《た》まってはいたけれど。

ここには生きている者も、死んでいる者も、何も存在しないのだと思った。

止まった時に支配された、ただただ空《むな》しい場所だった。

いや——でもそれは、尚哉がそう思うから、そう感じただけなのかもしれない。

今なお殺された者達の魂があの場所に閉じ込められていると思うよりは、何もないと考える方がずっといいから。

苦しんで死んだ人達には、もう楽になってほしいから。

「……ていうか、先生」

「うん、何？」

尚哉がじろりと横目で高槻を睨《にら》むと、高槻はきょとんとした顔をこちらに向けた。

その顔に向かって、尚哉は尋ねる。

「先生、最初は園部くんのこと疑ってませんでしたか？　園部くんが彼女を殺したんじゃないかって」

すると高槻は唇の両端を軽く上げ、あっさりと認めた。

「うん。ひょっとしたら彼が女の人を殺して庭に埋めちゃったのかなあって、ちょっと思ってた。でないと、幽霊が庭に出る理由の説明がつかない気がして」

やっぱり、と尚哉は顔をしかめる。

園部の親戚《しんせき》に『ミナシの家』の鍵《かぎ》を借りに行ったときのことだ。

高槻は、目の前に園部の親戚がいるにもかかわらず、庭に死体を埋めたかどうかを園部に尋ねた。いくらなんでもまずい発言だとあのときは思ったが、おそらく高槻は「庭に死体」という言葉に園部がどんな反応を示すかを見たかったのだろう。

「だけど、当時の彼が小学生だったことを思うと、その線は薄いなとも思ったよ。さすがに小学生が大人の女性を埋めるのは難しいでしょう。まあ、親が共犯だったら可能だろうけど」

「いや、そんなフランクに殺人を疑わないでくださいよ……」

「あはは。だって、園部くんが見てる幽霊が、どうにも彼固有のものっぽかったからさ。それが本物だろうと幻だろうと、何か理由があるんだろうなと思った」

机に片肘《かたひじ》をついて顎《あご》を支え、高槻はちょっと人の悪い笑みを浮かべてみせる。

「だってほら、柳田国男《やなぎたくにお》だって言ってたじゃない？　やましいところがないなら幽霊に怯《おび》える必要なんてないんだ、ってさ。つまり、幽霊に過剰に怯える人は、やましいことがあるってことだよ」

「いや別に柳田国男に会ったことないですし。……言ってましたっけ、そんなこと」

「ぴったりそのままの言葉じゃないけどね。『妖怪談義』の中で、化け物と幽霊の違いを述べるときに、そんなようなことを言ってる。幽霊はこれぞと思う相手にだけ思い知らせようとするものだからってね。──今となっては古いとされている説だけど、幽霊というものに対する考え方の核心をついているとは思う。死者に恨まれて当然だと思う心が、幽霊を生み出すこともあるんだよ。園部くんのようにね」

何の憂いもなく死んだ者は成仏し、そうでない者は幽霊となって現世に迷う。そういう考え方は、現代人の心にもいまだ根付いている。

幽霊になる者にはそれなりの理由があると考えているのだ。何らかの恨みか、あるいは心残りがなければ、幽霊にはならない。

だからこそ、恨まれる覚えのある生者は死者に怯えるのだ。祟《たた》られて当然だと思って。

尚哉は背後の本棚を振り返った。

「『妖怪談義』、この研究室にもありましたよね」

「あるよ。ほら、あそこの棚」

「今日借りていってもいいですか？」

「勿論《もちろん》！」

尚哉が言うと、高槻はにこっと笑ってうなずいた。

尚哉は立ち上がり、高槻が指差した本棚の方に向かう。

そのとき高槻が、ふと思いついたという口調で「ああ、でもさ」とまた口を開いた。

「もしも彼女が生きているとわかった後でも園部くんに幽霊が見えたなら、それはきっと本物の幽霊だったろうにね」

「え？」

「あの『ミナシの家』の記憶とも情報とも結びつかない、正体不明の幽霊だ。理屈が通らない分、その方がずっと怖くて面白かっただろうね。……そう思うと残念な気もするよね、園部くんに幽霊が見えなくなっちゃったの」

少しつまらなそうにそう言って、高槻がココアを飲む。

棚から本を抜き出しつつ、尚哉が眉《まゆ》をひそめて「不謹慎ですよ」とたしなめると、高槻は素直に「ごめんなさい」と謝った。その声に歪《ゆが》みはないが、この人の場合、半ば反射で謝っている節があるので、今のごめんなさいがその後の反省につながるかどうかは不明である。

尚哉は窓の外に目を向けた。

雨は今日も降り続いている。帰るときにも、きっと傘が必要だろう。

第二章　消えた少年

もうこのまま永久に晴れることなどないのではと思われた梅雨空も、七月に入るとぽつぽつと晴れ間を見せ始め、気温の上昇と共に夏の訪れを感じさせるようになってきた。

学生にとって、夏とは夏休みと同義である。

夏休み前が忙しいのは例年のことだ。春学期試験の前哨戦《ぜんしょうせん》として、まずレポート提出ラッシュがやってくる。一年二年のときに比べれば取っている講義の数は少ないので楽になるかと思いきや、予想外に提出期限が重なったりするので注意が必要だ。レポート提出をもって試験に代えるという講義も多いので、気を抜くわけにもいかない。

今年、尚哉は高槻の講義を三つ取っている。

火曜四限のゼミ、水曜三限の『民俗学Ⅱ』、木曜二限の『現代民俗学講座Ⅱ』である。

ゼミは特に試験もレポートもないし、グループ発表も済んでいる。『民俗学Ⅱ』については、一年のときにすでに単位は取得済みだから、今年は別にレポートを出そうが出すまいが影響はない。

しかし、『現代民俗学講座Ⅱ』はそうも言っていられない。高槻の講義は試験なしのレポート提出のみだし、普段真面目に講義を聴いていれば問題なく書ける内容だが。

試験期間前、尚槻が『現代民俗学講座Ⅱ』で扱ったのは、『怪異の起こる時間帯』というテーマだった。

「現代を生きる僕らは、常に時間に縛られていると言っても過言ではありません。僕らは自分の生活を時刻によって管理し、把握しています。起きる時刻、電車の時刻、講義の開始と終了の時刻、何時から何時までがバイトの時間で、終電は何時でと、時計なしではままならないことが多すぎますね！　だから人々は時計を持ち歩くし、スマホのロック画面にはでかでかと時刻が表示されています。――そのせいもあってか、現代の怪談において、特定の時刻に紐《ひも》づく話は多いですね。たとえば資料①の『四時ババア』」

教壇に立ち、尚槻はすっと綺麗《きれい》にのびた背中をこちらに向けながら、黒板にチョークで「四時四十四分」と書き記した。

学生達は、配布された資料に目を向ける。資料の中身は、例によって子供向けの怪談本やサブカル本からのコピーが多い。

「これは、主に学校の怪談として語られることが多い話で、四時四十四分にトイレのドアを四回ノックすると四時ババアが現れるという内容です。『四時ババア』は類話が多く、出現場所や行動には様々なバリエーションがあります。最近だと、四時四十四分にパソコン室の特定のパソコンを起動すると画面に老婆が現れて、あの世に連れて行かれたり、パソコンの中に引きずり込まれたりするという話もありますね。『四時ババア』

が初めて語られた頃には小学校にパソコンなんてなかったんですが、怪談というのは時代に合わせてアップデートされていくものです。とはいえ、アップデートされても『老婆』という要素は残る辺り、怪談における老婆の人気を感じさせますよね！」

話しながら、高槻がいつものように黒板に落書きを始める。

いや、落書きと呼ぶのは失礼なのかもしれない。今話している怪談について図解しているつもりなのだとは思う。が、いかんせん画力が残念すぎるため、落書きにしか見えない。それも、小学生が教室の黒板に描いて先生に怒られるようなやつだ。四角い枠の中からウーパールーパーのようなものがにょろりんと出てきているように見えるが、たぶんあれはパソコンから老婆が出てくる様を表しているのだろう。ものすごくよく見れば、ウーパールーパーが着物を着ていることがわかる。

「『四時ババア』の他にも、四時四十四分に恐ろしいことが起こる怪談はたくさんあります。幾つか資料に載せてありますので、順に見ていきましょう！」

高槻はそう言って、資料に載せた四時四十四分にまつわる怪談を順に紹介し、『四《し》』と『死』が音で通じるという解説につなげていく。

尚哉の隣に座った難波が、懐かしそうな目で資料を眺めていた。子供時代に触れた怪談が幾つも載っているらしい。

尚哉にとっても、四時四十四分の怪談は懐かしいものがある。『四時四十四分の呪い』にかかったという女性から相談を受けたのは、去年の四月のことだ。遠山と出会うきっかけとなった事件である。今高槻が話している解説も、ほぼ同じものをそのときすでに聞いている。

高槻のフィールドワークに付き合っていると、様々な怪談の解説を聞くことになる。尚哉が大学院に興味を持ってしまったのは、そうやって高槻の話をしょっちゅう聞いていたせいではないかという気がする。

教壇の高槻は、相変わらず誰より楽しそうな様子で講義を進めている。

ああいう姿を見ながら、いかにも面白いものとして語られる話を聞いていたら、それはまあ研究というものが面白く思えてきても仕方がないだろう。

「では、四時四十四分以外で怪談に使われやすい時刻というと、いつでしょう？　まず思い浮かぶのは、夜中の十二時でしょうか」

高槻がまた黒板に向かい、綺麗な字で「夜中の十二時」と書いた。

「これもまた学校の怪談に多いですね。夜十二時になると音楽室のベートーベンの肖像画の目が光る、二宮金次郎《にのみやきんじろう》の像が校庭を走り回る、歴代校長の写真から校長先生が抜け出してきて会議を始める、そんな話がたくさんあります。資料⑥から⑨に載せてありますので、後で読んでおいてください。変わったところだと、巨大なヒヨコが現れて、校庭の真ん中に立つ大きなクスノキの周りを走り回るなんていう話もあります。僕は鳥が苦手なので、あまり見たくない怪異です」

ぶるぶると首を横に振りながら高槻が言い、教室の学生達が笑う。

尚哉は大きなヒヨコがひょこひょこと走り回る様を思い浮かべてみた。ニワトリだとちょっと怖いが、ヒヨコなら意外と可愛いかもしれない。が、それを見て卒倒した高槻を引きずって運ぶことを想像し、やっぱり駄目だと思い直した。巨大ヒヨコに踏んづけられてぺちゃんこにされても困る。

「学校の怪談以外でも、十二時は人気です。資料⑩は、夜中の十二時に刃物をくわえて水を張った洗面器を覗《のぞ》くと、将来結婚する相手の顔が映るという占いの話です」

高槻が言う。これもまた有名な話の一つだ。

「ある女の人が半信半疑で試したところ、水の中にぼんやりと男の人の顔が映りました。ぞくっとして顔をそらした途端、くわえていたナイフが水に落ち、映っていた顔は消えてしまいます。数年後、彼女はお見合いをしました。相手の男性はとてもいい人で、二人は何度も会うようになりましたが、彼はなぜか常に大きなマスクをしています。どうしてと彼女が尋ねると、彼は、君が怖がるといけないからと答えました。顔が見たいと彼女が言い、彼がマスクを外すと、その頰には大きな傷痕《きずあと》があります。驚いた彼女がそれはどうしたのかと尋ねると、彼は言いました。――『お前がやったんだ！』」

最後の台詞《せりふ》だけ大声で言って、高槻が一番前に座っていた女子学生を指差した。

彼女はびくりと肩を跳ねさせ、けれどすぐに他の学生達と一緒に笑い出した。この手の怪談は、最後に大声を出して聞き手を驚かせるというのがお約束なのだ。

高槻は、驚かせた女子学生に向かって「ごめんね」と謝ると、

「他にも、夜中の十二時に合わせ鏡をすると悪魔が現れるだとか、夜中の十二時に起きて西を向くと鎌を持った老婆に殺される、なんていう話もあります。――夜中の十二時がこのように怪談において使用されがちなのは、真夜中を表すからでしょう。十二時と指定していなくても、『真夜中に』とか『深夜になって』という表現を使う怪談は多い。明るく賑《にぎ》やかな真昼間より、暗くて静かで人気《ひとけ》の少ない夜の方が、怪異や占いの儀式にはふさわしいものです。真夜中十二時は、そんな夜の象徴ともいえる時刻なのです」

話しながら、高槻は先程の板書の「夜」の字を丸で囲む。

それから、「十二時」の横に「〇時」と書き添え、

「さらに言えば、真夜中十二時というのは、日付が変わる境目でもありますね。十二時、つまり一日の終わりの時刻でありながら、〇時、つまり始まりの時刻でもある。その瞬間ははたして昨日なのか今日なのか、今日なのか明日《あした》なのか、そうした説明をしづらい曖昧《あいまい》さもまた、境界の特徴です」

高槻の話を聞きつつ、尚哉はなんとなく窓の外に目を向ける。

今日はよく晴れている。校舎の上に見える空は、真夏のそれに近い。

もうすぐ、また夏がやってくる。

尚哉がかつて迷い込んだあの祭は、お盆の日の真夜中に行われていた。

きっと今年も、あの村には死者が帰ってくる。

村人達は青い提灯《ちょうちん》を広場に吊《つ》るし、彼らのために祭の場を用意するはずだ。

夜が更ければ、祭の場は異界と化す。

青提灯は本来吊るした数よりはるかに増えてどこまでも連なり、熱のない光を闇夜に振りまくことだろう。広場の中央には組んだ覚えもない高い櫓《やぐら》が建ち、どん、どん、どどん、と大太鼓が打ち鳴らされる。面で顔を隠した死者達はその周りを二重三重に囲み、ゆらりゆらりと腕を振り足を踏み出して踊るのだ。

「――昔前の怪談では、『草木も眠る丑三《うしみ》つ時《どき》』という表現がよく使われていました」

高槻がこんと軽く黒板を叩《たた》いて言うのが聞こえて、尚哉は教室に目を戻した。

黒板にはいつの間にか「丑三つ時」と板書されていた。少しぼうっとしていたらしい。高槻に視線で軽く叱られた気がして、尚哉はちょっと首をすくめた。

高槻が言う。

「この言い方は、江戸時代に使用されていた不定時法によるものです。当時は時刻を十二支で表していました。不定時法は昼と夜とをそれぞれ六分割するので、昼と夜とで、さらに季節によって、一刻の長さが変わってしまうんですが、わかりやすく現代の時刻に当てはめて言うと、丑三つ時は大体午前二時から二時半くらい。今では『真夜中』といえば夜中の十二時を指しますが、かつては『丑三つ時』が真夜中を表す言葉でした。そして、この丑三つ時こそが幽霊や妖怪《ようかい》が跋扈《ばっこ》する時間帯とされていました。これは、丑三つ時が方角に当てはめると『鬼門《きもん》』にあたるからです。資料⑪を見てみましょう」

資料⑪は、円を十二に区分して十二支を当てはめ、時刻と方位を表した図だ。

午前〇時を中心とする前後二時間、すなわち午後十一時から午前一時までを子《ね》の刻として、丑《うし》の刻は一時から三時まで。当時はさらに一刻を三十分刻みで四等分して細かい時間を表していたので、丑三つといえば二時から二時半となる。

「方角に当てはめると、『鬼門』と言われる北東の方角は、丑と寅《とら》に当たります。だから、丑の刻も寅の刻もどちらも良くないんです。不吉な時間帯です。昔の人は、さらにここに陰陽五行《いんようごぎょう》を当てはめました。すると、寅は『陽』ですが、丑は『陰』なので、寅よりも丑の方がさらに良くないということになります。つまり、丑の刻こそが、最も不吉な時間帯だということです。『丑の刻参り』なんていうものもありますね。あれは、最も不吉な時間帯に恨みを込めて藁人形《わらにんぎょう》に五寸釘《ごすんくぎ》を打ち込むから、効果があるとされているんです。――では、そんな丑の刻の中でも、とりわけ丑三つ時が怪談の世界において好まれたのは、一体なぜだと思いますか？」

高槻はそう言って、教室の中を見回した。

誰かを指して答えさせたかったようだが、学生達の反応はあまり芳しくなかったらしい。高槻はちょっと首をかしげると、「丑三つ時」の板書の横に、「丑満《うしみ》つ時」と書き添え、自ら答えを口にした。

「それは、『丑三つ』を『丑満つ』と読み替えたからです。そうして、不吉な丑の刻の力が最大限に満ちてくる時刻だと解釈した。現代の怪談でも、夜中の十二時ではなく二時に怪異が起こるとする話が幾つもあるのは、この考え方の名残でしょう。資料⑫と⑬

に午前二時の怪談を挙げてありますので、これも後で見ておいてください。――さて、それでは、ここからは深夜から少し時間を戻してみることにしましょうか」

高槻はそう言って、また黒板に向かった。

今度は「夕暮れ・黄昏時《たそがれ》」と書き記す。

「夕暮れ時や黄昏時もまた、油断ならない時間帯です。暗くなり、人の顔の判別が難しくなる黄昏時は、昼と夜の境目ですね。昼の間は姿を潜めていた怪異が活動を始める時間帯であり、『逢魔《おうま》が時』とも言われていました」

それから高槻は、「夕暮れ・黄昏時」から小さく矢印をのばした。

矢印の先に「放課後・下校時刻」と書いて、また黒板をこんと叩く。

「夕暮れや黄昏時は、この二つに言い換えてもいいでしょう。怪談の主な担い手である子供達にとって、他の児童達と共に教室で授業を受けている時間帯は、言わば『日常』に当たります。ひとりぼっちになることもなく、『自分の席』という決まった居場所に座っていられる。けれど、放課後や下校時刻には、子供達は自分の席を離れ、散り散りになります。しかも、辺りは薄暗くなってきている。大人の目も行き届かないし、一人きりで家に帰る途中の道で心細い思いをすることもあるでしょう。そうした『非日常』の感覚が、怪談の温床となったのです。たとえば『口裂け女』は本来、下校途中の子供達の前に現れるものでした。資料⑭に挙げた『テケテケ』も、夕暮れ時の校庭を舞台とするのが代表的な語りですね。そして――そう、黄昏時は、子供がいなくなりやすい時間帯でもありました。いわゆる『神隠し』が発生しやすいと考えられていたんです」

――『神隠し』。

高槻の言葉に、尚哉はノートを取っていた手を思わず止めた。

目を上げ、教壇に立つ高槻を見る。

高槻は特に変わらない様子で、説明を続けている。

「黄昏時に子供がいなくなることが多いというのは、考えてみれば当然のことです。たとえ子供が昼のうちにいなくなっていたとしても、親がそれに気づくのは夕方以降でしょうからね。昔の人達は、そんな風に子供がいなくなったとき、『神隠しに遭ったに違いない』と判断しました。子供を隠してしまう『隠し神』が夕闇に紛れてやってきて、子供を異界に連れ去るのだ、とね。このため、黄昏時に『隠れ遊び』をしてはならないとされていました。隠れ遊びとは、かくれんぼのことです。黄昏時や夜にかくれんぼをすると、神隠しに遭う――そう考えられていたんです」

にこりと笑って、高槻は言った。

「黄昏時のかくれんぼといえば、僕が思い浮かぶのは泉鏡花《いずみきょうか》の『龍潭譚《りゅうたんだん》』なんですが、読んだことはありますか？　幼い主人公が姉の言いつけを破って一人で出かけ、異界の者と出会い、神隠しに遭った後に戻ってくる話です。資料⑮には、その中から『かくれあそび』と『おう魔が時』を抜粋しました」

学生達は資料に目を落とす。

が、現代語ではないので、やや読みづらいのだろう。何人かが顔をしかめてさっさと目を上げるのを見て、高槻は少し苦笑して簡単に内容を話し始めた。

「これは、神隠しに遭う前段階のシーンです。主人公は、黄昏時に知らない子供達とかくれんぼをしました。じゃんけんをして鬼になった主人公が他の子達を見つけられずにいると、見知らぬ美しい女が現れて、『こちらへおいで』と誘います。隠れた子の居場所を教えてくれるのかと思って女の示す場所を覗《のぞ》いても、誰もいない。ぞっとして振り返ると、女はもう消えている。——このとき主人公が思い出す姉の言いつけが、なかなかに興味深い。『人顔のさだかならぬ時、暗き隅に行くべからず、たそがれの片隅には、怪しきもの居て人を惑わす』というものです」

主人公は、何かが近づいてくる気配を感じて、女が示した場所に身を隠す。すると、四足《よつあし》のものが近くを横切っていく。

先程の女は自分を守るために隠れ場所を教えてくれたのだなと思い、主人公がそのまま隠れていると、やがて下男や姉が主人公を捜してやってくる。しかし主人公は、恐ろしいものが自分を騙《だま》そうとして化けているのだと思い、身を潜め続けるのだ。

「泉鏡花は金沢《かなざわ》の人です。金沢やその周辺には、龍神《りゅうじん》や天狗《てんぐ》、神隠しの伝承がたくさんあり、明治《めいじ》二十九年に発表されたこの『龍潭譚』にもそれらが取り入れられています。しかし、黄昏時にかくれんぼをすると神隠しに遭うというのは金沢に限った話ではなく、日本各地で言われていたことでした。柳田国男が大正《たいしょう》末に発表した『山の人生』でも、東京のような賑《にぎ》やかな町中でも夜分にかくれんぼをするなという戒めがある、と語られています。鬼や隠し婆さんに連れて行かれるから、とね」

高槻が言う。

学生達は興味深げな顔でうなずきながら、その話を聞いている。

神隠しは、現代人にとってはもはや民話の中の出来事である。

鬼や隠し婆さんを信じている者など、もういないからだ。

……でも、と尚哉は思う。

鬼も隠し婆さんも、天狗も——いないとは言い切れない。

あの真夜中の祭が実在した以上、民話上の出来事と思っていたことが現実に存在しても何もおかしくはないのだ。

「柳田国男は、かくれんぼという遊びはもともと信仰と関係があったのではないかと推察しています。姿の見えなくなった相手を、『もういいかい』『もういいよ』という声の掛け合いでのみ探すというのは、確かに呪的《じゅてき》な香りがする遊びですよね。まるで、神隠しに遭った子供を発見するゲームのようです。——まあ、現実的な解釈をするのであれば、暗くなってからかくれんぼなんてしたら、人目につかないところに隠れている子供がそのまま人さらいに遭ったり、うっかり事故に遭って池に沈んだり穴に落ちたりするかもしれないということなんでしょうけどね」

高槻はそう言って、また教室の中を見回した。

「もうすぐ夏休みですね。皆さんはくれぐれもいなくなったりすることがないように、元気な顔で秋学期にまた戻ってきてください。――というわけで、春学期最終レポートのお題を発表しまーす！　このレポートを春学期試験の代わりとするので、皆さん頑張ってくださいね！」

にっこり笑顔を途中でにやり笑いにすり替えて、高槻が声も高らかにそう言い放つ。

途端、うめきとも悲鳴ともつかない学生達の声が教室に満ちた。

どうせそろそろレポートのお題と締切り日の発表があるんだろうなと覚悟していても、実際に言われると、うわあという気持ちになるものだ。

「やべえ、東洋史学のレポートと締切りかぶってんじゃーん……」

尚哉の隣で難波が頭を抱え、絶望的な顔で呟《つぶや》いた。難波は昨年度に落とした単位があるため、今年度の履修講義が尚哉に比べて多いのだ。

尚哉はその肩をぽんと叩《たた》き、優しい声で言った。

「ゼミ代表なんだし、粗末なレポート書くんじゃないぞ」

「いや深町、そこはせめて励まして……」

「わかった。頑張れ」

「あー……励まされても駄目だわこれ……」

ぺしゃりと崩れるように難波が机に突っ伏した。学生にとっては、怪異との遭遇よりもレポート地獄の方がはるかに切実な危機らしい。

そうして七月後半はレポート提出ラッシュと試験期間に燃やし尽くされ、学生達がそろって真っ白な灰になりかけた頃、夏休みがやってきた。

大学の夏休みは長い。何しろ二ヶ月近くある。

かつては長すぎる休暇期間を完全に持て余していたものだったが、今年の夏休みは、尚哉にしては珍しく、イベントが複数控えていた。

まず、夏休み突入直後に、百物語の会があった。

去年は葉山《はやま》という一年の男子が主催したが、今年の主催は、高槻研究室所属院生の町村唯《まちむらゆい》だった。自分の研究に役立てるために、今の学生達が知っているリアルタイムの怪談を蒐集《しゅうしゅう》したかったのだという。

百物語の会は、高槻の講義を通じて参加者を募り、去年と同じく大学の集会室を借りて行われた。去年は葉山が会の終わりに偽の幽霊を仕込んでいたのだが、今年は特に何事もなく、参加した学生達は百物語というものを大いに楽しんで終わった。……尚哉個人の感想としては、去年は高槻の隣の席を巡って女子達による熾烈《しれつ》な椅子取りゲームが繰り広げられたのに対し、今年は初めから唯と瑠衣子の二人で高槻の左右をがっちり固めていたのが印象的だった。高槻の隣は決して譲らぬという院生達の矜持《きょうじ》だったのか、それとも椅子取りゲームで怪我人を出さないようにするための配慮だったのかは謎だが。

そして、その後から、遠山の建築設計事務所でのバイトが始まった。

期間は三週間、月曜から木曜までの週四日勤務。勤務時間は九時から十八時までで、昼休憩は一時間。……といっても、スーツを着る必要はなく、服装はオフィスカジュアルでいいとのことだった。どんな服を選べばいいのかよくわからなくて、バイトが始まる前にまた難波と一緒に服を買いに行ったのだが。

「インターンというほど構えなくていいよ。普通にバイトとして働くと思えばいい。こんな感じで仕事してるんだな、という雰囲気だけでもわかればいいんじゃないかな」

遠山にはそう言われたが、尚哉にとって『オフィスで働く』というのは初めての経験である。これまでやってきたバイトといえば、自宅でできる通信教育塾の採点と、あとは高槻のフィールドワークのお供だけだ。やっぱり少し緊張してしまう。

遠山の事務所があるのは、大田《おおた》区だ。駅前からやや離れたビルの二階で、オフィスは明るくモダンな雰囲気である。打ち合わせ用のスペースには赤やスカイブルーなどのカラフルなソファが置かれ、壁にはこれまで手掛けた住宅や施設の写真が掛けてあった。賞を獲《と》った際のトロフィーなども複数飾られており、台の上に置かれた紙製の建築模型はまるで芸術品のようで、尚哉はあらためて遠山に尊敬の念を抱く。普段建築家としての遠山に接する機会はほとんどないが、やっぱりすごい人なんだよなあと思う。

「今日から三週間、お世話になります。深町尚哉です。どうぞよろしくお願いします」

バイト初日、スタッフ達の前で、尚哉はそう言って頭を下げた。

遠山の事務所には現在、遠山含めて六人の人間が働いている。

以前いた林《はやし》と大野《おおの》は、例の四時四十四分の事件の後、事務所を辞めている。その後、大野の代わりとして事務担当のスタッフを一人、新規で雇ったそうだ。

四時四十四分の事件の際にかかわった沢木《さわき》ゆかりと村田《むらた》舞衣《まい》は、尚哉のことを覚えていてくれた。

「怪談の先生のところで助手くんしてた子だよね！　ひさしぶり、元気だった？」

「所長の遠縁の子だったんだね、びっくりしちゃった。世間って意外と狭いね」

そう声をかけてきた沢木と村田に、尚哉は「ええ、まあ」と苦笑いした。怪談の先生、というのは高槻のことだろう。

沢木と村田は、事件の直後は多少ぎくしゃくしたそうだが、今はまた仲良くしているらしい。村田と笑い合う沢木の手首には、以前と同じメンズ用の腕時計がはまっている。例のカフェの店長とも別れることなく続いているようで、尚哉はほっとした。

ちなみに、尚哉が遠山の親戚《しんせき》だということにしたのは、スタッフに不審に思われないようにするための苦肉の策だった。

これまで遠山の事務所はバイトの募集をしたことがないとのことで、急に尚哉を短期バイトで入れるのは少々不自然だったからだ。嘘をつくのは心苦しくはあったが、正直に話そうと思えば、話は例の真夜中の祭にまで遡《さかのぼ》ってしまう。遠山と話し合い、「実は遠い親戚だった」という設定で乗り切ることになったのである。

「じゃあ竹井《たけい》さん、深町くんをよろしくお願いします」

挨拶が終わると、遠山はそう言って、尚哉を竹井うららという女性のもとへ連れていった。事務を担当しているスタッフである。

尚哉の仕事は、事務作業を中心に、所内全体の手伝いということになっている。

竹井は、三十代くらいの女性だった。小柄で眼鏡をかけており、少し茶色くした髪をクリップでまとめている。

尚哉がよろしくお願いしますと頭を下げると、竹井はじろりと尚哉を一瞥《いちべつ》して、自分の隣の席を指差した。閉じた状態のノートパソコンが一つ置いてあるだけの席だった。

「とりあえずそこ、深町くんの席ってことにしたから。座って」

「あ、はい」

ややつっけんどんな口調に戸惑いつつ、尚哉は竹井の隣に腰を下ろす。沢木や村田のような親しげな雰囲気は竹井には微塵《みじん》もなく、なんだか不機嫌そうな顔が少し怖い。

しかし、仕事のことは竹井に聞けと遠山から言われているのだ。尚哉は内心びくびくしながら竹井の次の言葉を待った。

竹井は尚哉の方を見ようともせず、自分のノートパソコンを操作しながら言う。

「深町くんって、CAD《キャド》使えるんだっけ？」

「……すみません、CADって何ですか？」

尚哉が言うと、竹井は一瞬手を止めて「そうか、そこからか」と低い声で呟き、

「CADっていうのは、パソコンで図面の作成とかするやつ。昔は図面って手書きだっ

たんだけど、それだと書き直すのとか大変じゃない。パソコンでやると修正も管理も共有も楽だから、設計事務所で働く人は大体皆ＣＡＤ使えるんだけど」

「…………すみません、使ったことないです」

「あれ、深町くんって、何学部？」

「文学部です」

「そうか、文学部か……なら仕方ないね」

竹井の声に、「じゃあ何でうちにバイトに来たの」という疑問の色が滲《にじ》む。

尚哉は申し訳ない気分で「すみません」ともう一度呟き、目を伏せた。

遠山からバイトしないかと誘われたときになかなか踏み切れなかったのは、これが理由だ。そもそもの畑が違いすぎて、自分が役に立てるとは思えなかったのだ。

と、竹井が言った。

「まあ、もしここで本格的に働くことになったら、覚えればいいいんじゃないの？」

「……え？」

尚哉は目を上げて竹井を見る。

竹井は袖《そで》机の引き出しから伝票の束を取り出しながら、

「私だって、別に建築学科出てないし。ＣＡＤは独学で覚えたし」

「そうなんですか」

「うん。私、派遣で働いてるからさ。色々できた方が雇い先も給料も増えるし、前に別の設計事務所で働いてたときに覚えた。深町くん三週間しかいないから覚えるの無理かもだけど、なんとなく触ってるだけでも勉強にはなるから、暇なときに教えたげる」

口調は淡々としていたが、その声に嘘はなかった。

親切な言葉だった。

だから尚哉は、

「ありがとうございます」

そう言って、また頭を下げた。

竹井はばさりと二人の間に伝票の束を置き、

「まずは経理処理のやり方。教えるから覚えて」

「はい」

尚哉はうなずいて、自分の鞄《かばん》からノートとボールペンを取り出した。高槻ほどの記憶力はないのだから、聞いたことは全部メモしておいた方が無難だろう。

竹井はちらと尚哉を見て、また引き出しから何かを取り出した。

「あと私、基本的に愛想ないけど別に怒ってはいないから。話しかけづらいかもだけど、わかんないことあったらすぐ訊《き》いて。その方がトラブルも少ないから」

やはりつっけんどんにそう言って、伝票の上に何か小さなものを置く。

「あげる。これ、おいしいやつ」

個包装されたチョコレートだった。

甘いものは苦手ですと断るのも気が引けて、尚哉は素直に礼を言って受け取った。

自分用にあてがわれたノートパソコンを開き、経理用ソフトの使い方を聞く。一通りレクチャーしてもらった後は、実際に自分で入力してみる。竹井は二件目の処理まで横で見守った後、りんとうなずいて自分の仕事に戻った。

視線を感じてふと顔を上げると、遠山が自分のデスクからこちらを見ていた。

大丈夫そうだね、と視線で言われた気がして、尚哉は小さく微笑んでうなずいた。

たぶん大丈夫だ。まだそんなに役には立てないかもしれないけれど、とりあえずやれることを頑張ってやってみよう。

そう思った。

遠山の事務所は、個人宅を中心に、集合住宅や店舗など様々な設計を手掛けている。依頼は事務所のサイトを通じてくることがほとんどで、サイトのメールフォームから問い合わせを受け、打ち合わせをセッティングする。先方が望めば、過去に建てた家や建物の見学を行うこともあるそうだ。

事務所に来た客に渡す資料をそろえたり、コーヒーを出したりするのも尚哉の仕事だ。

初回の打ち合わせは無料だからか、中にはひやかし半分の客もいるようだった。

「あー、えっとー、なんかこう、開放的な感じの家にしたいんですよね。たとえばこんな感じの、リビングとか吹き抜けになってるやつ？　そんで屋上に庭とかあったりして。

そういうのって、建てようと思ったら幾らくらいするんですかね？」

「そうですね、広さにもよりますが——大体このくらいの金額ですかね」

「あー成程……そのくらいならいけそうです、家族に相談しないとわからないですが」

遠山が提示した金額を見た途端、客は微妙な笑みを浮かべながら声を歪《ゆが》ませた。

その後もあれこれと建てたい家のイメージを語っては金額を聞き、次回打ち合わせのスケジュール決めの段になって「次は家族も連れてくるんで、家族と相談してまた連絡します」とぐにゃぐにゃの声で言う。

客が帰った後、尚哉は使用済みのコーヒーカップを片付けながら、遠山に尋ねた。

「……大丈夫ですか？」

「ああ、まあ、よくあることだから」

自分の耳たぶを指で軽く揉《も》みながら、遠山は苦笑した。

「どうせ今の人、もう二度と来ないよ」

「……ですよね」

遠山は慣れた様子だった。客の前で耳を押さえたり、顔を歪めたりすることもなかった。離れた席で聞いていた尚哉は、つい反射的に耳を押さえてしまったのだが。

「深町くーん。ごめん、ちょっとコピーお願いしてもいいー？」

「あ、はい！　今行きます！」

沢木に遠くから声をかけられ、尚哉は慌ててそう返事した。

カップをとりあえずパントリーに持っていき、沢木からコピーする部数を聞く。

コピー機の前に立っていたら、今度は通りかかった別のスタッフが声をかけてきた。

「あ、バイトくんさあ、データ入力お願いしてもいい？」

「はい、これが終わったらすぐに——」

尚哉がそう返事しかけたとき、コピー機がエラー音を出して止まった。

え、と思って画面を見ると、紙詰まりの表示が出ている。

「えっと、これ、どうすれば……」

「あー、その正面の蓋《ふた》、ぱかって開けて、詰まってる紙取って。そこじゃなくてこっち」

「え、ここですか？……あー、確かに紙詰まってる……これ、引っ張って取っちゃって大丈夫ですか？」

「うん。手、汚れないように気をつけてね。そこインクついてるから」

「え」

言われたときにはもう触ってはいけないところに触っていたらしく、尚哉の手にべたりと真っ黒なインクがつく。

それでもなんとか紙を引っ張り出し、コピー機の蓋を閉じてさあどうだと画面を見ると、今度はトナー交換のマークが出ていた。

交換用のトナーはどこに、と周りを見回すが、コピー機の近くには見当たらない。先程のスタッフに訊こうとしたが、もう自席に戻ってしまっていた。

尚哉が困った顔でまた辺りを見回していたら、背後で声がした。

「トナーは倉庫。わかんないことあったらすぐ訊いてって言ったよね」

竹井だった。助けに来てくれたらしい。

相変わらず話し方はつっけんどんだし、表情も不機嫌そうなのだが、いい人だった。


遠山の事務所でバイトするようになってから、初めての休みの日。

遅めに起きた尚哉は、まだまだ寝たい気分を振り払って洗濯を済ませると、大学に向かった。家にいてもだらだらしてしまうだけだし、それならいっそ出かけてしまった方がいいように思えたのだ。その方が冷房代も浮く。

昼過ぎに外に出ると、世の中は夏真っ盛りだった。

空はくっきりと青く、降り注ぐ陽射しは目が眩《くら》むほど白い。熱気と湿気をはらんだ夏の空気がぶ厚く全身を包み、歩くだけで汗が噴き出してくる。どこかから聞こえてくる蟬の大合唱が余計に暑さを増し、これはもしや家で大人しくしていた方がよかったのではないかと少し後悔したが、もう今更だった。

夏休みのキャンパスはいつもと違って人が少なく、どこかがらんとして見えた。講義もないのに大学にやってくる学生はあまりいないし、サークル活動も休みのところが多いのだろう。

が、それを活《い》かして、ここぞとばかりに活動しているサークルもある。

「誰か、誰か助けてぇ！　ケイコが死んじゃう！」

そんな叫び声にぎょっとして目を向けると、第一校舎の入口から血まみれの女子学生が飛び出してくるのが見えた。

校舎の外にいた男子学生が彼女を抱き止め、その耳元で叫ぶ。

「駄目だ、諦《あきら》めろ！　ケイコはもう奴らに嚙《か》まれた、助からない！」

「トシヤ、でも！」

「……うぐー……ううぐあー……」

「ああっ、ケイコ!!　もう嫌あっ、何でこんなことに!!」

校舎の中から、顔を青く塗った女子学生がうめき声を上げながら現れた。ずるずると地を這《は》うその姿に、先に飛び出してきた女子学生が悲痛な声を上げる。男子学生はそんな彼女の両肩を抱えるようにしながら、少しずつ後退《あとずさ》っていく。

その全てを、手持ちカメラを構えた別の男子学生が撮影している。

映画系のサークルなのだろう。周囲には他にも多くのスタッフがいて、丸めた脚本やらカチンコやら血糊《のり》の入ったバケツやらを手に、役者の演技を見守っている。ゾンビ役の女子学生の熱演がすごい。陽射しで灼《や》けたアスファルトをものともせずに、白目を剝《む》きつつ這いずっている。尚哉はうっかりカメラに映り込むことがないように気を遣いながら、遠回りして大学生協が入っている建物に向かった。

生協で買い物をしたついでに、壁に貼られた美術展やイベントのポスターを眺める。

ポスターの前に置かれた机には案内チラシが積まれていた。せっかくの夏休みだし、美術館などに行くのもいいかもしれない。気になるチラシを幾つか手に取り、生協を出る。

図書館の方に向かって歩いていたら、尚哉のポケットの中でスマホが震えた。

取り出してみると、高槻からの電話だった。

『あ、深町くん！　ごめんね、歩いてるのが窓から見えたから電話しちゃった。今日、用事ある？』

「いえ、特にないので大学に来てみただけですけど」

言いながら、尚哉は研究室棟の方を振り返る。三階の窓から手を振っている高槻の姿が見えた。

『そっか。暇ならコーヒー飲みにおいでよ！』

「……先生も暇なんですか？」

『僕はねえ、学会誌用の論文一つ書き終わったから、これから休憩に入るところ。だから、暇といえば暇だね！』

「じゃあ、行きます」

尚哉はそう返事をして、電話を切った。どうせ研究室には寄ろうと思っていたのだ。

進路を変更して、研究室棟に向かう。

高槻の研究室の扉をノックすると、いつものように「どうぞ」と声が返ってきた。

失礼します、と言って、扉を開ける。

研究室の中は冷房が効いていて、涼しかった。窓際の小テーブルの前でコーヒーを入れていた高槻が、こちらを振り返って「いらっしゃい」と微笑む。

高槻はいつものようにスーツ姿で、研究室の中は古い本とココアとコーヒーの匂いがする空気で満たされている。その『変わらなさ』に妙にほっとしてしまうのは、やはり慣れないバイトで気を張っていたからだろうか。自分の家でもないのに、ああ帰ってきたという気分になって、肩から自然と力が抜けていく。

「どう？　遠山さんのところでのバイトは」

高槻が、尚哉の前にコーヒーの入ったマグカップを置きながら尋ねた。

尚哉はありがとうございますと小さく頭を下げ、マグカップを手に取る。

「そうですね、なんとかやってます。まだ慣れなくて、ミスすることもありますけど。ていうか、三週間しかないので、慣れる前にバイト終わっちゃう気もしますけど」

「普通のインターンは、一日しかないところも多いよ」

「インターンっていうほど構えた感じでもないですよ。普通のバイト扱いです」

「でも、そもそも一日七時間とか八時間とか働くのは初めてでしょう？　大学で一日講義を受けるのと、一日働くのとでは全然違うからね。それに、色々な人が周りにいるだろうから……嘘を聞きすぎて、気持ち悪くなったりしてない？」

気遣わしげな目をしながらそう言って、高槻が尚哉の隣に腰を下ろす。

やっぱりそこを心配してくるんだな、と尚哉は思う。

わざわざ電話までして声をかけてきたのも、遠山のところでのことを訊《き》きたかったからなのだろう。

尚哉は言った。

「大丈夫です。お客さんとか業者の人とか、たまに嘘つく人はいるけど……事務所の人達は、基本的にいい人ばかりですし。それに」

「それに？」

「……そういうのに、慣れないといけないと思ってるので」

尚哉はそう言って、マグカップに口をつける。

いつまでも学生ではいられないのだ。

遠山は、嘘を聞いても倒れないで済むようになったと言っていた。訓練したのだと。

自分も、そうならなければならない。

他の人と同じように、社会で生きていくために。

『――もし就職できたとしても、苦しいだけだと思いますよ』

頭蓋骨《ずがいこつ》の裏側に張りついたかのような山路の声に、うるさい黙れと頭の中で返す。

何があろうと、あんな奴の下で働こうとは思わない。

「偉いね、深町くん」

高槻が、ふっと優しく目を細めた。

「君はさ。本当に、強くなったよね」

「そうですか？」

「うん。昔の君は、なんていうか……閉じてたし、下を向いてたから」

マシュマロココアの入ったマグカップを口に運び、高槻が少し苦笑いする。

高槻の言わんとすることは、尚哉にもわかる。

以前の尚哉は、人とかかわることを極力避けていた。

自分の周りに線を引いて。

その線の外には決して出ずに、内側に閉じこもって膝《ひざ》を抱えて耳をふさいでいた。

人が嘘を言う声が気持ち悪いから、という理由だけではなかった。

誰かが嘘を言う度、ああこの人は気軽に嘘をつくんだなと思っては勝手に落胆していたし、嘘がわかってしまう自分をひどくずるい生き物のように感じてもいた。そして、周りの人間に自分の力がばれたらどうしようといつも怯《おび》えていた。

でも、いつしかこの力は、尚哉にとって役に立つものとなっていった。

この力があったから、嘘をついて尚哉を脅そうとしたゴシップ誌の記者を撃退することができた。息子を殺したと言った老人の言葉が嘘だと気づくことができた。それに、高槻が怪異を解き明かす手助けにだって、なれているはずだ。

……今でも尚哉は、自分の周りに引いた線を完全には消せずにいる。

こんな力なければいいのにと、そう思うことも多い。

だけど、それでも。

「君がそんな風にきちんと前を向けるようになったことを、僕はとても喜ばしく思うよ」

高槻が笑ってそう言った。

その言葉が本心からのものであるとわかるのも、この耳の力のおかげだ。

そして、そう思えるようになったのは、高槻のおかげなのだと思う。

高槻に出会わなかったら、自分はいつまでも線の中でうずくまったままだったはずだ。

難波と友達になることだって、きっとなかった。

けれど、高槻に直接それを伝えるのはなんだか照れ臭い気がして、尚哉はごまかすようにコーヒーを口に運ぶ。

「——あ、そうだ」

尚哉はふと思い出して、鞄《かばん》のポケットに手を突っ込んだ。

そこに入れていたチョコやら飴《あめ》やらを取り出し、どうぞと言って高槻の前に置く。

高槻はきょとんとして、

「何？　どうしたのこれ」

「事務所のスタッフさんにもらったんです。その人、佐々倉さんみたいな感じの人で」

「待って、健ちゃんみたいってどんな？　すごく背が高くていかついの？」

「いえ、女の人で、小柄なんですけど、なんかいつも怒ってるみたいな顔してて、ちょっと怖くて……でも、いい人なんです」

「へえ、そうなんだ」

高槻がなぜだか嬉《うれ》しそうに目を細める。

「それで、いつもみたいに『甘いものは苦手なんです』って断れなかったんだ？」

「はい。……毎日のようにくれるので、溜《た》まる一方で」

「これ、僕がもらってもいいの？」

「俺は食べられないですし」

「じゃあ、ありがたく」

高槻がにっこり笑って、チョコの包装を剝《む》いて口に入れる。おいしかったのか、高槻はちょっと目を大きくして、さらに機嫌良さげな顔で笑った。さすが竹井が「おいしいやつ」と言っていただけはある。

「ねえ、遠山さんの事務所での話、もっと聞かせてよ。その、健ちゃんみたいに顔怖い人の他には、どんな人がいるの？　沢木さん、元気にしてる？　深町くんはどんな仕事をしてるのかな」

「えっと……──」

尚哉が一つ一つ答えていこうと、口を開きかけたときだった。

ごん、ごん、ごん、と誰かが研究室の扉をノックした。

ノックの仕方には、個性が出る。

たとえば瑠衣子は、大抵少し早めのテンポでこんこんっと叩《たた》く。唯はゆっくりと小さくこんこんと叩く。扉の叩き方で、誰が来たのかなんとなく予想がつくのだ。

でも、こんな叩き方をする人物に心当たりはなかった。ごつごつした硬い拳《こぶし》で殴るような、重いノックの音。

高槻もそうだったのだろう。少し怪訝《けげん》そうに、「どうぞ」と声をかける。

がちゃりと扉が開き、入ってきたのはサングラスをかけた痩《や》せぎすの男だった。

派手なアロハシャツを着た、三十代後半と思《おぼ》しき男だ。くしゃくしゃとした癖毛は襟足がだいぶ伸びており、顔には無精髭《ぶしょうひげ》が目立っていた。肩に引っかけたショルダーバッグには、一体何が入っているのか硬そうな膨らみがある。

男はサングラスをはずして胸ポケットに引っかけ、やや目尻《めじり》の垂れた目で高槻を見て、にやりと笑った。

「どーもーぉ、おひさしぶりでーす、高槻先生。俺のこと覚えてますぅ？」

「——ああ、残念ながら僕はとても記憶力がいいもので、覚えていますよ。飯沼《いいぬま》さんですね、ゴシップ誌の記者の」

高槻がにこりと笑い、しかし冷ややかな声でそう返す。

飯沼はめげる様子もなく、

「できればフリージャーナリストって言ってもらいたいですねえ、その方が聞こえがいいもんで。ああボウヤもいるんだ、やっほー元気ー？　そーんな嫌そうな顔すんなよー、オジサン泣いちゃうよー？」

ひらひらと手をふられて、尚哉は顔を引き攣らせる。できればもう二度と会いたくなかった男である。

飯沼と最初に会ったのは、女優の藤谷更紗《ふじたにさらさ》から依頼を受けたときだった。あのとき、更紗と高槻の写真を撮ってゴシップ記事にしようとした飯沼は、それを高槻の父親に握りつぶされたことで、かえって高槻に興味を持った。高槻のことをあれこれと調べ上げ、過去の神隠し事件のことまで嗅《か》ぎつけて、尚哉にも何度か接触してきたことがある。山《やま》梨《なし》では滝から落ちた高槻を助けてくれたこともあったが、厄介な人物なのは間違いない。

高槻は優雅な仕草ですっと扉を指し示すと、

「飯沼さん。どうぞお帰りください。大学という場所は、一部を除いて部外者は立入禁止ですよ」

「あー、学問してる人ってのぁ親切で疑いを知らないタイプが多いよねえ。さっきもさ、建物の入口のところで、通りかかったセンセイっぽい人に『すみません、高槻センセイに取材の申し込みしてるんですけど、連絡つかないんですよ。研究室の場所ってどこですかね』なーんて、さも困った顔で話しかけたら、あーっさり教えてくれたし。もうちょっと警戒した方がいいよね、俺が刃物持った殺人鬼だったら今頃血の海よ？」

帰れと言われたというのに、飯沼は勝手に机を回り込み、向かい側のパイプ椅子にどっかりと腰を下ろす。なんというか、よく喋《しゃべ》る男だ。

「僕はあなたから取材の申し込みを受けた覚えはありませんよ、飯沼さん。受けるつもりもありませんか」

「まあまあ、そんな怒らないでくださいよ、高槻先生。いやー、お母様譲りの美人な顔でそんな風に責められると、なんかゾクゾクしちゃうなあ」

　飯沼は相変わらずにやにやと笑いつつ、ポケットから煙草の箱を取り出した。一本抜き出してくわえ、尚哉の方を向いて「ここ禁煙？」などと尋ねてくる。尚哉が「禁煙です」とそっけなく返すと、「んだよ使えねえなあ」と舌打ちして煙草を戻した。

　高槻が言った。

「警備員を呼ばれる前に帰った方がいいと思うんですけどね、飯沼さん。それとも、今すぐ呼んだ方がいいですか？」

「だーかーらー、俺だって用もなしに来やしねえよ。高槻先生に訊《き》きたいことがあったから来たの。仕事だよ仕事」

「訊きたいこと？」

「『神隠し』について」

　飯沼が言う。

　高槻の目が、すうっと細くなった。

「やっぱりお帰りください。飯沼さん」

　笑みを消して飯沼を見据え、静かにそう言い放つ。

　だが、飯沼は立ち上がる様子もなく、それどころかぐいと机に身を乗り出して、

「――先週、男子高校生の遺体が丹沢《たんざわ》の山中で見つかったってニュース、知ってます？」

突然、そんなことを言い始めた。

高槻が眉《まゆ》をひそめ、

「その事件なら、テレビと新聞で見ました。行方不明になっていた子だったそうですね」

「そうそうそう、それそれ」

飯沼が大げさにうなずく。

尚哉は頭の中で己の記憶をひっくり返した。高校生の遺体が見つかったというニュースなら、確かに見たような気がする。神奈川県の丹沢で、十代と思われる男性の遺体が見つかったという話だった。

「発見されたのは、相原塔矢《あいはらとうや》くん。年齢は十七歳。都内の私立高校の二年生で、部活は美術部。家族構成は、両親と中学生の妹の四人。住所は東京都北区《きた》——」

飯沼がずらずらと被害者の情報を並べる。町名どころか番地まで住所を言うのを聞いて、尚哉は少しぎょっとした。

そこまで個人情報を押さえているというのにも驚いたのだが、飯沼がそれを暗記している様子だったからだ。余程記憶力がいいのか、それともそれだけこの事件にこだわりがあるのだろうか。

「行方がわからなくなったのは二ヶ月前。家族が朝起きたら、すでに姿がなかったそうだ。身の回りのものを持ち出した形跡はなし。スマホだけはなくなってたらしいけど、服も鞄《かばん》も財布も全部部屋に残ってた。それどころか、靴まで玄関にそのままになってたんだと。部屋の中は特に変わった様子もなく、書置きもなし。まるでその子だけがふっと消えちまったみたいだったらしい。――どうです、まるで神隠しみたいでしょ？」

片方の唇の端を歪《ゆが》めるように持ち上げて、飯沼が高槻を見る。

高槻は不審そうな顔をしつつ、指先で己の顎《あご》を軽くなぞって、

「随分と詳しいですね。僕はワイドショーや週刊誌までは見ていませんが、行方不明時の状況については、それほど詳しい報道はされていなかったはずです。被害者の個人情報といい、なぜあなたがそこまで知っているんですか？」

しかし飯沼は高槻の問いには取り合わず、話を続けた。

「遺体が発見されたのは、丹沢の山の中。埋められてたんだが、前日の大雨で出てきちまったんだな。体の一部が土の中から露出しているのを地元住民が見つけて、警察に通報した。遺体は死後三日程度で当初は身元不明だったが、未成年の行方不明者リストと照合した結果、身元が判明。遺体が埋められていたこと、死因が絞殺だったこと、そしてある特筆すべき特徴が遺体にあったことから、警察はこれを殺人事件と見て捜査を開始した――ってのが、現在までの状況かな」

パイプ椅子の背もたれにぐいと身を預け、飯沼は言う。

高槻が尋ねた。

「ある特筆すべき特徴、とは？」

「――背中の皮膚が広範囲にわたって剝《は》がされてたんだとよ」

尚哉は思わず息を呑《の》んだ。

飯沼は高槻と尚哉を順に見て、またにやりと笑った。

「なあこれ、どっかの誰かさんの話に、ちょっと似てると思わねえか？……警察は、過去の事件との関連も視野に入れてるって話だ」

飯沼は以前、高槻の背中の傷痕《きずあと》を目にしている。その後あれこれと調べ回るうちに、高槻が神隠しに遭った際に皮を剝がれたことを知ったのだろう。

確かに、高槻の事件に似たところはある。家族が家にいたにもかかわらず、夜の間に姿が消えたこと。靴が残されていたこと。そして、剝がされた背中の皮膚。

だが、違いもある。

高槻は、殺されてはいない。

発見場所だって違う。高槻が見つかったのは京都《きょうと》だ。発見時の詳しい状況については尚哉は聞かされていないが、意識のない状態で路上に打ち捨てられていたという話だ。

警察は過去の事件との関連も視野に入れていると、飯沼は言った。その過去の事件というのは、高槻の事件を指すのか――それともまた別の事件のことなのだろうか。

高槻が言う。

「飯沼さん。あなたが今語った話には、報道されていない内容が随分とたくさん含まれていたのでは？　なぜあなたが知っているんですか」

「そんなの調べたからに決まってんだろ」

「なぜこの事件にそこまで執着しているんです？　あなたが普段書いている記事とはかなり異なる内容に思えますが」

「すいませんねえ、普段は芸能ゴシップ専門で。あんた俺のこと馬鹿にしてんな？……まあ、いいけどさ」

飯沼はそう言って、大きく息を吐き出した。胸の底に溜《た》まった澱《おり》を無理に吐き出そうとしているような、そんなひどく苦しげな息の吐き方だった。

それから飯沼は、ぐしゃりと前髪をかき上げて言った。

「……知ってる子だったんだよ、その子」

「え？」

「俺のアパートの向かいに住んでる子で。話したことも、何度もあった」

飯沼が、自分のショルダーバッグの中に手を入れた。大きなレンズがついたカメラを取り出し、少し操作して、画面をこちらに向ける。

「これが塔矢。……盗撮じゃねえぞ、本人が撮ってくれって言うから撮ったんだ」

ほっそりした少年の顔が、アップで写っていた。

色の白い、整った顔立ちの子だ。目が大きく、唇は少しふっくらとしていて、どこか少女めいた中性的な雰囲気がある。左の頰に、三角形を描くように小さなほくろが三つあるのが印象的だった。夜にどこかの駅前で撮ったのだろうか、街灯や店の電飾が暗い背景の中で光っている。だが、写真のピントはあくまで彼の顔に合っているため、背景の光はぼんやりとしており、それがまるで雑誌のグラビアのような雰囲気を出していた。

「親の躾《しつけ》が良かったんだろうなあ。俺みたいなのが相手でも、家の前で会うと挨拶《あいさつ》してくれるような子で。全然すれたところのない、大人しくていい子って感じ。なのに……一年くらい前かな、夜に駅前で酔っ払いに絡まれてて」

放っておくのも良心が咎《とが》める気がして、飯沼は止めに入った。

もう夜の十時半だった。不良でもない高校生がうろついていていい時刻でもなく、飯沼はそのまま塔矢を家まで送った。

けれど、それ以降も度々、飯沼は塔矢を駅前で見かけた。

随分と夜遅い時刻に駅から出てきたり、駅前の自販機の横に佇《たたず》んでいたりするのだ。別に誰かとつるんでいるわけではなかった。ブレザーの制服のままで、一人ぼんやりと突っ立っている。まさか売春かクスリでもやっているのかと一瞬思ったが、そんなこともなかった。細い両肩に帰りたくないという風情だけを漂わせて、塔矢はどこか途方に暮れたような顔でいつまでもそこにいた。

「けど、周りは飲み屋ばっかりだし、あんま治安良くないわけよあの辺って。また酔っ払いに絡まれるかもしれないし、補導される可能性だってある。で、仕方ねえから、見かける度に俺が家まで連れて帰ることにしたわけ。親切心っつーか、どっちかっていうと、向かいの家で飼われてる毛並みのいいネコチャンが外ほっつき歩いてるのを見つけたときみたいな？　まあそんな感じよ。だってほっとけねえだろ、危なくって」

駅前から家までは、徒歩十五分の距離がある。

十五分は、黙って歩き続けるには少々長すぎる時間だ。

だから飯沼と塔矢は、その間に様々なことを話したという。

家に帰りたくなさそうな塔矢の様子に、当然のごとく飯沼は、家庭に問題があるのではないかと疑った。家族間の不和か、あるいは虐待でもされているのか。

しかし塔矢はあっさりと首を横に振り、そんなことは全くないと答えた。

確かに、近所に住んでいる飯沼の目から見ても、相原家は実に円満な家庭だった。

こんな時間に帰って親に心配されないのかと飯沼が尋ねると、スマホのメッセージに返信さえしていれば問題ないと塔矢は答えた。良い意味で放任主義の親なのだそうで、裏を返せば、それだけ塔矢が親から信頼されているということだ。

じゃあ何で帰りたくないんだと飯沼が尋ねると、塔矢は少し困った顔をして、

『家にいると、なんか窮屈なんですよね』

そう答えた。

別に厳格な家庭というわけではない。塔矢の家族は皆、ごく普通の人達で。

彼らに問題は何一つなく、おかしいのは自分の方なのだと塔矢は言った。

『……俺、「お兄ちゃん」って呼ばれるの、苦手で』

そう言っていたこともあった。

何度か塔矢は、家出願望のようなことも口にしていた。

――どこかへ行ってしまいたい。

誰も自分を知らない場所に行って、自由になりたいのだと。

「……自由？」

高槻が少し眉をひそめてそう尋ねると、飯沼は大げさに肩をすくめてみせた。

「なんか知らねえけどあいつ、真面目な顔で、自分には『人に言えない秘密がある』とか言うわけよ。『だからここじゃ自由になれない』とかって。……ほら、若者向けの歌でよくあるだろ、ここじゃないどこかに行きたいー、とか、誰にも縛られず自由になりたいー、とかって。思春期にありがちな、厨二《ちゅうに》っぽいアレかと俺も思ったさ。だから俺も、軽ーい気持ちで、『それじゃあ、いつかそんなところに行けるといいな』なんて大人ぶって言ったりして。……だから、あいつがいなくなったって聞いたときは、ああ、とうとう家出しやがったんだなとしか思わなかった」

駅前で塔矢を見かけなくなってからしばらくして、飯沼は、たまたま道端で塔矢の妹と顔を合わせた。

暗い顔をしている妹に、飯沼は塔矢のことを尋ねたのだという。

すると妹は、塔矢が行方不明になったことを教えてくれた。

「そのとき俺、ふーんそりゃ大変だねーって親身なふりして返して、頭の中じゃあいつもう帰ってこねえんじゃねえかなあなんて思ってさ……まさか死ぬなんて、思うわけねえだろ。ニュース見たときは、さすがの俺も、嘘だろ、ってリアルに声が出た」

飯沼はそう言って、またさっきと同じ息の吐き方をした。両肩が上下するほどの、大きく深いため息。

「これでも俺、昔はまっとうな新聞社に勤めてたからさ。その頃の伝手《つて》をたどって、知り合いの刑事に『記事にしないこと』を条件にして、色々教えてもらった。『知り合いだったんだよ』っつって、最後はほとんど泣き落としな。……あー、あのクソ刑事びっくりしてたな、お前のそんな顔初めて見たぞとか言ってさあ……」

乾いた声で笑って、飯沼は片手で顔を覆った。畜生め、という小さな呟《つぶや》きが、その手の下から漏れる。

尚哉は少し驚きながら、そんな飯沼を眺めていた。

今の飯沼の話に、嘘が一つも含まれていなかったからだ。

普段は、自分の知りたい情報を相手から引き出そうとして、適当な嘘やでまかせをいくらでも並べ立てるような奴なのに。

飯沼はそのまま掌《てのひら》で顔を擦《こす》るようにして手を下ろし、高槻を見た。

「なあ高槻先生、『過去の事件との関連』ってのは、あんたの事件の絡みじゃねえのか？　警察が話聞きに来たりしてないか？……何か、知ってることとかあったら教えてくんねえかな。頼むよ、記事にはしねえから。俺が知りたいだけなんだ」

飯沼は、なんだか熱に浮かされているかのような顔をしていた。

高槻はそんな飯沼を静かに見つめ、

「――あなたがそこまで塔矢くんの事件にこだわるのは、単に知り合いだからというだけですか？」

そう尋ねた。

飯沼が、ぐっと言葉を喉《のど》の奥に詰まらせる。

高槻がさらに踏み込む。

「もともとは猫をかまう程度の興味だったんでしょう。それなのに、なぜ今はそんなに必死になっているんです？　彼が死んでしまったから？　それは確かにショックなことでしょうが……まだ何か、話していないことがあるのではありませんか？」

「――……」

しばらくの間、飯沼は口をつぐんで目を伏せていた。

それから、のろのろとまた自分のショルダーバッグに手をのばした。

内ポケットを探り、何かを取り出して、机の上に投げ出す。

薄い灰色のカードと、鍵《かぎ》だった。

「付き合いのある雑誌社に、郵送で塔矢から俺宛てに届いたもんだ。前に雑誌社の名刺を一枚渡してあったんだよ。……届いた時期からして、たぶん塔矢が行方不明になる直前に送ったものだと思う」

「……何の鍵ですか？　これは」

「わからねえ。たぶんどこかのトランクルームのものじゃねえかと思う。屋内型のトランクルームだと、カードキーで入口のドアを開けて、中の倉庫やロッカーをまた別の鍵で開けるっていうのがあるから。けど、一体どこの鍵なんだか」

カードにも鍵にもシールでナンバーが貼られているが、それだけだ。具体的な場所や名前を示すものはない。

飯沼は言った。

「これと一緒に、メモが一枚入ってた。『これが俺の秘密。預かっといて』って書いてあってな。受け取ったときは意味がわからなくて、何でこんなものを俺にって思ったんだけど——俺しか預ける相手がいなかったのかなって。そう思ったら、なんか放っておけなくなったんだよ」

尚哉は、机の上のカードと鍵を見つめた。

塔矢はどんな秘密を持っていたのだろう。そしてそれを、どこに隠しているのだろう。

わかるのは、塔矢にとって飯沼は、己の秘密を託せる相手だったということだけだ。

「……せっかく来たのに申し訳ありませんが、僕のところに警察は来ていませんよ」

高槻が言った。

「それに、もし何か警察に訊《き》かれても、僕は何も答えられません。何しろ、自分がいなくなっていた間のことを、僕は何一つ覚えていないし——僕の事件は、未解決です」

「……そうかい」

飯沼は呟くようにそう言って、またカードと鍵を手に取った。

カメラと一緒にバッグの中にしまい込み、立ち上がる。

「悪《わり》ィな、邪魔して。帰るわ、無駄足だった」

ひらりと肩越しに手を振り、飯沼が研究室を出て行く。

いつもの飯沼からしたら信じられないくらいの、あっさりした引き際だった。

尚哉は高槻を見た。

高槻は何か考え込むように、少し下を向いて己の顎《あご》を指でなぞっている。

「……先生」

尚哉が声をかけると、高槻がこちらを見た。その瞳《ひとみ》に普段はない翳《かげ》りが見えて、尚哉は胸の内側をざらりとした手でなでられたような感じを覚える。

倒れてはいけないドミノがまた一つ、ぱたりとどこかで倒れたような気がしていた。

だって、この人が、今の話を聞いて何も思わずにいられるわけがない。

無駄とわかっていながら、尚哉は言う。

「俺は——今の話は、先生の事件とは違うと思います」

「……うん」

高槻がうなずいた。

「そうだね。僕もそう思う」

そう言って、高槻は顎をなでていた指で今度は己の唇をなぞる。

言おうかどうしようか悩んでいるようなその仕草に、尚哉は仕方なく先回りして言う。

「……でも、気になるんですね？」

「……うん」

高槻がまたうなずく。

尚哉は小さくため息を吐いた。

「じゃあ、付き合います。明日《あした》と明後日《あさって》は、遠山さんのところでのバイトも休みですし」

すると高槻は申し訳なさそうな目をして、でもどこか嬉《うれ》しそうな口調で、

「……ごめんね？」

「今更です」

このやりとりももう何度目だろうかと思いつつ、尚哉はそう言って、とっくに冷めたコーヒーの残りを飲み干した。

翌日、高槻と尚哉は相原塔矢の家の近くまで行ってみることにした。

塔矢の家の住所は、飯沼が喋《しゃべ》っていったのでわかっている。とはいえ、息子を亡くしたばかりの家族のもとに、見ず知らずの自分達が乗り込んでいくわけにはさすがにいかない。行ったところでどうにもならないかもしれないが、近所の人達から話を聞くくらいはできるだろう。……まあ、大抵のことは警察が調べている最中なのだろうが。

「――あとはまあ、とりあえず家の周りの状況くらいは確認したいかなあって思ってさ」

高槻はそう言った。

今日も天気は良く、気温も高い。高槻は例によってスーツ姿だが、あまり汗をかかない体質なのか、さして暑そうにも見えなかった。イケメンというのは夏でも涼しげな顔で過ごせるものらしい。羨《うらや》ましい話である。

塔矢の家の最寄《もよ》りは、複数の路線が通る大きな駅だった。複数の大型商業施設が建ち並んだ駅前は賑《にぎ》やかで、週末だからか随分と人がたくさんいる。飯沼が見せてくれた塔矢の写真も、たぶんこの辺りで撮ったものだろう。

飯沼から聞いた住所をスマホの地図に打ち込み、案内に従って歩いていく。高槻は地図との相性がとことん悪いので、道案内は尚哉の役目と決まっている。

駅前を離れてしばらくすると、辺りの街並みは徐々に落ち着いた雰囲気の住宅街へと変化していった。声高く蟬が鳴いている。どこかで子供が遊ぶ声も聞こえる。高槻と尚哉はスマホが示すままに坂道を上がり、その脇に突如として現れた階段を上って高台の方へ進んでいく。これが飯沼と塔矢が歩いた道そのままかどうかはわからないが、二人は大体同じルートをたどっていたはずだ。

——駅から十五分の帰り道。

塔矢にとって飯沼は、一体どういう存在だったのだろう。

飯沼は風体からして胡散《うさん》臭い男だし、名刺にはゴシップ誌の名前が書いてある。なかなか信用できるタイプではないと思うが、そのちょっと悪い感じが、逆に高校生には面白く見えたのだろうか。あるいは、そんな人が自分をかまってくれるのが嬉しかったのかもしれない。

そして、最終的に——塔矢は、飯沼に己の秘密を預けて消えた。

「……結構道が入り組んでるね。基本的に、ここに住んでいる人しか通らないような道なんだろうね」

尚哉の横を歩きながら、高槻が周りを見回して言った。

高槻の言う通り、この辺りは道幅も狭く、曲がり角も多くて複雑な道になっている。商店などがあるわけでもないし、用がなければ歩かないだろう。

「夜遅くなったら、この辺はたぶん人の目なんてほとんどないだろうね。ここでいなくなろうと思ったら、別にそこまで難しい話じゃないんじゃないかな。家族に気づかれないようにこっそり家を出て、駅前の繁華街に出る前に、誰かに車でピックアップしてもらえばいい。僕ならそうする。たぶん誰にも見られない。……とはいえ、車に乗ってる姿がどこかの防犯カメラに映る可能性はあるけど」

「……やっぱり、塔矢くんは家出だと思いますか？」

「うん。いなくなる直前に飯沼さんに鍵を送りつけてることを考えても、彼がいなくなったことには彼自身の意思が関わっていたはずだよ」

高槻が言う。

それについては尚哉も同じ考えだ。そもそも本人にどこかへ行ってしまいたいという願望があったわけだし、家出と見るのが自然だろう。そして、身の回りのものどころか財布まで置いていったことからして、誰かがその家出に手を貸したと考えるべきだ。あるいは、その誰かこそが塔矢を殺したのかもしれない。

ただ——家出説を採用しても、どうしようもない疑問が一つだけ残る。

「……それにしても塔矢くんは、どうやって家を出たんだろうね。靴も履かずに」

高槻が呟くように言う。

そうなのだ。

裸足《はだし》で出て行った可能性もあるだろうが、さすがにそれは考えにくい。家の前に車を横づけにしてもらったとしても、靴を履かずに行く理由が思い浮かばない。それに、慣れた人間ならともかく、他所《よそ》から来た人間にはこの辺りの運転は辛《つら》いだろう。車でピックアップしてもらうなら、そこそこ広めの道路まで出てからだと思う。

「まあ、家族が知らない別の靴を履いていったのかもしれないけど——それはそれで、そうした理由がわからないよね。心機一転したくて、新品の靴でも履いたかな？」

高槻が首をかしげる。

尚哉はスマホに目を落とし、

「あ、この辺ですよ。塔矢くんの家」

家の周りにマスコミがいるのではないかと少し心配だったのだが、今のところ見当たらない。ほっとしながら、尚哉は周囲の家に目をやった。

こぢんまりとした住宅が幾つも並んでいる。少し先には、小さめのアパートがあった。たぶんあれが、飯沼が住んでいるアパートだろう。数軒以内に、塔矢の家もあるはずだ。

「いつも思うことだけど、スマホの地図ってちゃんと読めれば目的地に着けるものなんだねえ。深町くんがいてくれてよかったよ、僕一人じゃここまでとてもたどり着け——」

言いかけた高槻が、中途半端に言葉を切った。

前方に視線を向けたまま目を瞠《みは》っている高槻に、一体どうしたんだろうと尚哉はその視線をたどる。

そして、見た。

少し先の家の門から、スーツ姿の長身の男性が出てくるのを。

林原夏樹《なつき》だった。異捜の刑事だ。

向こうもすぐさまこっちに気づいた様子で、あからさまに「げっ」という顔をする。

そのまま反対方向に向かって逃げ去ろうとした林原の肩を、素晴らしいスタートダッシュを見せた高槻ががっしとつかんで引き止めた。

口調だけは紳士的に、高槻が言う。

「おひさしぶりです、林原さん。ゴールデンウィークぶりですか」

「……どーも、高槻先生……お元気そうで何よりです。ていうか足速いですね……」

林原が引き攣《つ》った笑顔で振り返った。

右頰に「放してください」、左頰に「勘弁してください」と書いてあるかのようなそ

の表情に、尚哉は若干の同情を覚えたが、高槻はこういうとき絶対に容赦をしない。林原の肩にぎりぎりと指を食い込ませながら、

「先日、あなたの上司がうちの大学のキャンパスに侵入してきて、深町くんを強引かつ非情なやり方で異捜に勧誘しようとしたそうですね？」

まずはそこを糾弾した高槻に、林原がアワアワしつつ言った。

「その件につきましては本っ当に申し訳なく思ってます！　うちの上司、性格に多大な問題があるもんで、深町くんにはご迷惑を……ていうかですねえっ、あの後佐々倉さんにめっちゃシメられたんですけど、山路さんじゃなくて俺が！　何で俺⁉」

「上司のやらかしの責任を部下が取らされるようなところに深町くんをやるわけにはいきませんね」

「だから本当にすみませんでしたって言ってるじゃないですかあ！　俺だって佐々倉さんから聞いたとき、なんてことしてくれたんだあのクソ上司って思いましたよ！」

「そうですか、それでは次の話題に移りましょう。――こちらのお宅は、相原塔矢くんのお家《うち》ですよね。なぜ異捜のあなたがここにいるんです？」

高槻がそう言った途端、林原が口を閉じた。言いたくないという意思表示らしい。

が、高槻はさらに尋ねる。

「異捜は、彼の事件を異捜案件と見なしたということですか？――本物の神隠しだと」

「いやー、何のことだか俺にはさっぱり……ああ駄目だ、深町くんがいるんだった、

ごまかせるわけもないですね」

林原は尚哉の方を振り返ると、「ごめんね」と申し訳なさそうな顔で謝った。耳を押さえていた手を下ろし、尚哉は「いえ」と首を振る。

林原は眉根《まゆね》を寄せてしばし考え込み、それから諦《あきら》めた顔でため息を吐いた。

「……ちょっと場所移しましょうか」

そう言って、尚哉達が来た方の道を指差す。

相原家から離れ、さっき通った階段の前の少し広くなった辺りで、林原の話を聞くことになった。近くの家の庭木のおかげで、かろうじて日陰もできている。

林原は、階段の手前にあるアーチ形の車止めに軽く腰かけると、

「──高槻先生は、何でこの事件に首突っ込んできてるんです？」

高槻に向かって、まずそう尋ねた。

「報道には、相原塔矢がいなくなったときの状況なんて詳しく出てなかったですよね。佐々倉さんが話したとも思えませんし、一体誰から聞いたんですか？」

「塔矢くんの個人的な知り合いからです」

高槻はそう返した。

林原は眉《まゆ》をひそめ、

「その知り合いは、何でそんな詳しく知ってるんですかね？」

「自分で調べたと言っていましたよ」

「調べるっつったって、一般人には限度ってもんがあるでしょうに……まあいいや、それじゃ高槻先生は、相原塔矢失踪《しっそう》時の状況についてある程度知ってるわけですね」

「ええ」

にこりと笑って、高槻はうなずく。

林原は少し首をすくめて、

「……高槻先生、自分がどこまでのカードを持ってるのか明かさないのはフェアじゃないですよ？」

「そちらの持っているカードがわからないのに、こちらのカードは明かせませんね」

「あのー、もしかして俺、高槻先生から嫌われてます？」

「嫌ってはいないので、安心してください」

「そりゃどーも。じゃあ、せいぜい好かれる努力をしてみますよ」

林原は今度は肩をすくめてみせた。

それから表情を改め、こう言った。

「俺が相原家に行ったのはですね、あくまで念のためです」

「念のため？」

「異捜案件って程の話じゃあないと思うんですが、過去の事件との関連を考えて一応」

「それはつまり——僕の事件のことですか？」

高槻が尋ねる。

林原は一瞬迷うような顔をした。

言おうか言うまいかの判断は、しかし言う方に傾いたらしい。林原はまた口を開き、

「……高槻先生の事件が起きた頃って、まだ異捜は存在してなかったんです。だから、高槻先生の事件について、うちもはっきりしたことはわからないんですよ。今なら異捜案件と見なしたかもしれませんが」

「そう、ですか……」

高槻の表情に、ちらと落胆の色がよぎる。

だがすぐにそれを消し去り、高槻はまた尋ねた。

「塔矢くんの事件を異捜案件かもしれないとした根拠は、彼が家から姿を消したときの状況ですか？」

「ええ。この辺はあまり防犯カメラもないんですが、駅前やこの先の道路にはそれなりにカメラがあります。捜査本部の方で映像を片っ端から当たってますけど、今のところ相原塔矢らしき姿は映ってない。あとはやっぱり、靴が家に残されていたのがね……家出にしては不自然だ。家族も、家出する理由に心当たりがないって言ってました」

「しかし、彼は帰りが遅くなることが度々あったと聞いています。どこかへ行ってしまいたい、という願望もあったそうですよ」

「え、その願望については初耳だな。――それ、先程仰《おっしゃ》っていた彼の知り合いから聞いたんですか？」

林原が少し身を乗り出した。どうやら飯沼は、自分は警察から情報を聞き出したくせに、自分の側からは情報提供していないらしい。

高槻はうなずき、

「ええ。彼は、自分には人に言えない秘密がある、と言っていたそうです。だから、誰も自分を知らない場所に行きたいと言っていたとか」

「秘密……秘密、ねえ」

林原は首を捻《ひね》り、またしばし考え込んだ。

最終的に軽く天を仰いだ末に、覚悟を決めた顔で高槻を見る。

「……これは、報道には出してない内容なので、誰にも言わないでほしいんですけど」

「何ですか？」

「相原塔矢は、失踪して半月後に、一度だけ家族に連絡しています」

それは飯沼の話にもなかったことだ。

林原が言う。

「自分のスマホから、妹のスマホにメッセージを送ってるんです。『今どこにいるの』と尋ねた妹のメッセージへの、返信という形で届いたそうです」

それは、こんな内容だったという。

――楽園にいる。

――自分が自分でいられる場所。

——だから今は幸せ。心配しないで。

その後は、妹が何度メッセージを送っても返信はなかったそうだ。

塔矢の遺体は、死後三日程度だったという。つまり、失踪してから二ヶ月近く、彼はどこかで生きていたということだ。その場所が『楽園』なのか。

高槻が訊《き》く。

「『楽園』という言葉に、家族は何か心当たりは？」

「ない、と言ってました。その後すぐに電話をかけても通じなかったそうです」

林原はうーんと唸《うな》りながらまた首を捻り、

「やっぱり、相原塔矢が抱えていた秘密が何なのかが気になるなあ……警察は、彼の家族と学校の友人にも話を聞いてるんですけどね。そういう話は出てないと思います。学校の友人は一様に、彼を評して『大人しい奴だった』と言っていたそうですよ。揉《も》め事《ごと》を嫌うタイプで、誰とでも仲がいいけど特別仲のいい相手はいない、そういう生徒だったようですね。ただ、女子人気は高かったようです。綺麗《きれい》な顔でしたしね。でも、誰か女子と付き合っている様子はなく、告白したけど振られたという女子が何人もいて……あ、でも、振られたといっても、彼のことを恨んでる子はいなかったみたいです。彼、告白されると泣いたそうで」

「泣く？」

「ええ。ぽろぽろ泣きながら、ごめんって謝ってきたそうです。で、女子の方もそれを見て可哀想になって、ごめんねごめんねって一緒に泣いたって。なんか自分がいじめたみたいで申し訳ない気分になったとかで」

——誰とでも仲が良いけど、特別仲の良い相手はいない。

周りの人間からは「大人しい奴だ」と評される。それ以上の印象はない。

告白されても断るしかなくて、でもそれは相手が悪いのではなく、自分のせいで。

……なんだか覚えのある話だなと、尚哉は思う。

自分の周りに一本線を引いている人間の生き方だ。ここから先には誰も踏み込ませない。そういうルールを作って人と接していると、そうなる。

相原塔矢は、まさか自分や高槻のように何か特殊な力を持っていたのだろうか。

それとも、彼の抱えていた秘密がそうさせていたのだろうか。

高槻が尋ねた。

「ご家族の方々が彼の家出を否定した理由は、彼の普段の様子からですか？」

「ええ。よく帰りが遅くなることについては、部活の後に外で勉強してるからだって言っていたそうです。家でやるより、ファミレスとかで勉強した方が捗《はかど》るからって。——ああ、あと、チケットが家にあったそうで」

「チケット？」

「美術展のチケットを買ってたんですよ。彼は絵が好きで、美術館や展覧会などにもよく行っていたそうです。彼の失踪後に、家族が彼の机の引き出しから近々行われる美術展のチケットを見つけています。家出する人間がそんなものを買うわけがない、って母親は言ってましたが、まあ途中で気が変わることくらいあると思うんですけどね」

「――塔矢くんの遺体は、背中の皮を剝《は》がれていたと聞きました」

高槻がとうとうそこに切り込むと、林原は少し顔を強張《こわば》らせた。

高槻はその顔を見つめ、

「何のために皮を剝がしたのか、僕が一番気になるのはそこです。たとえば彼の背中に特徴的な痣《あざ》でもあって、それによって身元がばれるのを恐れて剝がしたのかもしれませんが、そうするくらいならまず顔を潰《つぶ》すでしょうし、DNA鑑定や指紋照合があることを思えば、意味のない行為です」

「……警察も、その点については注目しているところです」

林原が苦い顔で答える。

「エド・ゲインみたいな奴なのかもしれないし、何か他に理由があったのかもしれない。ただ相原塔矢は、背中全体の皮膚を広範囲にわたって剝がれていました。高槻先生のときとは、形状が違います。……あと、これも報道に出していない情報ですが」

林原はそう言いながら、自分のスマホを取り出した。

少し操作して、こちらに画面を向ける。

写真が表示されていた。ナンバーのついたビニール袋に入れられた、銀のネックレス。丸い円盤に十字架のようなマークが入った小さな飾りがついている。

「これは、相原塔矢の遺体を司法解剖した際、胃の中から出てきたものです」

「……胃の中から？　呑《の》み込んでいたということですか」

「ええ。犯人に呑み込まされたのか、自分で呑んだのかはわかりません。家族に確認しましたが、見覚えがないそうです」

そこまで話して、林原は派手に顔をしかめてみせた。

「あのこれ、くれぐれも他所《よそ》で言わないでくださいよ。相原塔矢の知り合いって人にも言わないでください。高槻先生に信頼してもらうためだけに、今話してますからね俺。俺が嘘言ってないことは、わかるでしょ？」

林原が尚哉に視線を向けて言う。

確かに、林原の声に歪《ゆが》みはない。本当は捜査状況を一般人に話してはいけないはずだが、こちらの信頼を勝ち取るにはある程度の情報共有が必要だと判断したらしい。要するに、「俺はお前を信頼して話すから、お前も俺を信頼しろよ」ということだ。……警察官として大丈夫なのだろうかと、ちょっと心配になるが。

そのときだった。

さっき来た方角から、中学生くらいの女の子が走ってくるのが見えた。

「あれっ、雫《しずく》ちゃん？」

林原が立ち上がる。

女の子はこちらに向かって一目散に駆けてくると、「よかった、刑事さんまだいたぁ」

と言って、片手で汗を拭《ぬぐ》った。どうしてか、胸にスケッチブックを一冊抱えている。

林原は高槻と尚哉に向かって「塔矢くんの妹の雫ちゃんです」と紹介した後、雫に向かって尋ねた。

「どうしたの？　何か俺に用事あった？」

「……あの、さっき、言いそびれたことがあって」

雫はそう言って、林原を見上げた。

可愛らしい子だった。飯沼に見せられた写真の塔矢の顔と、よく似ている。

「これ、お兄ちゃんのスケッチブックです。部活で——美術部で、使ってたやつ」

まだスケッチブックを胸に抱きしめたまま、雫が言う。

「昨夜、お兄ちゃんの部屋で見つけて。……お兄ちゃんの部屋、お葬式の後も全部そのままにしてあるから、勝手に持ち出したってバレたらお母さんに怒られるから、だから内緒で持ってきたんだけど……」

雫の目が、高槻と尚哉の方に向いた。こいつらは誰だろうと思っているらしい。

林原が言った。

「この人達は、お兄さんの事件について別口で調べてるんだ。大丈夫、信頼していいよ」

「……そしたら、あのね、これ。見て」

雫はようやくスケッチブックを胸から離し、林原に手渡した。

林原がぱらりと表紙をめくる。

中身は、主にデッサンだった。石膏《せっこう》像やリンゴなどの静物もあれば、握り拳《こぶし》や広げた手を描いたものもある。ぐいぐいと力強い線で描き込まれていて、なかなか上手《うま》い。

「最後のページ」

急《せ》かすように雫に言われて、林原がぱらぱらとスケッチブックをめくっていく。

突然、今までとは雰囲気の違う絵が現れた。

人物画だ。それまでのデッサン画と違い、繊細な筆致で描かれている。大きめのシャツ一枚だけを身に着けて、斜めにこちらを振り返っているほっそりした少年。いや、かすかに胸があるように見えるので、少女かもしれない。流れるような線で表された布の皺《しわ》が、細い腰を丁寧に描き出している。シャツの裾《すそ》からのびる脚はひどく無防備だ。

雫が言う。

「これ。お兄ちゃんの顔だと思うんだけど」

確かに、よく見ると絵の中の人物の頬には、三角形を描く形で小さなほくろが三つ並んでいる。ではやはりこの絵は、少女ではなく塔矢を描いたものなのだろうか。

しかし、この絵の雰囲気は——まるで。

「……あたし、これ見つけたとき、何か見ちゃいけないものを見ちゃった気分になって、お母さんにもお父さんにも言えなかったの」

雫が少し目を伏せた。

確かに、なんというか——妙に色っぽい絵なのだ。

少し乱れた髪や、やや後ろにずれた襟首。サイズの合わないシャツ。名前を呼ばれて振り返った瞬間のようなその顔には、甘えるようなかすかな笑みが浮かんでいる。

「これ、お兄ちゃんの絵じゃない。誰か別の人が描いた絵。……きっと、お兄ちゃんの好きな人が描いたの」

「お兄さんは、付き合ってる相手はいなかったんじゃないの？」

スマホでその絵を撮りながら林原が尋ねると、雫は言った。

「付き合ってたかどうかは知らない。でも、好きな人がいるって前にお兄ちゃん言ってたの。だからあたし、お兄ちゃんはその人と駆け落ちしたんだと思ってた」

「その人がどんな人か、聞いたことある？　写真見せてもらったりとかは？」

「ない。……──お兄ちゃんが恋愛話《れんあいばなし》したの、それが最初で最後だったな」

ぽそりと呟《つぶや》き、雫は大きな目で林原を見上げた。

「刑事さん。お兄ちゃんは、その人に殺されたの？」

「それは、まだ断言できないことだよ」

林原が丁寧な口調で言う。

雫はうつむき、「そう」とうなずいて、

「じゃあ刑事さん、早くお兄ちゃんを殺して埋めた人を逮捕して。お願いします」

林原に向かって頭を下げると、またスケッチブックを抱えて家の方に戻っていった。

それを見送り、高槻が言う。

「……落ち着いてますね、彼女」

確かに、兄がショッキングな殺され方をしたというのに、随分しっかりしていた。泣くでもなく、わめくでもなく、冷静に自分が思ったことを伝えてきていたように思う。

林原が、雫が去っていった方にまだ目を向けたまま言った。

「あの子はねえ、泣けないんだそうですよ」

「泣けない？……泣かないようにしてるわけではなく？」

「さっき、家で話を聞いてたときにね。母親がお茶を入れに行ってる間に話してくれたんですけど、お兄さんの遺体が見つかって以来、ご両親がずっと泣きっぱなしなんだそうで。それを見てたら、自分はどうしてか泣けなくなってしまったんだって言ってました。——被害者遺族に、たまに見られる現象です。感情の一部が麻痺《まひ》してしまう。悲しくないわけじゃないのに、それをちゃんと表現できなくなるんですよ」

「そうですか。……それは可哀想に」

「ええ。だから、警察は一刻も早くこの事件を解決しないといけないんです」

林原はそう言って、高槻に目を戻した。

「高槻先生。あなたはこれ以上、首を突っ込まないでください。これは警察の仕事です。……あんまり無茶ばかりしてると、そのうち絶対佐々倉さんが胃を壊しますって」

「今回は別に無茶はしていませんよ、まだ」

「そこで『まだ』ってつけちゃう辺り、佐々倉さんに心から同情しますよ俺。——じゃあ、俺はこの辺で失礼します」

林原は高槻に軽く頭を下げ、尚哉に向かって「ばいばい」と手を振ると、歩き去ろうとした。どこかに車を停めているのか、駅とは反対の方角だった。

その背中に、高槻が声を投げた。

「ああ、すみません、林原さん。あともう一つだけ」

「はい、何です？」

振り返った林原に、高槻が尋ねる。

「――塔矢くんがいなくなったとき、彼の部屋の窓は開いてましたか？」

問われた林原はしばしの間、無言で高槻を見つめていた。

それから口を開き、

「閉まっていたそうです。鍵《かぎ》も、ガラス戸も」

「……そうですか」

「ええ。それじゃ」

ぺこ、ともう一度頭を小さく下げて、林原が今度こそ去っていく。

高槻は黙ってそれを見送っている。尚哉はどう声をかけたらいいのかわからず、高槻を見上げる。

ややあって、高槻が言った。

「深町くん。僕達も、もう行こうか」

そうですねとうなずいて、二人で駅の方へと歩き出す。

蝉が鳴いている。日陰から一歩踏み出した途端ぎらつく太陽に焦がされそうになって、高槻も尚哉もなるべく日陰から日陰へと歩いていく。視線を上げると、向こうの方の空に嘘みたいに巨大な入道雲が積み重なっているのが見える。

林原は、これ以上首を突っ込むなと言った。

相原塔矢の背中の皮が剥《は》がされていた理由や、どうやって自宅から姿を消したのかは確かに気になるが、やはりこの事件は高槻の過去とは関係ないように思う。

高槻はどうするつもりなのだろう。

前方に駅が見えてきた頃だった。

高槻が言った。

「あのさ、深町くん。——悪いんだけど、もう一箇所、付き合ってくれる？」

高槻は目的地を言わず、尚哉は高槻についていく形で電車を乗り継いだ。

電車を降りて歩き出しても、高槻はどこへ行くかを教えてくれなかった。

高槻の足取りには迷いがなく、知っているところに行くのだなと尚哉は思う。高槻はとんでもない方向音痴ではあるが、行ったことのある場所ならば迷うことはない。

対して、尚哉の方には、この辺りの土地勘はまるでなかった。

来たことのない駅だった。都内の地図や路線図が頭に入っているわけでもないので、自分がどこに連れてこられたのかもよくわからない。今歩いているのは住宅街で、なんだか敷地が広くて立派な家が多い。高槻はここに何の用があるのだろう。

そのとき、電信柱につけられた街区表示が目に入り、ふっと嫌な予感がした。

——世田谷《せたがや》区。

尚哉の一歩前を歩く高槻は先程から一言も喋《しゃべ》らず、それが余計に尚哉の不安を煽《あお》る。

「あの、先生……ちょっと」

待ってください、と尚哉が呼びかけようとしたときだった。

高槻が、口を開いた。

「深町くん。『神隠し』っていうのは、結局どういうものなんだと思う？」

「え……？」

尚哉が答えるより早く、高槻が言う。

「平たく言えば、それはただの失踪《しっそう》だ。昔も今も、人は簡単にいなくなる。迷子になったり、家出したり、さらわれたり、殺されて死体を隠されたり——その後発見されるまで、その人の行方はわからないままだ。でも、わからないままにしておくよりは理由をつけた方がいいから、昔の人はそれを『神に隠された』と判断して、様々な隠し神を想像した。天狗《てんぐ》だとか鬼だとか隠し婆さんだとかね。そして、いなくなった人は、隠し神によって異界に連れ去られたのだと考えた。……その方が、失踪した人の家族にとって救いになるから」

「いなくなった自分の子供は、異界で今なお暮らしている。そう考えた方が、辛《つら》くないでしょう？　誰かの失踪という辛い現実を隠し神のせいにして、ごまかしてしまう。そのための社会的装置が『神隠し』だよ」

「救い……」

高槻が言う。

その声はいつも通りに柔らかく澄んでいて、笑みさえ含んでいたけれど、高槻はそうやって笑ってさえいれば全てごまかせると思っているような人だ。信じてはいけない。

講義をするように、高槻は続ける。

「昔は子供が神隠しに遭ったと判断されると、村人総出で鉦太鼓《かねたいこ》を鳴らして『かやせ、もどせ』と言いながら探したそうだけど、なんだかとても儀式的だよね。いなくなった子供に届くように大きな音を出していたという意味も当然あるんだろうけど、そういう儀式を行うことで、『自分の子供は神隠しに遭った、これで見つからなければもう戻らないんだ』と心の整理をつけていたんじゃないかな」

「でも、いなくなっていた本人が戻ってきて、『自分は神隠しに遭っていた』って語るケースもありますよね？　『仙境異聞《せんきょういぶん》』みたいに」

尚哉は言う。

『仙境異聞』については、前に高槻が講義で扱った。江戸時代に平田篤胤《ひらたあつたね》が書いた本で、天狗にさらわれて戻ってきたという寅吉《とらきち》少年に対し、向こうの世界で身につけた様々な知識について質問した内容をまとめたものである。

高槻はうんとうなずいて、

「それもまた、『神隠し』という社会的装置が果たした役割の一つだよ。何年も失踪扱いになっていた人間が、再び姿を現して社会に馴染《なじ》むのは大変だ。いなくなっていた間どこにいたのか、何をしていたのかが問題になる。でも、『神隠しに遭っていたんです』と言うだけで、かつてはそれが不問にされたんだ。失踪者の事情をごまかすためにも有効なものだったんだよ、『神隠し』は」

話しながら、高槻は角を曲がる。

行きたくない。そう思いながら、尚哉はそれについていく。

高槻を一人で行かせる方が怖かったからだ。

「こうして考えると、『神隠し』というものが隠すのは、いなくなったその人だけじゃない。その人がいなくなった際に起きたであろう事件や事故を隠し、その人が戻ってきたときには、不在だった期間の事情を隠す。都合の悪いこと全てを隠し神のせいにして、異界に追いやってしまう。そうして少しでも社会を、人々の心を平穏に保とうとする。それが『神隠し』が果たした役割だ。――だからこれは、隠し神の類《たぐい》が人々に信じられていたときにしか機能しないものだった。現代でも誰かが忽然《こつぜん》と姿を消したとき、『まるで神隠しみたいだ』という言い方はするけれど、本気で神隠しだと思う人はいない。……普通の精神状態ならね」

高槻はそこで一度言葉を切り、小さく息を吐いた。

「僕の事件の場合、いなくなったときの状況に謎が多かったものだから、マスコミが『神隠しのようだ』と書き立てた。別に誰も本当にそうだと思っていたわけじゃない、単に記事の見出しとしてキャッチーだったというだけの話だ。戻ってきてからのことについては、何しろ僕が生きているものだから、そう詳しくは書けなかったみたいだね。報道も下火になって、やがて取り上げられなくなった。でも、そうやって世の中の人々が関心を失ったところで、当事者にとって事件はまだまだ終わらない。母は僕の失踪に理由を求めた。そして——そこに、『天狗にさらわれていたからだ』という説明が吹き込まれた。『天狗の仲間にされたんだ。背中の傷は、こちらの世界に戻すときに翼を切られた痕《あと》だ』とね。吹き込んだのは、母方の親戚《しんせき》の一人だ。僕の背中の傷の形状とその説明は上手《うま》く合致し、時代遅れのはずの『神隠し』という装置は、当時混乱状態だった母に対して有効に働いた」

高槻が足を止めた。

そして、視線を横に向ける。

一際大きくて立派な家の前だった。優美な装飾がされた格子状の門扉を透かして、広々とした庭と、その向こうに建つ洋風の邸宅が見える。アイボリーの外壁とオレンジ色の洋瓦《ようがわら》の屋根は温かい雰囲気で、玄関扉の上には大きなステンドグラスの窓がある。屋根に煙突があるから、きっと立派な暖炉もあるのだろう。庭の芝生はよく手入れされていて青く、花壇や小さな薔薇《ばら》園も見える。

門扉の横に掲げられた表札には、『高槻』とあった。

「……わあ。二十年ぶりくらいに見るけど、全然変わってないや」

高槻が無感動に呟《つぶや》くのが聞こえる。

いつの間にか周囲は少し暗くなってきていた。日没にはまだ早い時刻だ。見上げると、空に雲がかかり始めている。夏の天気は急に変わる。ひと雨くるかもしれないなと、尚哉は思う。……それを理由に、今すぐここを立ち去りたい気分だった。

「先生」

「ああ大丈夫、中に入ろうなんて思ってないよ。今日は見に来ただけ」

尚哉が高槻を見上げると、高槻はそう言って笑った。

笑っている場合じゃないくせに、と尚哉は思う。

「先生、どうして、何でここに……塔矢くんの事件は、先生のとはきっと無関係じゃないですか。林原さんだって、これ以上首突っ込むなって言ってたし」

「うん、無関係だとは思う。でも今日、塔矢くんの家の周りを歩きながら、大人になった今のこの目でもう一度自分の家の周りくらい見ておいてもいいんじゃないかなって、そう思ったんだよ。何しろ僕は、イギリスから帰国した後、一度だってここに戻ってきたことがなかった」

高槻が言う。

笑みを浮かべていても、その唇の端が少し緊張しているのが尚哉にはわかる。

「……先生」

「僕はそろそろ、自分の過去にちゃんと向き合わないといけない」

低い声で、高槻は呟くようにそう言った。

「ずっと——過去を解き明かしたいと言いつつ、僕はこの場所を見ることさえ避けてきた。真実を知りたいなんて言いつつ、本当は逃げ続けていたんだ。覚悟を決めるためにも、これは必要なことだよ。……それでも一人で来るのは怖かったから、君を付き合わせてしまったけれども」

ごめんね、と高槻が少しだけ情けなく眉《まゆ》を下げる。

ああ駄目だ、と尚哉は内心でため息を吐く。

こうなってしまったら、この人は自分で納得がいくまでは帰らない。

それなら、自分にできるのは——せいぜい高槻に付き合ってやることくらいだ。

仕方なく、尚哉は高槻家の方に目を戻して、

「……先生の部屋は、どこだったんですか？」

「二階のあそこ」

高槻が、角にある部屋を指差す。窓にはカーテンがかかっており、中は見えない。

「外から見ただけで、何かわかりますか？」

「そうだねえ、やっぱり二階の窓が随分高いよね。天井が高いから当然なんだけど。梯《はし》

子《ご》がないと、窓から出るのは無理だね」

高槻がいなくなったとき、部屋の窓が開いていたのだそうだ。

だが、高槻の言う通り、出入りに向く窓ではない。雨樋《あまどい》に手が届く位置でもないし、梯子でもかけないと難しい。だが、そんなことをすれば人目につくだろう。

「何時くらいのことだったんですか？」

「僕がいないことがわかったのは、夜十時。もうお風呂《ふろ》に入る時間だったのに、自分の部屋から下りてこなかったものだから、母が見に行ったんだ。そしたら僕の姿はなくて、窓が開いていた。僕が最後に目撃されたのは夜九時で、食事を終えてしばらく両親とリビングで話した後、自分の部屋に一人で上がっていってる。それから一時間の間に僕は消えたわけだけど、一階には両親と家政婦さんがいたし、誰も僕が出て行ったことに気づかなかった」

まるで他人事《ひとごと》のように淡々と、高槻は自分が消えたときの状況を話した。

「でも、うちはあの通り広い家だし、上手くすれば誰の目にも留まらずに外に出ることはできなくもない。当時うちには防犯カメラはなかったしね。敷地の外に自分で出て、その後、誰かの車に乗せられて運ばれた可能性はある。——ただ、この説明だと、塔矢くんの事件と同じく、何で靴を履いていかなかったのかが不明のままになるね」

「……家出する理由に心当たりは？」

「ないよ。あの頃の僕は幸せだった」

きっぱりと言い切る高槻が、悲しかった。

だがしかし、今のところ一番有力なのは、高槻が自ら外に出たという説なのだろう。それが家出だったのか、事情があって外に出たところをさらわれたのかはわからないが。

ただ、少なくとも高槻以外の何者かが関与しているのは確実だ。何も持たずに出た高槻が一ヶ月もの間一人で暮らせるわけはないし、発見場所となった京都まで移動できたわけもない。

何より——長野で一度、過去の記憶を取り戻した高槻が、『あのひと』という言葉を口にしている。

『あのとき僕が「帰りたい」と言ってあんまり泣いたものだから——言われたんだ』

『「そんなに帰りたいなら、帰してやろう」って。そして、あのひとは』

『大きな手で、僕の頭をなでて、それから、僕の背中に』

あのとき高槻が言及した『あのひと』が、高槻の背中に傷をつけた。

「僕なりに、ずっと考えてはきたんだ」

高槻が言った。

高槻家の門の格子に手を触れかけ、けれどそれが触れてはならぬものだと途中で気づいたかのように、またその手を引っ込める。

「僕をさらったのは人なのか、それとも何らかの超常的な存在なのか。どちらもありうるし、どちらの方がましということもない。でもやっぱり、人の仕業だと言い切るには、色々と説明のつかないことが多すぎてね。……だから、僕もまた母のように、神隠し説に逃げようとしているのかもしれない」

「……先生は、先生のお母さんとは違います」

尚哉がきっぱり言うと、高槻は悲しげな顔でまた少し笑った。

「さっき言ったように、『神隠し』という考え方は、社会的装置の一つだ。辛《つら》い現実から目を背けるための夢物語だ。でも――そもそもなぜ昔の人は、隠し神や異界といったものを信じていたんだろう。それは本当に、合理的に考えることを諦《あきら》めるための、都合のいいファンタジーでしかなかったんだろうか。……いいや違う、昔の人は、異界も、神と呼ばれる理不尽な存在も、現実にあるものだと知っていたんだ。僕は、そう思う」

高槻の口調がわずかに熱を帯びる。

尚哉はまた高槻を見上げる。

「だって僕は、人魚や八百比丘尼《やおびくに》が実在することをもう知っている。何より――僕の目の前には、深町くん、君がいる。本当に異界に行って戻ってきた人が」

こちらを見下ろす高槻の瞳《ひとみ》に、青い光が兆し始める。昏《くら》く深い藍色《あいいろ》の夜空がそこにある。幾万光年の奥行きを宿したその瞳に覗《のぞ》き込まれると、いつも本能的な怯《おび》えを覚える。魂の奥まで見透かされ、何もかも剝《む》き出しのまま永遠に囚《とら》われてしまいそうで。

ああ、と尚哉は思う。

神がいるというのなら、この瞳こそが神のものなのではないのか。

だからこそ、こうも畏《おそ》れを感じるのではないか。

十二歳の高槻を隠した、隠し神。それは——今では、高槻自身の中に隠れているのではないだろうか。

そのときだった。

「——あの」

背後で、声が聞こえた。

透き通るような響きの、女性の声。

高槻の肩がびくりと震え、頬がさっと強張《こわば》る。瞳の中から夜の気配が消え失《う》せる。

「うちに何か御用？　どなたかしら」

嘘だろう、と思いながら、尚哉は後ろを振り返る。

柔らかな茶色い髪を肩に垂らした上品な女性が、そこにいた。

手脚の長いほっそりした体を、白いブラウスと淡い色のロングスカートで包んでいる。背筋はすっと伸び、年齢を考えると信じられないほどに美しく華やかなその顔は、尚哉の隣に今立っている人によく似ていた。

高槻清花《さやか》。

清花は高槻を見上げて、驚いたように少し目を大きくする。

「あら……私達、以前どこかでお会いしましたわね？」

そんな風に目を瞠《みは》ると、この女性はますます高槻と同じ顔に見える。

清花は少女のような笑みを浮かべて、ぽんと手を叩《たた》き、

「そう、病院で！　主人がちょっと怪我をしたときに、お見舞いに来てくださった方よね！　主人の会社の方だったかしら。ごめんなさいね、あのとき私、気が動転していて、お名前を聞きそびれてしまったわ。あらためて伺ってもいいかしら？」

「――……高槻と、申します」

低い声で、高槻が答える。

清花はまた目を瞠り、

「まあ、同じ名前だなんて、奇遇ね！　それで、今日は何の御用かしら。生憎《あいにく》ですけど、主人はまだ会社なの」

「……ああ、いえ、大した用ではありませんので、どうかお気になさらずに」

にっこりと、高槻が清花に向かって微笑みかける。

こんなときでも高槻の笑顔は傍目には完璧《かんぺき》で、やめてくれ、と尚哉はその腕を引きたくなる。もういい、もう帰りましょう、今すぐそう促すべきだと思った。

だがそのとき、ぽつりと冷たい雫《しずく》が頬に当たった。

と思ったら、ばたばたばたっと大粒の雨が全身を叩き始める。足元のアスファルトにあっという間に水玉模様が広がり、やがて全体が黒く濡《ぬ》れ始める。

清花がきゃあと小さく悲鳴を上げた。

「大変、雨だわ！　あなた達、うちで雨宿りしていきなさい！」

門扉を開け、高槻と尚哉の腕をつかんで引っ張る。

尚哉はぎょっとして、しかしその手のあまりの柔らかさに振りほどくこともできず、あっという間に高槻と共に家の中に引き入れられてしまった。

広々とした玄関ホールも、無数のガラス玉が連なる豪奢《ごうしゃ》なシャンデリアも、白い壁も、磨き抜かれた大理石の床も、まるで映画やドラマの中の世界のように現実味がなかった。

こっちよ、と清花に言われ、応接間らしき部屋に通される。豪奢な革張りのソファセット。夏の薔薇《ばら》を挿した美しい花瓶。立派なマントルピースのついた暖炉のある部屋。そうかあの煙突はこの部屋につながっているのだなと、尚哉はどうでもいいことを思う。

尚哉の横で、高槻は幻でも見ているかのような目で部屋の中を見回している。

いや、今その目は本当に幻を見ているのかもしれない。かつて自分がここにいた頃の記憶。家族が幸せだった頃の、そして家族が壊れてしまってからの自分達の姿を。

「どうぞ、座って。どのくらい濡れたかしら、よかったらこのタオルを使って」

清花がふかふかのタオルを渡してくれる。

大きな掃き出し窓の向こうはきつい雨で、清花は悲しげな目でそちらを見やり、

「嫌だわ、お庭の薔薇が傷んじゃうわ。さっきもね、ご近所に薔薇をお裾《すそ》分《わ》けしてきたところだったんだけど」

そう言って、花瓶の薔薇を少し指で整える。

花瓶の横に装飾付きの剪定鋏《せんていばさみ》が置かれているのを見て、尚哉は前に高槻が言っていた

ことを思い出し、ひやりとしたものを覚える。

以前、高槻の父親の智彰《ともあき》を刺して怪我をさせたのは清花だ。そして、そのときの凶器はあの剪定鋏だったかもしれない。

こんなに普通に見えても、この人の心は今なお壊れたままなのだ。

家政婦と思《おぼ》しき女性が、紅茶のポットとティーカップを載せたお盆を持って部屋に入ってきた。清花が礼を言い、女性は高槻と尚哉をちらと見て部屋を出て行く。彼女は、尚哉達が帰った後、智彰や黒木《くろき》に対して、自分達の訪問を告げ口するつもりだろうか。

「紅茶はお好き？　私が一番好きなフレーバーのものなんだけど、お口に合うかしら」

清花がそう言って、自ら紅茶を注いでくれる。甘いバニラと薔薇の香りのする紅茶。

その目が尚哉の方に向き、

「あなたは——随分お若いのね、学生さんかしら。いただきもののクッキーがあるんだけれど、食べる？　とってもおいしいのよ」

「いえ……結構です。甘いものは苦手で」

尚哉が断ると、そう、と清花は気にした風もなくうなずいた。

それから清花はまた高槻に目を戻し、

「高槻さんは、クッキーはいかが？　それともやっぱり、甘いものは苦手かしら」

「苦手ではありませんが、今日は遠慮しておきます」

高槻はそう言って、微笑んだ。

そして、清花に尋ねる。

「社長とはあれ以来ご無沙汰《ぶさた》しているのですが、その後お怪我の方はいかがですか?」

「ええ、もうすっかり良くなったのよ。あのときはご心配をおかけしましたわね」

「奥様は、ご体調はいかがですか?……お元気でいらっしゃいますか」

「私? 私は、とっても元気よ。見ての通り」

「そうですか。それは何よりです」

高槻がうなずく。

この人が清花とまともに会話を交わすのは、何年ぶりのことなのだろう。

全くの他人のように振舞うその姿が痛々しすぎて、尚哉は奥歯を噛《か》みしめる。

出された紅茶に手をつける様子もなく、高槻はマントルピースの上に並べられた写真立てに目を向けた。そこには、まだ子供の――おそらくは神隠しに遭う前の高槻の姿が写っている。両親と並んだ姿。高槻一人だけの写真。学校の入学式の写真。それらはもう戻らない時間の化石のようなものだ。高槻はゆっくりとそれらを眺め、それから、その横に置かれた白いバレエ衣装をまとった若い頃の清花の写真に目を移す。

清花が高槻の視線に気づき、少し照れたように笑った。

「嫌だわ。飾っておいてなんだけど、そんなじっくり見ないで。随分昔の写真よ」

「いえ、今でもそんなに変わらないですよ。十分お綺麗《きれい》です」

「口が上手《うま》いのね」

「結婚前に、バレエは辞められたそうですね。前に聞いたことがあります」

世間話をする口調で、高槻が言う。

たぶん、もう他に清花相手に話せることがないのだ。沈黙を避けるためだけに、高槻は笑顔でバレエの話を続ける。

「素晴らしい才能をお持ちだったそうですね。外国で賞も獲《と》られたとか」

「ええ。脚を痛めて、もうできなくなってしまったの」

「何らかの形でバレエを続けることも可能だったでしょうに、もう完全にそちらの世界からは退いてしまったのはなぜだったんですか？　多くの方に惜しまれたでしょう」

「仕方ないわ。結婚して、愛する人を支えることに全力を尽くしたかったの。——それにね、本当に願いを叶《かな》えたかったら、神様に何かを捧《ささ》げないといけないのよ」

「……え？」

「これをあげますから願いを叶えてください、そんな風にして大事な何かを諦《あきら》めないと、本当に欲しいものは手に入らないんですって」

清花が言う。

高槻が清花を見つめる。

「——一体誰が、あなたにそんなことを？」

「父よ。昔、父が言っていたの」

紅茶のカップを口に運び、香りを楽しむように清花は目を細める。

「私が脚を痛めて泣いていたときにね、父がベッドの横にやってきて、そう言って慰めてくれたの。大丈夫だ、バレエを手放した分の幸福がお前には入る、お前はもう代償を払ったからきっと幸せになれる、ってね」

代償、という言葉に、尚哉は思わず息を止める。

『お前は代償を払わなければならない』

耳の奥でしわがれた声がよみがえる。それは尚哉の祖父の声だ。子供の頃、あの真夜中の祭で聞いた声。

なぜ今、それを思い出すのだろう。

「だから、結婚してすぐに息子を授かったのは、きっとそのおかげだったんだと思うのよ。神様が私に与えてくれたの。……でも」

清花はカップをテーブルに戻し、ソファから立ち上がった。

マントルピースに歩み寄り、写真立てを手に取る。笑みを浮かべた幼い高槻の写真。

「でもね、きっと私、そのとき幸せになりすぎたの。だから神様は、私からこの子を、彰良を取り上げてしまった。あの子がいなくなって、もう随分長い時が過ぎたわ」

写真立てを手にしたまま、清花は高槻に目を向ける。

ソファに座ったままの高槻は、清花を見上げるしかない。

まるで子供の頃に戻ったかのような目線で母親を見上げるその顔は、なんだかひどく幼く頼りなく見える。

清花が言った。

「私は一体何を代償に払えば、あの子を取り戻せるのかしら。……あの子が今も生きているのなら、きっとあなたと同じくらいの年よ」

「……っ」

高槻が小さく息を吞《の》み、目を見開く。

尚哉は立ち上がった。

「……先生、帰りましょう！」

驚く清花に目も向けず、尚哉は高槻の腕を引っ張って無理矢理立たせる。もう限界だった。これ以上、この人を清花の前に置いておくわけにはいかなかった。

「まあ、もう帰るの？　外はまだ雨よ」

「大丈夫です、傘持ってますから！……失礼します！」

そのまま尚哉はぐいぐいと高槻を引っ張り、部屋を出た。

何事かという顔で廊下に立っている家政婦の前を突っ切り、玄関から外に出て、脇目もふらずに道路を進んでいく。雨はまだ激しく、二人ともあっという間にずぶ濡《ぬ》れになる。鞄《かばん》の中に折り畳み傘があるのはわかっていたけれど、取り出そうという気も起こらなかった。今は一刻も早くあの家から遠ざかることの方が大事に思えた。まるで魔女の住処《すみか》から逃げ出してきたかのように、動悸《どうき》が激しい。息を吐いても吐いても胸が苦しい。

深町くん、と高槻が尚哉の名前を呼ぶのが聞こえる。深町くん、待って、と高槻が言う。

うるさいと胸の中でそれに返し、尚哉はなおも足を止めずに進む。雨粒が溜《た》まって役立たずになった眼鏡を片手で乱暴に引き抜き、もう片方の手で高槻の手をつかんだまま、ずんずんと歩き続ける。

「深町くん。……深町くん、もういい！」

ぐっと、高槻が大きな手で強く尚哉の手を引いた。

尚哉は高槻の手を放して振り返った。

雨に濡れたその顔を見上げた途端に様々な言葉が喉《のど》の奥から込み上げてきて、唇を噛む。どうして、と尋ねたかった。あんたはどうしていつもそんな風に自分で自分を傷つけるような真似をするのかと。大丈夫ですか、と問いたかった。大丈夫なわけがないと思った。馬鹿野郎と罵《のの》りたかった。いい加減にしろと叫びたかった。意味のない声でわめくのでもいい。そのどれ一つとしてできぬまま、尚哉はそれら全ての言葉が喉の奥で熱い痛みに変わるのを感じる。前髪から雫《しずく》が滴り落ちる。尚哉の頬を、高槻の顔を、雨の雫が伝っていく。雨が降っていてよかったと思った。肩で息をするようにしながら、尚哉は高槻を見上げ続ける。

「大丈夫だから」

高槻が言う。

「僕は、大丈夫だよ。だから、君はそんな顔をしなくていい」

「……先生は」

そっちこそそんな顔をするなと思いながら、尚哉は震える息を吐く。

「先生は、ここにいたくないって思ったら、連れて行かれちゃうかもしれないんですよ。忘れたんですか」

「覚えてるよ」

「だったら、もうちょっと……っ」

「ごめんなさい」

「謝ればいいってもんじゃない！」

「うん。……ごめんね、深町くん。どうもありがとう」

高槻がそう言って、手をのばした。

「僕の代わりに怒ってくれて、本当にありがとう」

いつものように尚哉の頭に手を置き、けれど苦笑して、「びしょびしょだね」と呟《つぶや》く。

濡れた前髪をかき上げられて、尚哉はぶるぶると犬のように首を振って雨粒を飛ばし、

「……傘、差しましょうか」

「そうだね。今更遅い気もするけど」

二人して鞄から折り畳み傘を取り出し、差す。たぶん今の自分達は、傍から見たら随分間抜けに見えることだろう。高槻が額に張りついた己の前髪をざっとかき上げ、取り出したハンカチで軽く顔や体を拭《ぬぐ》う。尚哉も鞄からハンドタオルを出して、びしょびしょの顔を拭《ふ》き、眼鏡をかけ直した。

駅の方に向かってゆっくりと歩き出しながら、尚哉は口を開いた。

「さすがに今日は、もうこれ以上どこへも行かないですよね？」

「うん。ちょっと早いけど、晩ごはん食べて帰ろうか」

「奢《おご》ってくれるならいいですよ」

「勿論《もちろん》。何食べたい？」

「……元気が出そうなやつがいいです」

「じゃあ、お肉かなあ。あ、でもこの前ね、海鮮丼のおいしいお店を教えてもらったんだよ。深町くん、お魚も好きだったよね」

「好きです」

「じゃあ、そこにしようか。——あ、ねえ、深町くん。君、明日《あした》も遠山さんのところのバイトはお休みなんだよね？」

「はい、休みですけど」

「じゃあさ。僕と一緒に、美術展に行かない？」

「はい？」

「場所は渋谷《しぶや》なんだけど」

高槻がそう言って、自分のスマホを取り出した。

傘を持ったまま操作するのが大変そうなので、尚哉が高槻の傘も持ってやる。高槻はありがとうと言って何か検索し、画面を尚哉の方に向けた。

榊春郎《さかきはるお》という人の個展らしい。極彩色の花が描かれたポスター画像に、なんとなく見覚えがある。確か大学生協の壁に貼られていた気がする。

「雫ちゃんが見せてくれたスケッチブックの絵、覚えてる？　あれ、なんとなく見たことのある画風だなって思ってさ。記憶を巻き戻して探してみたら、この人の絵だった」

「え」

「僕はあんまり美術には詳しくないんだけど、前に雑誌でこの人の絵を見たことがあってね。たぶん、合ってると思う。だから——塔矢くんが好きだった人っていうのは、この人だった可能性がある」

　高槻が言う。

　尚哉は思わず、じろりと高槻を睨《にら》んだ。

「……林原さんに、これ以上首を突っ込むなって言われましたよね？」

「言われたねえ。でも僕、返事はしてないよ」

「どーしてそーゆー子供みたいなこと言いますかね……」

「深町くんが来ないなら、僕一人で行くけど。この美術館なら行ったことあるし」

「いや、行きますけど。行きますけどね、俺も……」

　尚哉が顔をしかめながら言うと、高槻がわあいと喜んだ。まったくこの人は、と尚哉は思う。無茶ばかりすると佐々倉が胃を壊すぞと林原が言っていたが、このままいくと尚哉まで胃を壊しそうだ。

次の日、高槻と尚哉は件《くだん》の美術展に向かった。

客の入りは悪くなかった。若い客が多いのは渋谷という場所柄のせいかと思ったが、どうやら人気アーティストのCDジャケットに榊の絵が使われたことがあったかららしい。ギャラリーの入口には、音楽業界から贈られた花が幾つも飾られていた。

展示の最初の方に、画家本人を写したモノクロ写真がプロフィールと共に掲げられている。榊春郎、年齢は四十七歳。写真を見る限り、彫りの深い顔立ちをした、なかなかのハンサムだ。緩く手を組んで椅子に座り、なぜか肩に大きな鳥を乗せている。

「へえ。CGかと思ったら、水彩なんだね」

絵の脇についた説明書きに目を向け、高槻が呟いた。

榊春郎の画風は、パソコンで描いて印刷したのかと思うほどにくっきりとした色遣いで植物や鳥を描くというものだった。牡丹《ぼたん》や蓮華《れんげ》や彼岸花、南国を思わせる派手な翼の鳥。特に赤系の色を多用している。はっとするほど鮮烈な赤、少し暗めの赤、可愛らしいサーモンピンク。その中で、白や緑や藍《あい》や金や黒が繊細な線を描いている。極彩色《ごくさいしき》の極楽浄土のような絵。

人物を描いている絵もあった。ほんのわずかに色づいただけの白い肌の上に、赤やピンクの花がびっしりと描き込まれたバストアップ。あるいは、色鮮やかな着物をまとって舞う全身像。着物の柄と思われた鳥や花は、しかしよく見ると裾《すそ》や袖《そで》から立体的にはみ出していて、まるで楽園の景色をそのまま身にまとっているかのようだ。

どの人物も、少女とも少年ともつかない姿や顔をしていた。細くしなやかな肢体。蠱《こ》惑《わく》的な表情。雫に見せてもらったスケッチブックの絵はモノクロだったが、確かによく似た雰囲気かもしれない。

そして――その絵は、展示の終わりの方に飾られていた。

これまで赤みの強い絵ばかりが並んでいたというのに、その絵は涼しげな水色と白を基調としていて、だから自然と目を引いた。

『白百合《しらゆり》』というタイトルのその絵は、やはり少年とも少女ともつかない人物が、淡い水色の着物をまとって窓辺に腰かけているものだった。着物には真っ白な百合が描かれている。まどろむように目を閉じたその顔は儚《はかな》げで、まるで百合の花の精のようだ。ふっくらとした唇に引いた紅の色だけが、この絵の中で唯一赤い。

尚哉はその人物の顔をまじまじ見つめて、はっとした。

「先生」

「うん」

高槻がうなずく。

よく見ないとわからないが、絵の中の人物の頬には、かすかに三つ点が並んでいる。

塔矢と同じほくろだ。

「……林原さんに、一応伝えておこうか」

高槻がスマホを取り出す。

単に絵のモデルをしてもらっていただけかもしれないが、それでも二人に接点があったことの証明にはなるはずだ。後は警察の方で調べてくれるだろう。

高槻が手早く林原にメールを打つのを見ながら、林原はどんな顔でこのメールを読むのだろうと尚哉は思う。「だから首突っ込むなって言ったでしょ！」と頭を抱えそうだ。

スマホをしまった高槻が、ふっと視線をギャラリーの中に巡らせて、「あ」と言った。

「どうかしましたか？」

「──明日、画家が在廊するって」

「え？」

高槻が指差した先に目を向けると、壁にそんな案内が貼られているのが見えた。

高槻が尚哉を見る。

「深町くん、明日はバイトだよね？」

「はい、そうですけど……え、榊春郎に会うつもりですか⁉」

「うん。だって、ちょっと話を聞いてみたいじゃない？」

高槻がにんまりと笑ってみせる。

いや待て、と尚哉は思う。相手はもしかしたら殺人犯かもしれないのだ。

「大丈夫だよ、真っ向から『ところであなたは塔矢くんを殺しましたか？』なんて訊《き》かないし。その辺は上手《うま》くやるってば」

「いや、その辺上手くやれそうだとは思ってますけど、でも……あ、ほら、林原さんにさっき伝えたから、もう明日には事情聴取されるかもだし。在廊してないかもですよ」

「うーん、警察はある程度証拠が固まらない限りそう強引なことはできないから、明日榊さんのところに来たとしても、せいぜい話を聞くくらいしかできないんじゃないかな？　まあ、明日もう一回ここに来てみて、榊さんがいなかったら、僕も諦《あきら》めるからさ」

　高槻はそう言って、次の絵の方へと歩いていく。

その後を追って歩きながら、尚哉はなんとなく己の腹に手を当てた。やっぱりいつか自分も胃を壊すかもしれない。


　翌日、遠山の事務所で働いていた尚哉は、昼休憩のときに遠山に呼ばれた。

「深町くん。よかったら、お昼ごはんを一緒に食べに行かないか」

「あ、はい。行きます」

　尚哉は立ち上がり、遠山と連れ立って、事務所の外に出かけた。

　少しだけ歩いた先にあるカフェに入り、隅の方の席に向かい合って座る。遠山曰《いわ》く、オススメはホットドッグとドリンクのセットだというので、それにした。

　注文したものが届くのを待つまでの間に、尚哉はちらとスマホのニュースサイトに目を向けた。今のところ、榊春郎が捕まったというニュースはない。

「――それで、どう？　うちの事務所で働いた感じは」

遠山にそう尋ねられて、尚哉は慌ててスマホを置いた。

「あ、すみません、スマホ見たりして」

「いや、それは別にいいけど。……とりあえず、先週働いてどう感じたかを聞きたくて」

遠山が言う。

尚哉はそうですねと呟《つぶや》きながらしばし考え、膝《ひざ》に手を置いて遠山に頭を下げる。

「まだあんまり役に立てなくて、すみません」

「それは当たり前のことだから、気に病む必要はないよ。そうじゃなくて、事務所の印象とか……やりにくいなとか辛《つら》いなとか思っていることはない？　一応所長として、そういうのは聞いておきたいんだ」

「やりにくいとかはないですよ、まだ仕事に慣れなくて大変っていうのはありますけど」

「でも竹井さんが君のことを褒めてたよ、呑《の》み込みが早いって」

「……竹井さん、いい人ですよね」

「そうだね。愛想はないけど真面目だし、彼女はできればずっとうちで働いてもらいたいと思ってる。今は派遣だけど、希望すれば正社員で採用したいな」

遠山がそう言って、銀縁の眼鏡の奥で目を細める。経営者の顔だなと、尚哉は思う。

店員が、注文したセットを持ってきた。全粒粉のコッペパンに、太いソーセージとトマトとチーズが挟まっている。店員曰く、パンもソーセージも自家製だそうだ。

ひと口かじってみる。ソーセージはハーブとスパイスの味がしっかりしていて、焼き立てのパンはふんわりしていて香ばしい。

「おいしいですね、これ！」

「そう、よかった。……というか、すまないね。歓迎会とかしてあげられなくて」

ホットドッグを手に持ったまま、遠山がそう言って詫《わ》びた。

「うちは、私の方針で、飲み会の類《たぐい》を滅多にやらないんだ。そういうのがしたかったら、個人でやるようにってスタッフには言ってある」

「……あー、俺も歓迎会とかは、あんまり得意じゃないかも……」

「まあ、そう言うだろうとは思っていたしね」

遠山がホットドッグにかぶりつく。意外と豪快な食べ方をする。

口の中のものを咀嚼《そしやく》し終わってから、遠山がまた訊いてきた。

「働く、っていうことについては、どう感じた？　こういうバイトはしたことがないって言ってたけど」

「大変だなあとは思いますけど、なんか……上手く言えないんですけど、俺でも社会に参加できるんだなってわかったのは嬉《うれ》しかったかも」

尚哉は答える。何しろこの耳の力のせいで、自分がまともに社会に出て働けるかどうかがずっと不安だったのだ。

遠山の庇護《ひご》の下ではあるが、それでも普通に働いている人達に交じって仕事させてもらえるというのは、やはり体験として大きい。多少は自信になる気がする。

でも、そう——これが遠山の庇護の下でなかったら、どうなるのだろう。

アイスコーヒーのストローをくわえながら、尚哉は考える。

今はいい。何かあれば遠山が助けてくれるという安心感をもって働けている。だが、違うところで働いた場合はどうなるのだろう。尚哉の力のことなど何も知らない人しかいない場所だったら。……途端に不安が押し寄せてきて、尚哉は少し下を向く。

遠山がまた口を開いた。

「何度も言っていることだけど、うちで働けばいいと思うんだけどね、君は」

「……でも俺、事務作業しかできないし、事務ならもう竹井さんがいるじゃないですか」

「彼女はCADが使えるから、いずれは事務ではなく設計チームの補佐に回したい」

「……それ、俺を雇うためにそう言ってくれてたりしないですよね？」

「いくら君のためだからって、さすがにそこまではしないよ。前に林くんがやめて以降、設計スタッフの補充ができていないんだ。人手はもともと足りてない」

遠山が言う。その言葉に嘘がないことは、尚哉にははっきりとわかる。

でも、尚哉を雇いたいというのが、遠山の厚意であることに違いはないのだ。

夏休み中、何度か難波からLINEがきた。九月のゼミ合宿に関するやりとりだったが、「インターン、面白い」だの「やらかしたー」だのといった言葉も何度か交じった。

難波はまっとうな就職活動をしている。それに比べて自分は、完全なコネで就職口を向こうから差し出されている。そう思うと、ものすごく後ろめたい気分になった。

　とん、と遠山が指先で軽くテーブルを叩《たた》く音がして、尚哉は目を上げた。

「――深町くんは、ちょっと考えすぎなんじゃないかな」

「え？」

「色々考えて悩むのは大いに結構だが、君の悩み方は、見てると少しじれったくなるね」

「え……」

　きっぱり言われて、尚哉は少しびくりとする。

　遠山はまたがぶりとホットドッグに食らいつき、結構な大きさのパンとソーセージを口の中に頬張ると、もごもごした口調で言う。

「君は一体何に対してそんなに遠慮しているんだろう。もっと貪欲《どんよく》になればいいのに」

「……貪欲……」

　あまり普段使わないその言葉を、尚哉は口の中で繰り返す。

　遠山は口の中のものをごくんと呑み込み、

「私は学生時代、建築に興味があった。設計をするのは、自分の頭の中にあるものを現実世界に具現化する作業だ。私はそれが面白かった。――君は？　君は今、何を面白く思って、何をしたいのかな」

「俺は……」

　己の中身を見下ろすような気持ちで、尚哉は自分の胸の辺りを見つめる。

　答えはもうずっとそこにあって、でもそれを気持ちの一番てっぺんに置いていいものかをずっと悩んでいた。だからずっと、考え中のひと言でごまかしていた。

付随する問題はたくさんある。金銭的な問題。その後の進路の問題。院に進んだところで研究職に就けるとは限らないと、瑠衣子が言っていた。

何より——自分自身で、思わなくもないのだ。

これは甘えなのではないのかと。

だって、自分は今、耳がこうなってからの人生で一番良い時間を過ごせている。大学で学ぶことは面白くて、高槻や佐々倉や難波達と過ごすのは楽しくて。

だからこれを続けたくて、学生生活を延長したくて、それで大学院に進みたいと思っている部分もあるのではないかという気がする。

遠山の事務所で働きながら院に行けば、金銭面の問題はある程度かたがつく。でもそれは、遠山の厚意に甘えているのにすぎない。他の人がしている苦労をしないで済ませて、楽な方に進もうとしているかのようで……それがひどく、後ろめたい。

でも、じゃあ他にやりたいことがあるかといえば、そんなものはないのだ。

なんとなく大学に入って、適当に卒業して就職して一人静かに生きていく。前はそう考えていた。公務員がいいかなと思っていたのは、就職の際に一般企業に比べたら面接が少ないという話をどこかで聞いたからであって、別にどこでもよかったのだ。こんな自分を雇ってくれるところなら。

だけど、そんな人生は、きっと楽しくはないだろう。楽しいということがどういうものかを知ってしまった今の自分には、おそらく耐えがたいほどに。

——遠慮するなと、遠山は言った。貪欲になっていいと。

素直に気持ちを口に出していいなら、やはり何度考えても答えは一つしかない。

「……大学院に進みたいです」

胸の中で何度も埋もれかけていたその気持ちを丁寧にすくい上げ、尚哉は言う。

「大学に入って、学問は面白いって思えたから。だから、できれば続けたいです」

尚哉がそう口にすると、遠山は、そう、とうなずいた。

切れ長の目を優しく細めて、笑う。

「大学に入ったからって、やりたいことを見つけられる人間は少ないよ。だから、よかったんじゃないかな。そう思えてるのは」

「でも、親はあまりいい顔をしませんでしたね」

「そんなの、もともと私達のような人間は親にいい顔をされていなかっただろう？」

冗談めかして遠山がまた笑い、肩をすくめてみせる。

尚哉も小さく笑みを返し、

「……だから、学費は自分で稼ぎたいです」

「うちで働けばいい」

「それは、甘えじゃないですか？」

「甘えて何が悪い。使えるものは何でも使わないと」

「……それ、先生もよく言うんですけど」

「大人は皆そうやって生きてるからね」

「そうなんですか？」

「君の周りに今あるものは、君がこれまでの人生で獲得した財産だよ。遠慮することなく使えばいい。この私も含めて」

「……じゃあ、本当に雇ってもらえるんですね？」

「さっきから何度もそう言っているじゃないかね」

ホットドッグの残りを口の中に押し込み、遠山が言う。

尚哉も自分のホットドッグを口に入れた。ソーセージと一緒に、己がいかに幸せかを嚙《か》みしめる。こんな自分でも働ける場所があるのかと、それがずっと不安だったのに。こんなにあっさり就職先を提供してもらえることに、純粋に驚きと感謝の念を覚えた。

いや——もう一つ、なくはないのだ。

『君の能力を活《い》かして、異捜に来ませんか』

全力で手を広げて尚哉を待っている働き口が、もう一つだけあるにはある。そこは、確かに尚哉の能力を活かせる場所ではあるかもしれない。絶対に行きたくないが。

尚哉はストローでアイスコーヒーをかき混ぜながら、ちらと遠山を見た。

「遠山さん。訊《き》いてもいいですか？」

「何だい」

「……自分が、他の人よりも年を取るのが遅いって、感じたことありますか？」

「急にどうしたの」

遠山が目を瞠《みは》る。

尚哉は少し目をそらし、

「いえ。遠山さん、年齢より若く見えるなと思って」

「まあ、色々気をつけてはいるからね。……君も、いつまでも独身で過ごすなら、見た目には気を遣った方がいいよ」

「え。何でですか」

「独身中年男性に対する世間の目は意外と厳しい。ちゃんとした人だと思ってもらいたければ振る舞いや身なりには気をつけた方がいいし、体型にも気を遣うに越したことはない。その方が生きやすくなるからね」

「ええ……」

人生の先輩の言葉は胸にずしんとくる。気をつけようと尚哉は心に刻んだ。

尚哉の表情を見て、遠山が笑う。その顔にできた皺《しわ》を見て、尚哉は、大丈夫だと胸の中で呟《つぶや》く。

大丈夫。遠山はちゃんと年を取っている。多少若く見えるとはいえ、個人差のひと言で済ませられる範囲だ。山路が言っていた言葉には、そもそも根拠はないのだから。

でも——遠山が異界に行ったのは、子供の頃の一度だけだ。

自分は、二度行っている。しかも、二度目はかなり深くまで。

からからとグラスの中の氷をかき回しながら、もうこのことについて考えるのはやめよう、と尚哉は思った。

いつか本当に年を取る速度が他の人とずれたとして、それはそのとき考えればいいことだ。……たぶんそれはもう、どうしようもないことなのだろうけれども。

その日のバイトが終わると、尚哉は大学に向かった。

高槻からは、午後になってからメールがきていた。

『榊さんが在廊してるから、少し話をしてみる』

尚哉はそれに対し、『バイトの後、研究室で待ってるので、話を聞かせてください』と送った。返信はなかったが、たぶん読んではくれているだろう。

高槻の研究室を訪れると、瑠衣子がいた。

ちょうど荷物をまとめて帰るところだったらしい。瑠衣子は尚哉を見てちょっと目を丸くすると、

「あれ、深町くん、今からここで勉強する？　そしたら研究室の鍵《かぎ》、深町くんに預けちゃってもいい？　あたし、アキラ先生から研究室の鍵預かってるのよ」

「いいですよ」

「じゃあ、アキラ先生が戻ってきたら、渡しておいてね。もし戻ってこないようだった

ら、深町くんが帰るときに施錠して、鍵は教務課に預けておけばいいから」

「わかりました」

それじゃあね、と瑠衣子が手を振って研究室を出て行く。

尚哉は研究室のパイプ椅子に腰を下ろした。高槻がいつ戻るかはわからないが、しばらく本でも読んでいようかと思う。

どれにしようかと本棚に目を向け、以前高槻が講義で使った泉鏡花の『龍潭譚』があるのを見つけて、手に取った。そういえばちゃんと読んだことはまだなかったのだ。

高槻はこれを、『神隠し』についての説明の際に使った。

主人公が異界の者と出会い、神隠しに遭った末に戻ってくる話だと。

尚哉はページをめくった。

物語は、幼い主人公が、赤い躑躅《つつじ》に囲まれた坂道を一人で歩いていくシーンから始まる。やがて心細くなった主人公は山を下り、家に帰ろうとするが、その途中で知らない子供達がかくれんぼをしているところに行き合うのだ。一緒に遊ぼうと誘われた主人公は、そのかくれんぼの最中に美しい女と出会う。女は異界の存在だ。異界に招かれた主人公は、添い寝してくれた女の乳を含む。

その後、主人公は異界から現世に戻されるが、まともな状態ではない。憑《つ》きものがついたような様子だ。そして、最終的には寺に連れて行かれて、お祓《はら》いのような儀式の末にやっと正気を取り戻す。

──物語を読み終えた尚哉は、このとき主人公が女の乳を飲んでいなかったなら、状況は違っていたのかもしれないなと思った。

異界のものを口にしたから、主人公は現世に戻ってきても、「眼の色こそ怪しくなりたれ、逆つりたる眦《まなじり》は憑きもののわざよとて」という状態になっていたのだ。

しかしそれにしても、この異界の女も「極めて丈高き女」、つまりすごく背が高い女という設定になっている。ちょっと前のゼミの時間に聞いた話を思い出して、面白いなと尚哉は思った。

怪談や都市伝説に出てくる女性怪異は、高身長であることが多い。あのとき高槻は、そこに小さな子供の目線から見た母親の姿が重ねられているのではないかと推察した。『龍潭譚』の主人公は、もっと幼いときに母を亡くし、今なお母を求めている。そして、そこに登場する異界の女は、母性を強く感じさせる存在だ。

幼子だったときに母親を見上げたときの目線を重ね合わせているからこそ、この異界の女は「極めて丈高き」姿だったのではないだろうか。

……そう思ったとき、先日高槻家を訪れたときのことが尚哉の頭をよぎった。

立ち上がり、高槻を見下ろしていた清花。

清花の顔を見上げる高槻の、心許《こころもと》なげな顔。

あんな表情の高槻を見ることは普段は絶対にない。

母という存在は、高槻の中で、今なお何より大きなものなのだと思う。

それは恐れるべき存在であり、己こそが母を壊してしまったという悔恨の象徴でもあり――そしてやっぱり、愛《いと》しい存在でもあるのだ。

何を代償に払えば自分は我が子を取り戻せるのかと、清花は言っていた。

その子があのとき目の前にいたのだと、いつか清花は気づくことはあるのだろうか。

そのときだった。

――ごん、ごん、ごん、という重たいノックの音が響いた。

聞き覚えのあるノックの仕方だった。

尚哉がどうぞと声をかけるより早く、勝手に扉を開けて飯沼が入ってくる。

「……なんだよ。ボウヤしかいねえのか」

研究室の中を一瞥《いちべつ》して、飯沼がそう呟く。

一体何が入っているのか、飯沼はぱんぱんに膨らんだ大きな紙袋を手に提げていた。

「先生でしたら、まだ来てませんよ」

「まだってことは、これから来るのかよ」

「……そのはずですけど」

言いながら、尚哉は変だなと思った。

時計に目をやる。いつの間にかもう夜の八時近かった。高槻はまだ来ない。……さすがにちょっと遅くないだろうか。

尚哉は机の上に置いていた自分のスマホを手に取った。メールがきていたことに気づかなかったらしい。十分ほど前に、高槻からのメールを受信していた。

『榊さんの家に行くことになった。ごめん、また明日《あした》話そう』

すっと、胸の中に氷を挿し込まれたような気分になった。

尚哉は慌てて『榊さんの家ってどこですか』と返信する。

嫌な予感がしていた。

飯沼がまた口を開いた。

「おう。どーしたよ。そんな顔青くして」

「あ……えっと、先生が……」

言いかけて、榊のことを飯沼に話していいかどうかわからなくなって、尚哉は曖昧《あいまい》に口をつぐむ。

飯沼は妙に暗い瞳《ひとみ》で尚哉を見据え、それから足を引きずるようにしてこちらに歩いてくると、無言で紙袋を机の上に下ろした。何か布のようなものが一杯に詰まっている。

「な、何ですか、これ」

「いいから見ろ」

飯沼はそう言って、紙袋を乱暴にひっくり返した。

中身が机の上にぶちまけられる。

え、と尚哉は目を見開いた。

色とりどりの服と、アクセサリーだった。

レモンイエローのスカート。白いブラウス。淡い水色のワンピース。ピンクのニット。偽物のパールのネックレス。こんこんと音を立てて床に落ちたのは、星の形をした銀色のイヤリングだ。飯沼がなおも紙袋を振る。まだ何か入っているらしい。やがて、底の方に引っかかっていたウィッグとパンプスがまとめて転げ落ちてくる。

どれも、女性ものだった。

からっぽになった紙袋を放り出し、飯沼は両手を広げてみせた。

「——見ろよ。これが塔矢の秘密だ」

「え……」

飯沼は、今度は自分のポケットから何かを取り出し、机の上に投げた。

例のカードキーと鍵だった。

「見つけたんだよ」

飯沼が言う。

「都内の、あちこちのトランクルームを片っ端から調べた。カードキーが反応したときは涙が出るかと思ったぜ。塔矢が契約してたのは、一番小さなロッカーだった。問い合わせたら、あいつ、半年分先払いしてやがったぜ。……まさか半年経ったら戻ってくる気だったわけでもあるまいに」

「これ……一体どういうことですか」

「わかんねえのかよ、ボウヤ。つまりあれだろ、塔矢には女装趣味があった。女の格好したいだけだったのか、ソッチの趣味もあったのかは知らねーけど。どっちにしても、家族にも友達にも言えなかったんだろ」

投げやりな口調で言いながら、飯沼がどかっとパイプ椅子に腰を下ろす。

尚哉は机の上に積み上がった服を見つめ、言葉をなくす。

そんな尚哉を、飯沼は鼻で笑う。

「――ほら。今のお前みたいな反応されるのが嫌で、塔矢はこれを秘密にしたんだ」

「俺は別に……」

「差別意識はねえって？　驚いただけ？　こーゆー奴はな、ただびっくりされるだけでもショック受けんだよ。普通だって思われてるなら誰も驚きやしねえもんな」

飯沼の言葉に胸を刺されたような気分になって、尚哉はますます言葉をなくす。

飯沼は手をのばし、スカートやブラウスを一つ一つ持ち上げてはまた投げ出していく。

「どれもプチプラの、ガキしか買わねえ安物ばっかりだ。小遣いでちょっとずつ集めたんだろーな。あんな小さなロッカーでも、ずっと借りようと思えばそれなりの金がかかる。それでも自分の部屋には置いとけなくて、あいつは秘密を他所《よそ》にしまって鍵《かぎ》をかけたんだ。しょっちゅう帰りが遅くなってたのも、女の服に着替えてその辺歩いてたからなんだろうな。家じゃそんな格好できねえから。――でもこれで、謎が解けたよな？」

「え？」

「自宅に靴が残ってた理由だよ。塔矢はたぶん、女の格好に着替えてから、外に出たんだ。男の姿の自分が履いてた靴なんて、もう要らなかったんだよ」

それが――相原塔矢の、神隠しの真相なのか。

深夜、家族皆が寝静まった後に。

自室で、女物の服を身に着ける。もしかしたらウィッグも着けていたのかもしれない。

家族の誰も、彼がそんなものを買っていたなんて知らない。おそらくこっそりと、誰にも気づかれないように持ち帰って、部屋のどこかに隠しておいたものだろう。

そうして彼は、自分が一番自分らしいと思える姿で、旅立ったのだ。

これまでの自分が持っていたものは、全て置き去りにして。

自由になれる場所へ。

彼にとっての――『楽園』へ。

けっと、飯沼が喉《のど》の奥で笑った。

「つまんねえ秘密だよな」

尚哉は思わず飯沼を睨《にら》む。そんな言い方はないのではないかと思った。塔矢は、たぶん彼なりにひどく悩んだはずなのだから。

だが、尚哉が睨んだ先で――飯沼は、食い入るように机の上の服の山を見つめていた。

目が、赤かった。

「……馬っ鹿じゃねえの。今時別に、珍しい話でもねえだろ。近頃は学校でもそういうの教えてんじゃねえのかよ、ＬＧＢＴＱとかさ。自分はそうだってのを売りにしてる芸能人やインフルエンサーだっている。自分のことをおかしいなんて思う必要ねえだろ」

服の山を見つめたまま、飯沼は言う。己の言葉を噛《か》み潰《つぶ》そうとするような口調だった。尚哉に向けての言葉ではなかった。

「何が秘密だよ。言えよ。親に言えねえなら、まず俺に言えよ。全然無関係の、向かいのアパートに住んでるってだけの俺にならえただろうよ。……俺あのとき言ったよな、普通の高校生の秘密なんざ記事にはしねえって……話してくれりゃあよかったのによ」

飯沼と塔矢の間にどんなやりとりがあったのか、尚哉は知らない。

かつて二人が歩いただろう十五分の道程《みちのり》を、この前尚哉も高槻と歩いた。

もしそのとき、塔矢が飯沼に己の秘密を話せていたら、こんなことにはならなかったのだろうか。わからない。でも、飯沼はたぶんそう思っている。尚哉はかける言葉を見つけられず、飯沼と一緒に机の上の服の山を見つめ続ける。

塔矢が『お兄ちゃん』と呼ばれるのが苦手だったという話。女子に告白されてぽろぽろと涙を流したという話。聞いたときには何でだろうと不思議だったことに、こんな形で答えを差し出されるとは思っていなかった。スケッチブックに残された、あのぱっと見女の子のように見える絵は、塔矢自身の願望が反映されたものだったのかもしれない。

でも、どうしてこうもむなしい気分になるのだろう。今更わかったところで、何の取返しもつかないからだろうか。あるいは、会ったこともない少年の気持ちを勝手に理解したような気になるのが申し訳ないからだろうか。

ぐし、と飯沼が洟《はな》を啜《すす》った。

「――なあ。センセイ、今日帰ってこねえの？」

「あ……わからない、です」

「あ、そ。じゃあ、ボウヤから説明しといてくれよ」

飯沼が立ち上がった。

自分でぶちまけた衣服を、また乱暴に紙袋に詰め始める。ウィッグもパンプスもネックレスも全部まとめて放り込み、それから床を這《は》いつくばって、さっき落としたイヤリングを拾う。拾ったイヤリングを、スカートとニットの隙間にねじ込む。

紙袋を持って出て行こうとする飯沼に、尚哉は声をかけた。

「あの」

飯沼が振り返る。目も鼻も赤かった。

この人でもそんな風に泣くんだなと思うと、胸が詰まった。

飯沼が、また洟を啜る。

「んだよ。呼び止めといてだんまりか、ふざけんな」

「いえ、あの……それ、どうするんですか？」

「どう、ってどういう意味だよ」

「ご遺族に、渡したりとかは」

「するかボケ」

飯沼がそう吐き捨てた。

「あいつが死んでも家族に隠したかった秘密だぜ。預かっといてって言われたのは俺だ。……俺の好きにするさ」

飯沼がまた足を引きずるようにして扉の方に歩いていく。全身に疲労が漂っていた。都内にトランクルームは幾つあるのだろう。この人は一体どれだけ走り回ってそれを見つけたのだろうと、その背中を見送りながら尚哉は思った。

飯沼が部屋を出て行くと、部屋の中にはしんとした静寂が降りた。

尚哉はまたスマホに目をやる。高槻からの返信はない。

いや、今は手が離せないだけかもしれない。たぶんそのうち返事がくるはずだ。コーヒーでも飲みながら待っていればいい。

尚哉は窓辺に歩み寄り、自分のマグカップを棚から取り出した。

コーヒーを入れ、また椅子に戻って、本棚から適当に取り出した本を読み始める。

自分で入れたコーヒーはどことなく味気なく、いつもは気にならないはずの静寂が妙に気になって、意味もなく音を立ててマグカップを机に置く。またスマホに目を向ける。

返信はない。時計の表示は九時を過ぎていた。

すう、と尚哉は気を落ち着けるために一度深呼吸する。

この研究室の空気にはいつも、古い本の匂いと、ココアとコーヒーの香りが混ざり込んでいる。ここに通うようになってから、この部屋の匂いを嗅《か》ぐだけで気分が落ち着くようになっていた。

でも今日は、ココアの匂いが薄い。そのせいで、なんだか少し知らない場所みたいだ。

尚哉は高槻に『何時でもいいので、返信ください』とメールした。

本棚からまた別の本を抜き出し、読み始める。最後の高槻からのメールには『明日話そう』とあった。ここで待っていても、高槻はたぶん戻ってこない。それはわかっている。この本を読み終わったら帰ろう。そう、この本を読み終わったら。言い訳のようにそんなことを考えながら、尚哉はページをめくる。でも、ろくに頭に入ってこない。

こんこんと扉を叩《たた》く音が聞こえ、警備員が顔を覗《のぞ》かせた。

「まだいるんですか」

そう言われて時計に目をやると、もう夜十時を過ぎていた。

慌てて帰り支度をまとめて、尚哉は研究室を出た。

鍵は教務課に預けておけと瑠衣子に言われたが、行ってみると教務課はとっくに閉まっていた。この時間だから当たり前だ。

高槻から、返信のメールはまだきていなかった。

迷った末に、尚哉は高槻に電話をかけた。

数度聞こえたコールの音は、しかしぶつりと消えた。

慌ててもう一度かけ直すと、今度は電源が入っていないか電波の届かないところにいるというアナウンスが流れた。

今はちょっと手が離せないのかもしれない。榊と話が盛り上がって、電話に出られないだけかもしれない。人と話しているときに電話に出るのは失礼だから、電源を切ったのかもしれない。

そう思おうとした。

無理だった。


夜十一時を過ぎた時点で、尚哉はもう一度高槻に電話をかけた。

電話はどこにもつながらず、電源が入っていないか電波の届かないところにいるというアナウンスが流れた。

尚哉は、佐々倉に電話をかけた。


『何やってんだお前らは!!』

電話の向こうの佐々倉にそう怒鳴られ、尚哉はスマホを取り落としそうになった。

佐々倉は、たとえ電話の向こうにいようとも十分怖い。顔が見えなくても怖い。というか、話しぶりから表情が容易に想像ついてしまうのだ。

「あの、だから　さっきも言ったように先生が戻ってこなくて。連絡も、つかなくて」

混乱した口調のままの尚哉の話は、たぶんわかりづらかっただろうと思う。それでも尚哉は必死に伝えた。最初に飯沼が来たときのこと、相原家の近くで林原に会ったときのこと。高槻家に行ったことだけは今回の件とは無関係と判断して割愛し、美術展に行ったことと、高槻が一人で榊春郎に会いに行ったことを伝えた。

佐々倉は、相原塔矢の事件の担当ではなかったらしい。今も自宅で尚哉の電話を受けたようで、最初はなかなか話が通じなかった。

それでも根気よく佐々倉は尚哉の話を聞いてくれて、

『……要するに、その画家が相原塔矢の事件に関与してるってことか。で、彰良はそいつに会いに行って、連絡が途絶えたと』

「はい」

『わかった、ちょっと俺の方でも確認する』

佐々倉はそう言って、一旦《いったん》電話を切った。

それから生きた心地もしない気分で待ち続け、ようやく佐々倉から電話がかかってきたのは、一時間ほど後のことだった。

『彰良のスマホのGPSを確認した。今は電源が切られてるが、最後の位置情報は、榊の自宅兼アトリエだ』

開口一番、佐々倉はそう言った。

この幼馴染《おさななじみ》達がスマホのGPS情報を共有していることは、以前雪山で遭難しかけたときに聞いていた。しょっちゅう高槻が迷子になるものだから、業を煮やした佐々倉が前にそう設定したのだという。

『昨日、彰良から林原に榊についての情報提供があった時点で、捜査本部は一応榊をマークはしてた。今日の午前中に、捜査員が榊に話を聞きに行ってる。だが、相原塔矢が榊の絵のモデルをしていたことはわかったが、塔矢失踪《しっそう》に榊が関わっているという確証は得られなかったそうだ』

なんだか佐々倉の後ろが騒がしい。さっきは静かだったのに、今は複数の人の声が聞こえる。……もしかして、相原塔矢事件の捜査本部まで行ってくれたのだろうか。

『塔矢の家の周辺で榊の車でも目撃されてりゃいいんだがな。今、あらためて防犯カメラの映像を洗い直してるところだ』

「あ、あのっ、佐々倉さん！」

『何だ』

「相原塔矢失踪時のことなんですけど……目撃情報を洗い直すんだったら、男の子じゃなくて女の子を探してください」

『どういうことだ』

尚哉が先程飯沼から聞かされたことを伝えると、佐々倉は『ちょっと待て』と言い、今度は電話を切らずに誰かに向かって『相原塔矢は失踪時女装してた可能性があるそうだ！』と怒鳴った。それに対して誰かがまた何か怒鳴り返し、しばらく電話の向こうが騒然とする。やはり捜査本部にいるらしい。

ややあって、佐々倉がまた電話口に戻ってきた。

『――おい。ここからは、彰良についての話だ』

佐々倉が言う。

『いいか。彰良の件については現状、相原塔矢事件とは無関係ということになっている』

「何でですか⁉　先生は、塔矢くんの事件を調べてたんですよ！」

尚哉は愕然《がくぜん》とした気分でそうわめく。

佐々倉が電話の向こうで、一度ため息を吐いた。

『相原塔矢の事件に榊が関わってるかどうかすらまだ確定してねえんだぞ。榊の家に彰良が行ったのだって、別にさらわれたわけじゃない。本人が、行ってくる、って事前に連絡してきたんだろう。とにかく今の時点で、榊の家に踏み込んで彰良を捜すのは不可能だ。令状が下りない』

「でも、連絡がつかないんですよ⁉」

『落ち着け。――踏み込むのは無理でも、榊の家に行って質問することはできる』

電話の向こうで、佐々倉が言った。

『とりあえずこれから、車で榊の家まで行く。インターホンを押すのは朝になってからになるがな。それで、彰良がいるかどうか確認する』

「――俺も行きます」

尚哉が言うと、佐々倉は『駄目だ』ときっぱり言った。

『これは警察の仕事だ。お前は家で寝てろ』

「嫌です。家に帰ったって寝られるわけもないじゃないですか。それに……榊が、先生なんて知らないって言ったらどうするんですか。『何時間も前に帰った、その後のことは知らない』って」

『それは……』

「俺が一緒にいれば、榊が嘘をついたらすぐわかります」

電話の向こうで、佐々倉がふっと口をつぐんだ。逡巡《しゅんじゅん》の気配を感じる。迷っている。

尚哉は必死に、佐々倉を突き崩す方法を考える。どうすれば佐々倉はうんと言ってくれるだろう。尚哉の力だけではまだ弱い。一般人を捜査に巻き込んだら駄目だとでも思っているのだろう。なら、何を言えばいい。考えろ。

そして尚哉は――己の中に、佐々倉に対抗するカードを見つけた。

ためらいなく尚哉は、そのカードを切った。

「わかりました。じゃあ、林原さんに連絡します。……それか、山路さんにでも」

『おい、お前！』

電話の向こうで佐々倉が慌てるのがわかる。

もう一押しだと尚哉は思う。自分がとんでもなくずるいことをしているのはわかっていた。でも、使えるものは何であろうと使わないといけない。

だって、さっきからずっと胸騒ぎがしているのだ。

良くないことが起こっている。下手をしたら高槻の——命が、危ない。

「異捜は相原塔矢の事件に一応は噛《か》んでるんでしょう。山路さんに『協力する』って伝えたら、大喜びで迎えに来てくれるんじゃないですか。担当外の佐々倉さんより頼りになります」

『お前っ……それがどういうことか、わかって言ってんのかよ……』

電話の向こうで佐々倉がうめくような声を上げる。

尚哉はもうそれ以上は何も言わずに、佐々倉の次の言葉を待った。やれるだけのことはした。あとは、佐々倉の中で天秤《てんびん》がどっちに傾くかを見て、それで駄目なら本当に林原か山路に連絡するだけだ。

と、そのとき、ふと冷静になったかのような声で、佐々倉が尚哉に尋ねた。

『……おい、待て。お前さっき、「家に帰ったって」って言ったよな。お前、今どこにいるんだ？』

「何やってんだお前は!!」

目の前に停まった車の中から佐々倉がそう怒鳴り、尚哉は思わず耳を覆った。

電話越しではない佐々倉の怒鳴り声は、やっぱりものすごく怖かった。鼓膜がびりびり震えている気がする。勿論《もちろん》顔も怖い。

尚哉は地べたに座り込んだまま、佐々倉を見上げて言った。

「……近所迷惑ですよ、佐々倉さん……」

「うるせえ。どうせもうキャンパスには誰もいねえだろうが」

佐々倉がぎろりと尚哉を睨《にら》んで言う。

尚哉が座り込んでいるのは、青和大の正門前だ。

どうやっても高槻に電話がつながらないとわかったとき、尚哉はちょうどここに立っていた。

それから今までずっと、ここから動けずにいたのだ。ぺたりと門の前に座り込んで、ひたすらスマホを握りしめていた。どうしてかは自分でもわからなかった。ここにいればそのうち高槻が現れるんじゃないかと心の底で期待していたのかもしれないし、単に家に帰って自分だけ蚊帳《かや》の外になるのが嫌だっただけかもしれない。

「まあまあ佐々倉さん、深町くんの気持ちも汲《く》んであげましょうよ。ほら深町くん、早く乗りな」

佐々倉の横で、林原がそう言った。

車を運転しているのは林原だった。佐々倉がいるのは、助手席だ。

林原に促されて後部座席に乗り込みながら、ああそうかと尚哉は思う。佐々倉はこの事件の担当ではないから、林原が覆面パトカーを借りてきたんだろうなと。

尚哉がシートベルトを締めると、林原が車を発進させた。

尚哉はおずおずと二人を見やり、言った。

「……あの、ありがとうございます。俺も連れて行ってくれて」

「あーいいっていいって。俺達が迎えに来てあげなかったら。深町くんは永遠に大学の前に座り込んでハチ公になってたかもしれないじゃない？　まあ今は夏だから死にはしないだろうけど、深町くんの身に何かあったら高槻先生に怒られそうだしねー」

運転しながら、軽い口調で林原が言う。

それから林原は、少し低い声になって、

「……けどさ。俺言ったよね、もう首突っ込むなって。何でこんなことになってんの」

「それは先生に言ってください」

「言いたいけどいないから、深町くんに言ってんの！　いくらなんでも軽率すぎだよ、高槻先生も――深町くんも、ね」

「……おい、林原」

ぎろりと、佐々倉が林原を睨んだようだった。

林原は「へいへい、すいません」と佐々倉に対してへらりと笑い、また尚哉に向かって言う。

「まあでも、榊についての情報提供は、正直助かったよ。あのスケッチブックを見ただけで榊の絵だってわかったの、やっぱ高槻先生すごいよね。捜査本部の連中も、びっくりしてた。相原塔矢の部屋から榊の美術展のチケットが見つかってはいたんだけど、あくまで趣味の範囲と判断して、誰も重要視してなかったからね」

林原がそう言って、ハンドルを握ったまま器用に肩をすくめてみせる。

警察が現時点で榊の自宅兼アトリエの場所を特定済みなのは、高槻が情報提供したおかげらしい。捜査本部としては、これからさらに証拠を固めて、あらためて榊のところに踏み込むつもりだったのかもしれない。

佐々倉が尚哉に言った。

「おい。一応連れてはいくが、勝手なことはするなよ」

「わかりました」

「俺の横から絶対に動くな。榊が嘘をついたら、耳を押さえて知らせろ。喋《しゃべ》るなよ」

「はい」

「あと、それから」

佐々倉はわざわざこちらを振り返り、相変わらず目つきの悪い顔で尚哉を睨むと、

「——お前、近頃彰良に似てきたよな」

「え。やめてください」

「否定じゃなくて『やめてください』で返すのは一体何なんだよ……ったく、お前らときたら……」

苦虫を千匹くらい噛み潰《つぶ》したような表情で、佐々倉が言う。

それから佐々倉は、前に向き直りながら言った。

「榊の家は、葉山《はやま》にある。大体一時間くらいで着くと思うが、さっきも言った通り、訪

ねるのは朝になってからだ。それまでは車の中で待機」

「わかりました」

「少し寝とけ。……ひどい顔してんぞ」

佐々倉に言われて、尚哉は己の顔に片手を当てた。バックミラーにちらと顔を向けると、青ざめた自分の顔が映っていた。

やっぱり、高槻が榊に会いに行くと言った時点で、なんとしても止めておくべきだったのだ。常識担当として雇われているのに、なんてザマだろう。

林原と佐々倉は、低い声で会話を交わしている。捜査状況の確認と、向こうに着いてからの手はずについて話しているらしい。尚哉はそれを聞きながら、目を瞑《つぶ》る。

胸の中のざわつきが収まらない。嫌な想像ばかりがぐるぐると頭を巡り、叫び出しそうになるのを我慢して唇を嚙む。佐々倉は寝ろと言ったが、少しも眠れそうにない。

最悪の事態だけはないと、そう信じたかった。

だって、高槻の中には『もう一人の高槻』がいる。高槻に対してあれだけ執着しているのだ。きっと、何かあれば『もう一人』は高槻を守るはずだ。

——でも、と心の中で疑問の声が上がる。

そんなにあの『もう一人』を信じてもいいのだろうか、と。

だってあれは、尚哉達とは違う理《ことわり》で動くものだ。こちらの期待通りの行動を取ってくれるとは限らない。高槻を殺そうとしたことさえあるのだ。

瞼《まぶた》の裏の暗闇を見つめ、どうか、と尚哉は祈る。どうか高槻が無事でありますようにと。特定の神など信じてもいないくせに、困ったときには都合よく何かに祈る自分がいる。たぶん大抵の宗教はこういう感情から生まれたのだと思う。どうしようもない不安を打ち消すために、祈ってすがる何かを人は求める。

……だけど、尚哉は知っているのだ。

祈ったところで、大抵の願いは叶《かな》わない。

助けてくれとあんなに祈ったのに、レオは死んだし、尚哉の耳は元には戻らなかった。

尚哉は薄く目を開けた。

車は暗い夜の中をひたすらに進んでいる。佐々倉と林原はまだ話している。二人がいてくれることを心底頼もしく思った。自分一人では、たぶん何もできなかった。

眠ることを諦《あきら》め、尚哉は窓の外を見つめた。

それでもまだ性懲りもなく祈ってしまう自分が、どうしようもなく情けなかった。

葉山は、三浦《みうら》半島の付け根辺りに位置する神奈川県の観光地の一つだ。山もあれば海もあり、別荘地としても知られている。

榊の自宅兼アトリエは、崖《がけ》の上の、海を見下ろせる場所にあった。モダンな雰囲気の大きな平屋で、屋根も壁も白い。描く絵はあんなにも色彩に満ちているのに、住んでいるのは真っ白な家なのかと尚哉は思う。

深夜に家の近くに着き、そこに車を停めて、朝が来るのを待った。

空が白んできても、佐々倉はまだ動こうとしなかった。だが、太い指でダッシュボードを苛々《いらいら》と叩《たた》くその様からは、抑えようもない焦燥感が伝わってきた。

時間を確認するためにスマホの画面を睨み続けていた尚哉は、その上の曜日表示にふと目を留め、はっとした。まずい。そういえば今日も遠山のところでバイトがあるのだ。どうしようとしばらく悩み、結局メールを打つことにした。本当は電話で連絡するべきなのだろうが、この時間ではかえって迷惑になってしまう。事情を伝え、今日は休ませてほしいと書いて送信しながら、あとであらためて謝罪しないといけないなと思った。せっかく良くしてもらっているのに、本当に申し訳ない。そんなのは全部高槻が悪い、と遠山ならば言いそうだが。

「——行くぞ」

佐々倉がようやくそう言ったのは、時計表示が朝の六時に変わったときだった。

三人で車を降り、立派な門扉の横に設置されたインターホンを鳴らす。一回目は返答なし、二回目も返答なし、三回目もなし。

四回目でようやく、『はい？』という面倒臭そうな声が聞こえた。

三人の中で最も愛想の良い林原が、インターホンに向かってはきはきと呼びかける。

「朝早くにすみません。警察の者ですが」

『……警察？』

「早急にお伺いしたいことがありまして、ちょっと出てきてもらえませんかね。ご協力をお願いいたします」

インターホンのカメラに向かって警察手帳をかざし、林原が言う。

向こうで、榊が沈黙した。

榊が出てくるまで、四十秒ほどかかった。

玄関扉が開き、榊が姿を見せる。門に歩み寄ってくる榊は、髪も乱れているし髭《ひげ》もあたっていないが、寝間着姿ではなかった。白いシャツを着て、デニムを穿《は》いている。

榊は眠たそうな顔でこちらを睨《にら》むと、門扉を開いた。

「一体何の用でしょうかね。警察の人とは、昨日もう話しましたよ。塔矢くんの事件について調べてるとかで……彼、亡くなってたんですね。知りませんでした」

ぎゅるり、と榊の声が歪《ゆが》んだ。

尚哉が耳を押さえると、佐々倉の表情が険しくなった。

林原だけがにこにこと愛想の良いまま、喋り続ける。

「あー、今日はそれとは別件でして。ええと、青和大学の高槻准教授、こちらに来てませんか？　昨日、会ってますよね。美術展で」

「高槻？……知らないですね」

また榊の声が歪む。

林原は「おかしいなあ」と声を上げ、

「高槻先生、昨日の夜から連絡が取れなくなってましてね。こちらのお宅に来たはずなんだけどなあ、先生のスマホのGPSが昨日最後に示した場所がここですから。まさか高槻先生がこちらのお宅に不法侵入したわけでもないでしょうし、いやあ変ですねえ」

「……あ、ああ、高槻先生って、あの人のことか。失礼、今思い出しました。寝起きなもので、ちょっとぼんやりして忘れてました」

林原がぐいぐいと切り込んでいくと、榊は少し慌てた様子でそう言った。

勿論《もちろん》、今思い出したなんていうのは嘘だ。尚哉は耳を押さえながら、榊を睨む。

林原が尋ねた。

「では、やはり高槻先生は、昨夜こちらに？」

「ええ。ギャラリーで声をかけられて、ちょっと一緒にお茶したんですよ。なんか随分気さくな人でね。で、そのとき、今どんな絵を描いているのかと訊かれて、鞄《かばん》に入れていたスケッチを見せたら、いたく気に入ったみたいで。他の絵も見たいからアトリエに連れて行ってくれないかと熱心に頼まれて、車でうちまで案内したんです」

この辺りは嘘ではない。尚哉は耳から手を放しつつ、榊の家の方をそっと窺《うかが》った。だが、門から家までは距離があるし、窓越しでは中の様子はわからない。

林原が質問を続ける。

「初対面の相手をアトリエまで案内することって、よくあるんですか？　画家の人って、もっと気難しいものかと思ってましたけど」

「いやまあ、普段はあまりしませんけど……なんかこう、憎めない感じの人だったもので、つい押し切られて。あと、いい顔立ちだったので、絵のモデルになってもらうのもいいかなと思ったんですよ。——でも彼、途中で用事を思い出したみたいで、急に帰るって言い出しましてね」

ぎゅるぎゅると、榊の声がまた歪み出した。

林原が少し目を細め、

「おや、お帰りになられた？ では、高槻先生は、もうお宅にはいらっしゃらない？」

「いませんよ。駅まで車で送りましたが、その後どうしたかまでは知りません」

この世のありとあらゆる不協和音を無作為に並べたかのような声が、尚哉の鼓膜に突き刺さる。思わず耳を押さえてよろめいた尚哉を、佐々倉が支えた。

だが、尚哉はその手を振り払い、榊を押しのけて家の方へと走り出した。

「おい!? 待て、深町！」

佐々倉の声がする。尚哉は返事もせずに玄関扉に取りつき、乱暴に開け放った。

だって、もう十分だった。これ以上聞く必要などない。

榊は嘘をついていた。

高槻は、まだこの家の中にいる。

「他人の家に勝手に入るな！」

榊がぎょっとした声を上げて尚哉を追いかけようとし、まあまあと林原がそれを押しとどめている。そんな彼らを尻目《しりめ》に、尚哉は家の中に上がり込む。

きっと尚哉の行動には問題があるのだろう。令状がなければ警察は家の中には踏み込めないと、佐々倉が言っていた。

でも、だからどうしたと尚哉は思う。自分は警察ではない。

「高槻先生！」

家の中は、壁も天井も床も真っ白だった。

絵も装飾品の類《たぐい》もない、ただただ白い廊下が奥に向かって真っ直ぐのびている。廊下の天井はアーチ状になっていて、まるで白い岩をくり抜いて作った洞窟《どうくつ》のようだ。尚哉はその真っ白な洞窟の奥に向かって声を張り上げ、高槻を呼ぶ。

「先生！　どこですか！」

廊下の開口部に飛び込む。真っ白なリビングがある。白い床の上に、白いソファと白いテーブルが置かれている。色彩のない部屋。テーブルの上には使用済みの皿とグラスが出たままになっている。だが、高槻の姿はない。奥にあるキッチンにもいない。尚哉はまた廊下に戻る。

「先生！　高槻先生っ！」

尚哉がまた声を張り上げたときだった。

少し先の廊下の壁が、わずかに開いた。

そこに扉があるなんて、ぱっと見にはわからなかった。真っ白な壁と完全に同化した、まるで隠し扉のような真っ白な引き戸。

尚哉は走り寄り、戸を開け放った。

下に続く階段があった。外から見たときには平屋に見えたが、地下室があるようだ。

尚哉は階段を駆け下りた。

――生い茂る緑と、眩《まぶ》しい青が目に飛び込んできた。

上の階が全て真っ白だったのが嘘のように、この部屋は色彩に溢《あふ》れていた。

床や壁や天井が白いのは同じだ。だが、広々とした空間に、まるで植物園のように大小さまざまな鉢やプランターが並べられているのだ。そこから伸びた植物が、緑の葉を奔放に広げている。色とりどりの花があちこちで咲き乱れている。手のひらほどの赤い花、紫の花の群生、鉢から咲きこぼれる白く小さな花々。壁には緑の蔦《つた》が這《は》っている。

そして、その鳥に額縁のように縁取られて、広々とした空と海が見えた。

一方の壁が全てガラス張りになっているのだ。たぶんこの部屋は、崖をくり抜いて作ったのだろう。海側からでないと見つけられない部屋だ。

尚哉は部屋の中に歩を進めた。扇のように広がる葉の向こうに、寝乱れた大きなベッドがある。巨大なシダの葉の前には、絵を描くための作業台が見える。白い床には、絵の具が飛び散った痕《あと》があった。ここは榊の寝室であり、アトリエでもあるのだろう。

ばさり、という羽音に驚いて振り返ると、大きな鳥が目も鮮やかなブルーと黄色の翼を優雅に広げ、止まり木へと舞い降りるところだった。鋭く湾曲した黒い嘴《くちばし》を黄色い胸に差し込み、羽を繕っている。南国を思わせるカラフルな色彩。

どこか茫然《ぼうぜん》とした気分で部屋の中を見回した尚哉の頭を、楽園、という言葉がよぎる。

ここのことだったのだろうか。

塔矢が書いて寄越《よこ》した『楽園』というのは。

そのとき、作業台の向こうに、誰かの足が見えた。

尚哉は慌ててそちらに駆け寄った。

高槻が、床に倒れていた。

「先生！」

高槻は後ろ手に縛られていた。ジャケットを脱がされ、シャツもほとんど剝《は》がれたような状態だ。背中の無残な傷痕が露《あら》わになっている。

呼びかけても反応がなかった。蒼白《そうはく》な顔色。窓からの光に透ける茶色みがかった髪の中に一部、濡《ぬ》れて乱れたような痕がある。

血だ。こめかみを伝い、耳の辺りまで染まっている。

「先生っ！」

「――どけ！」

大きな手が、尚哉の肩をつかんで押しのけた。

佐々倉だった。いつの間にか家の中に入ってきていたらしい。高槻の首筋に指を当てて脈を確かめ、次に呼吸を確認する。

「生きてる。気絶してるだけだ」

佐々倉のその言葉に、全身の力が抜けたような気分になって、尚哉はへたりとその場に座り込んだ。

そのとき、高槻がかすかにうめき声を上げた。意識を取り戻しかけているようだ。

尚哉ははっとして、止まり木にいる鳥を振り返った。

ここで高槻が目覚めても、あの鳥がいたら駄目だ。また気絶しかねない。

尚哉はせめて鳥を上階に追いやろうと立ち上がり——そして、さっき下りてきた階段の横に、植物の鉢の陰に隠れるようにして誰かが座り込んでいることに気づいた。

最初は少女かと思った。だが、たぶん少年だ。まだ中学生くらいに見える。小柄で細い体に、サイズの合わない大きな白いシャツだけを身に着けている。その格好に、尚哉はスケッチブックに描かれていた塔矢の絵を思い出す。

「君は……」

尚哉が声をかけようとすると、少年はびくりと身を震わせ、消えてしまいたいとばかりに頭を抱えて縮こまった。

その少年を気にしつつも、尚哉は腕を振り回すようにして、なんとか鳥を階段の上に追いやった。

再び高槻と佐々倉のもとに戻ると、佐々倉が高槻の拘束を解いたところだった。

「彰良。しっかりしろ。俺が見えるな？」

「……健、ちゃん……どうして……？」

高槻がかすれた声で言い、顔を歪《ゆが》める。傷が痛むのだろうか。

起き上がろうとした高槻を佐々倉が支える。

高槻はゆるゆると部屋の中を見回し、そして少年に目を留めた。

「君……」

「――ごめんなさい！」

途端に、少年が高い声を上げる。

「ごめんなさい、ごめんなさい、ごめんなさいっ……！」

がたがたと震えながら、おそらく高槻に向けて、少年はひたすらに謝り続ける。

よく見ると、少年の指は赤黒く汚れていた。おそらく高槻の血だろう。

まさか、高槻に怪我をさせたのは彼なのだろうか。

「健ちゃん。……あの子を保護してあげて」

高槻が言う。

佐々倉は高槻の肩を支えたまま、少年に目を向けた。

「お前を殴ったのは、あの子か？」

「そうだけど……事情があるんだよ。それは後で話すから」

そのとき、どたどたと誰かが階段を下りてくる音が聞こえた。

榊と林原だった。林原が、榊を後ろ手に拘束している。

林原は部屋の中を見回し、高槻に目を留めると、

「あーあ。だから言ったじゃないですか、高槻先生。首突っ込んじゃ駄目だって」

「……すみませんね。ご迷惑をおかけしました」

顔をしかめて、高槻はそう返した。

立ち上がろうとした高槻を、佐々倉が慌てて押しとどめた。

「おい。動くな、彰良」

「大丈夫。僕は大丈夫だから……あれを、見て」

高槻が、海とは反対側の壁を指差す。

大きな葉の陰に、額縁に入れられた絵が見えた。

佐々倉が歩み寄り、邪魔な葉を押しのける。

真っ白な百合《ゆり》と赤い牡丹《ぼたん》を描いた絵だった。美術展で見た榊の絵と同じタッチだが、変わった形の紙に描かれている。四角でもなく、丸でもなく、まるで何か別のものから切り取ったかのような――

「塔矢くんだよ」

高槻が震える声で言う。

「塔矢くんの――背中の、皮だ」

佐々倉が目を見開いた。尚哉もぎょっとして絵を見る。林原もまた強張《こわば》った顔をした。

「たぶんそれ、刺青《いれずみ》じゃないかな。海外では、故人のタトゥーを皮膚ごと保存するサー

ビスがあるそうだよ。……塔矢くんが亡くなった後に剥いだものだと思いたいけど」

高槻は呟《つぶや》くようにそう言って、榊に目を向けた。

林原に拘束されたまま、榊はふてくされたようにそっぽを向いている。

「どうしてこんなことをしたんですか、榊さん」

榊は、最初答えようとしなかった。

林原が榊を冷たい目で見据え、拘束した腕を捻《ねじ》り上げる。途端に榊は悲鳴を上げ、林原が力を緩めると、ぐったりとうつむいた。

そして、答えた。

「愛に決まってるじゃないか」

「……愛？」

高槻が眉《まゆ》を吊《つ》り上げる。

「ああ。塔矢は、背中がとても美しい子だった。天使の羽が生える場所だ。肌が白くなめらかで、ほくろも染みもなくて、最高の画材だった」

画材、と榊はそう口にした。

だがそれは、生きた人間の皮膚のことだ。

「塔矢は私の絵が好きだったから、私の作品になることを快く受け入れたよ」

榊が言う。

「刺青の図案は一緒に決めた。針を入れるのはとても痛いから、時間をかけて彫っていった。出来上がったときには、二人でお祝いしたよ。塔矢に似合う白いドレスを買ってやった。背中が大きく開いたドレス……とても似合っていた。鏡で自分の背中を映して、塔矢もとても喜んだ。塔矢がその場でくるくる回ると、ドレスの裾《すそ》が広がって、まるで白百合が花開いたように見えた。そう、あの子には白百合がとてもよく似合った」

「塔矢くんは、あなたに殺されることも受け入れていたんですか？」

高槻が尋ねる
榊が一度口をつぐんだ。

それから、ゆっくりと唇の両端を持ち上げ、

「ああ、勿論《もちろん》だ」

そう答えた。

尚哉はびくりと身を震わせ、耳を押さえた。

高槻も佐々倉も林原も、顔を強張らせて尚哉と榊を見比べる。

榊はぺらぺらとどこか自慢げに話し続ける。まるでインタビュアーに対して自分の作品を語るように。

「塔矢は可哀想な子でね。女の子の魂を持っているのに、男の子の体に閉じ込められていた。初めて私の個展に来てくれたときには、女の子の格好をしていたよ。モデルを頼んで、都内のスタジオで何枚か絵を描いた。そのときにあの子がどれだけの不自由を感じているかを聞かされて、私はあの子を自分の手元に置こうと思った。私のもとでなら、

彼は自由になれるからね。準備ができたと連絡をもらって、あの子の家の傍まで迎えに行ったよ。あのときも、塔矢は白いワンピースを着ていたな。夜の中に咲いた白百合の花だ。とても、とても綺麗だった」

「……なぜ、殺す必要が？」

高槻が低い声で訊《き》く。

榊は、出来の悪い生徒を見るような目で高槻を見て、

「生きているうちに、人の体は汚くなるからに決まっているだろう？」

当然のことのように、そう言った。

「どんなに綺麗な肌の持ち主でも、やがては歪み、皺《しわ》や染みで汚れてしまう。だから、美しいうちに保存する必要があった。そうすれば、私が刻んだ愛情は永遠の作品になる。でも、生きたまま剝《は》ぐのは駄目だ。前にやったことがあるんだが、血が流れ過ぎてあちこち汚れる。あれは良くない。死んでから加工するのが一番だ」

榊の話に、尚哉は吐き気を覚えながら、まさかと思う。

今、榊は、前にやったことがある、と言わなかったか。

ということは、殺されたのは塔矢一人ではなくて。

ああ、と榊は笑った。

「最初の頃は失敗もあったが、今では随分上手《うま》くなったよ。剝ぐのも、加工するのも」

そう言った榊の視線が、部屋の奥へと流れた。

そこには、一枚の扉があった。別の部屋がそこにあるのだ。

その部屋の中には——一体何が、あるというのだろう。

それから尚哉は、高槻に目を戻した。

今は着直しているが、先程の高槻はほぼシャツを剝《む》かれていた。

昨夜何があったのかは知らない。

だが、もしかしたら、高槻もまた画材として扱われる可能性があったのではないのか。

「——佐々倉さん」

林原が口を開いた。

「これもう、このまま逮捕でOKですよね？」

反吐《へど》が出るという顔をしていた。

「ああ。連れていけ」

佐々倉がうなずく。

が、林原が榊を連れて行く前に、高槻がふらりと立ち上がった。

榊の襟元を片手でつかみ、ぐいと己の方に引き寄せて、

「榊さん。昨夜聞きそびれたことがあります」

口調だけは丁寧にそう言いながら、高槻は榊に顔を寄せた。

榊が高槻を見る。

その瞳《ひとみ》を至近距離から覗《のぞ》き込み、高槻は尋ねる。

「──僕のこの顔に、見覚えは？」

「は……？」

榊が一瞬呆《ほう》けたような顔で、高槻を見る。

高槻はかまわず、さらに問いかける。

「会ったのは、昨日が初めてですか？……僕がまだ子供の頃に、会ったことは？」

「──ないよ。会ったら覚えてる」

榊はあっさりと、そう否定した。

そして、にたりと笑った。

「できれば、背中にそんな傷ができる前の君に会いたかった。君の背中は──実に汚い。見てすぐにがっかりしたよ、これは駄目だってね」

高槻の表情が、すうっと凍った。代わりに、両の瞳に激情が炎のように宿る。

榊の襟元をつかんだ高槻の手に、さらに力がこもった。もう片方の手を拳《こぶし》に固め、高槻は無言で振りかぶる。

だが、その手が榊を殴り飛ばすよりも先に、佐々倉がつかんで引き止めた。

「彰良。よせ」

高槻が言葉もなく佐々倉を振り返る。まだその瞳の中では怒りが冷たく燃えている。

けれど佐々倉は、首を横に振った。

「駄目だ。……あとは、警察の仕事だ」

佐々倉が林原にもう一度、「連れていけ」と指示を出す。林原は「本部には俺から連絡しときます」と言って、榊を上階へ連行していった。

佐々倉に片腕をつかまれたまま、高槻の膝《ひざ》ががくりと崩れた。

尚哉は慌ててその肩を支え、ゆっくりとその場に座らせる。佐々倉がスマホを取り出し、救急車を呼び始めた。

その間も、部屋の隅に縮こまった少年は、ごめんなさいと繰り返し続けていた。


救急車が到着し、尚哉は付き添いとして高槻と一緒に車の中に放り込まれた。佐々倉は林原と一緒に、一旦《いったん》捜査本部に戻るという。

地元の大きな病院に到着し、処置と検査があるからお前は廊下で待っていろと言われて、落ち着かない気分のままベンチに座る。看護師らしき人に「ご家族ですか？」と尋ねられ、尚哉が首を横に振ると、今度は「では、早くご家族に連絡を」と言われた。尚哉はそれに対しても首を横に振るしかなかった。

高槻の検査が終わるのを待つ間に、尚哉は佐々倉と連絡を取った。

榊は逮捕され、例の少年は保護されたという。あの少年は、塔矢と同じく家出少年だったそうだ。行方不明者リストと一致したらしい。

『これから事情聴取を行って、詳しい経緯の確認をする。……彰良の方は？』

「今、まだ検査中です」

尚哉がそう答えたとき、看護師が呼びに来た。高槻が病室に移されたそうだ。

今は眠っていると言われ、尚哉はそっと病室の扉を開け、中に入った。

部屋は四人部屋のようだったが、高槻以外に患者はいなかった。

高槻は一番奥のベッドの上に横たわり、静かに寝息を立てていた。

頭に包帯が巻かれている。検査結果によると、脳にも骨にも異常はないということだった。様子を見るために、今日はこのまま入院することになるが、何もなければ一日で退院できるそうだ。

尚哉は、ベッドの近くに立てかけられていたパイプ椅子を広げ、腰を下ろした。

うつむき、両手で顔を覆うようにして、深く息を吐く。今更ながらに全身に疲労感が押し寄せてきていた。考えてみれば、昨夜から何も食べていないし、一睡もしていない。

とにかく高槻が無事でよかったと思う。だが、言いたいことが山程あった。訊きたいこともある。……確認したいことも。

そう——どうしても確認しておきたかった。

「……どうして」

顔を覆ったまま、尚哉は呟《つぶや》いた。

「どうして先生を守ってくれなかったんですか」

「——……守る？」

返るはずもないと思っていた声が返ってきて、尚哉はびくりとして身を強張《こわば》らせた。

いつの間にか寝息が聞こえなくなっている。尚哉はそろそろと顔を覆った手を外し、高槻を見る。

ややずれた眼鏡の向こう、高槻は横たわったまま目を開けてこちらを見ていた。

だが、その瞳は青い光を宿していた。

尚哉はずれた眼鏡を慌てて直し、『もう一人の高槻』を見下ろした。

永遠と同じ深さの夜を抱えた瞳が尚哉を見上げる。無数の星の瞬きが、昏《くら》い藍色《あいいろ》の夜を輝きで満たしている。

音もなく、『もう一人』が上体を起こした。

ゆっくりと手を持ち上げ、頭に触って、そこに巻かれた包帯のざらざらした手触りを指でたどる。その指が傷があるはずの場所を押しても、人形のようなその顔には何の変化もなく、ああこいつは痛みというものを感じないのだなと尚哉は思う。前に雪山に行ったときにも、寒さを感じている様子がなかった。

だが、それは高槻の体なのだ。あまりいじくり回して、傷を悪化させられると困る。

尚哉は手をのばし、『もう一人』の手を取って、傷を触るのをやめさせた。

そしてそのまま、先程と同じ問いを口にする。

「どうして先生を守ってくれなかったんですか。榊から——あの子から」

『もう一人』がかすかに首をかしげる。質問の意図がわかっていないらしい。

尚哉は言葉を変えてみる。

「あなたは何をしていたんですか。先生が殴られて倒れたときに」

「――見ていた」

今度はそう答えがあった。

あまりにもこともなげな調子のその口調に苛立《いらだ》ちを覚え、尚哉はさらに言う。

「先生が殺されたらどうするつもりだったんですか！」

「まだその段階ではないと思ったから、見ていた」

『もう一人』が感情のこもらない声で言う。

秀麗なその顔は確かに高槻のものなのに、ちらとも笑みを浮かべることがないというだけでまるで別人にしか見えない。

「それに、待てばどうせお前やあの男が来ると思った。だからしばらく待った」

あの男、というのは佐々倉のことだろうか。

しかし随分余裕のある発言だ。この何だか正体のわからない『もう一人』は、悠長に状況を眺めていたとでもいうのか。

「もし間に合わなかったら、どうするつもりだったんですか。あの画家は、人を殺すことに何の躊躇《ちゅうちょ》もないような奴ですよ。しかも先生は縛られてたし」

「縛られていたのは手だけだろう。どうとでもなる。――喉笛《のどぶえ》を喰《く》い破ることも」

『もう一人』が口を開け、剝《む》き出した歯を一度、がち、と鳴らしてみせる。高槻の白い歯が、まるで獣の牙《きば》のように見えた。

やっぱりこれは、尚哉とは違うものの考え方で、違う理《ことわり》で動くものだ。話が通じない。

いや、尚哉と佐々倉が榊の家に踏み込んだとき、喉笛を食い千切られて絶命した榊を発見した可能性もあったことを思えば、まだましだったというべきなのだろうか。

しかし——これで、よくわかった。

この『もう一人』は、必ずしもいつも高槻を守るわけではないのだ。

「……あれは、彰良が知りたがったことだ」

『もう一人』が呟く。

「彰良が、あの絵師が抱えた秘密を知りたがった。ならば知ればいいと思った」

尚哉はその顔をもう一度見つめた。

頬に触れたら冷たいのではないかと思うほどに、何の感情の温度も感じさせない顔。そのくせ、尚哉が押さえたままのその手にははっきりとした体温がある。間違いなくこれは高槻の体で——それなのに。

「——あんた一体、何者なんだ」

とうとうその問いが、尚哉の口をついて出た。

『もう一人』がゆっくりとまばたきする。長い睫毛《まつげ》が輝く双眸《そうぼう》を閉ざし、また開いても、そこに宿る夜の深さは変わらなかった。

「あんた、先生をどうしたいんですか。……まさか、いつか先生に成り代わるつもりなんですか？」

「成り代わる？」

『もう一人』が、また首をかしげる。

「おかしなことを言う。俺は俺で、彰良は彰良だ。だからこそ、意味がある」

高槻の口から出る『俺』という一人称に恐ろしいほどの違和感を覚えながら、尚哉はまた尋ねる。

「どんな意味があるっていうんですか」

「彰良は『窓』だ」

「窓……？」

「俺は、彰良を通してこちらの世界を見る。彰良が戻りたがった世界がどの程度のものかを見る。そして――彰良がいつかこの世界に飽いたなら、こちらに戻す。そういう約束を、彰良と交わした」

そう言って、『もう一人』はほんのわずかだけ唇の両端を持ち上げてみせる。

尚哉は背筋に冷たいものを覚える。

やはり、いつかは戻す前提なのだ。この『もう一人』が高槻と交わした約束は。

「その約束は、どうやったら無効になるんですか」

「無効？」

「なかったことにするってことです！　どうやったら、その約束は消せますか⁉」

尚哉は必死な気持ちでそう尋ねる。

だってあまりにも理不尽だ。高槻本人はもう覚えてすらいないというのに、そんな約束に縛られ続けるなんて。

『もう一人』はわずかに眉《まゆ》を寄せ、自分の手を押さえ続けている尚哉の手を見下ろした。あっさりと尚哉の手を払いのけ、代わりにその手で尚哉の腕をつかむ。

ぎゅっと容赦なく込められた力に、尚哉は顔を歪《ゆが》めた。

その隙をつくかのように『もう一人』は尚哉の方に顔を寄せると、囁《ささや》くように耳元で言った。

「――誰かが代償を払えばいい」

「……っ！」

尚哉はびくりとして、思わず身を退いた。

『もう一人の高槻』はそんな尚哉をしばらくの間じっと見つめ――そして、急に興味を失った顔で、尚哉から手を放した。

ごろりとまたベッドに横になる。

そして、そのまま目を閉じた。

「え、あの、ちょっと……」

声をかけようとした尚哉の前で、かすかな寝息が響き始める。眠っている。どうやら『もう一人』は引っ込んだらしい。

尚哉は拍子抜けした気分で、眠る高槻を見下ろした。

そして、今言われた意味について考える。

誰かが代償を払えばいいと、『もう一人』は言った。

代償。……つい最近、聞いた言葉だ。

高槻清花が口にしていた言葉。

あのとき清花は、願いを叶《かな》えるためには神様に何かを捧《ささ》げないといけない、というようなことを言っていた気がする。

異界のものは、常に代償を欲しがる。

死者の祭に迷い込んだ生者からは周りの者との繋《つな》がりを、あるいは寿命の半分を奪おうとした。食べてはいけないものを食べた女からは、寿命と死ぬ権利を奪った。

代償という言葉を清花に言ったのは、清花の父だという。つまり、高槻の祖父だ。

それなら高槻の祖父は、異界のものと接触したことがあるのだろうか。

そして、何かを代償に払い――その結果が、今のこの状況なのだとしたら。

高槻自身が、その代償だった可能性もあるのではないのか。

尚哉の前で高槻は目を閉じ、眠っている。まだしばらく目覚めそうもない。

尚哉は椅子に座り直し、その顔を見つめ続ける。

――一体何を代償に払えば、この人はずっとこちらの世界にいてくれるのだろうか。

次の日、尚哉は遠山の事務所に行って、急に休んだことを遠山とスタッフに詫《わ》びた。

遠山はその場では「まあ、事情があるときは仕方ないよ」と苦笑いして言ったが、尚哉が前の日の晩に電話で詳しい事情を話したときには、割と本気で怒った。……尚哉に対してではなく、高槻に対してだったが。どうも遠山は、尚哉を自分の息子のように思っている部分があるらしい。「殺人事件に教え子を巻き込むとは何事か」と怒っていた。

その高槻は、無事に一日で退院できたそうで、ちょうど尚哉が昼休憩の時間に、「心配かけてごめんなさい」という言葉と共にメールで連絡がきた。

そういえば研究室の鍵《かぎ》を預かったままだと思い出し、返信ついでに「どうしますか」と尚哉が尋ねると、「予備があるから大丈夫。今度返して」とまた返事がきた。

「じゃあ、次の金曜日に研究室に持って行くので、覚悟しておいてください」と尚哉はまた返信した。

それ以上の返信はなく、尚哉はふんと鼻を鳴らしてスマホを置いた。……そもそも連絡が電話ではなくメールできている時点で、絶対尚哉に叱られると高槻が思っているのは丸わかりなのだ。こちらも叱る気満々でいる。昨日、高槻が目を覚ますまで尚哉は付き添っていたのだが、さすがに怪我人を病院内で叱るのもどうかと思って状況説明のみに留め、お説教はなしにしておいたのだ。今度こそ覚悟しておいてほしいと思いながら、尚哉はコンビニで買ってきたおにぎりを頰張る。

と、視線を感じて、尚哉は己の横に目を向けた。

デスクの上に手製の弁当を広げていた竹井が、じいっとこちらを見ていた。

「……な、何ですかっ？」

尚哉が尋ねると、竹井はううんと首を横に振り、ぼそりとした口調で、

「深町くんでもそういう顔するんだなと思って」

「え、どういう顔してましたか俺」

「なんかこう、強気な？　いつも深町くん、申し訳なさそうにしてるから」

「し、してますか俺？」

「してる。今も」

指差されて尚哉は、え、と己の頰に手を当てる。

竹井は食べ終わった弁当箱をさっさとしまいつつ、

「別にバイトは休んじゃ駄目ってことはないし。休んだ分、仕事してくれれば私も文句はないし。だから仕事中に申し訳なさそうな顔するのやめて。辛気臭くなるから」

「……すみません」

「だからその顔やめて」

竹井がそう言って、デスクの引き出しから何か取り出し、尚哉のデスクの端に置く。チョコレートだった。前に竹井が「おいしいやつ」と言っていたものだ。

尚哉はしばしそれを見つめ、

「――あの」

「何」

「実は俺、甘いものが苦手で」

「え」

竹井が驚いた顔で目を瞠《みは》る。尚哉は思わず「すみません」とまた謝る。

すると竹井は尚哉を睨《にら》みつけ、ぱっと手をのばしてチョコをしまうと、

「だからその顔やめて」

そう言って、また別の何かを尚哉の前に置いた。

柿ピーだった。

尚哉は笑って、

「これなら食べられます。好きです」

「そう」

「竹井さん。今度、ＣＡＤ教えてくれますか？」

「いいよ別に」

竹井の口調はどこまでもつっけんどんで、表情も不愛想だった。

でも、やっぱり親切だった。


その週の金曜日、尚哉は午後になってから大学に向かった。

高槻の研究室に行き、扉をノックすると、やや緊張した「どうぞ」の声が返る。

扉を開けると、いつも通りにスーツ姿の高槻が、椅子に座ってノートパソコンを広げ

ていた。その手元には青いマグカップがあり、研究室の空気にはココアの匂いが濃く混じり込んでいる。

その空気をひと息吸い込み、尚哉は高槻を見て、

「……傷はもういいんですか？」

とりあえず、まずはそれを尋ねた。

高槻の頭には、もう包帯は巻かれていなかった。高槻は、ああうんと口の中で返事をしながら、己の頭に軽く手をやり、

「包帯、邪魔だから外しちゃった。今度抜糸してくる」

「まだ縫ったままなんじゃないですか」

「でも、もうふさがってるよ。たぶん」

「……なら、いいですけど」

本当にいいのだろうかと思いつつ、尚哉は高槻の隣の椅子に腰を下ろした。

と、入れ替わりに高槻が立ち上がり、

「じゃあ、コーヒーを入れるね！　飲むよね、深町くん！」

「飲みますけど、その前に」

部屋の奥へと歩いていこうとする高槻のジャケットの裾《すそ》を、尚哉ははっしとつかんだ。

高槻がびくびくした顔でこちらを振り返る。

尚哉はその顔を睨み上げて言う。

「……話をするなら、飲み物はあった方がいいよね？」

「後でいいので、座ってください」

「……はい」

高槻が神妙な様子で椅子に腰を下ろす。庭の植木鉢をひっくり返して割ってしまった後のレオによく似た表情をしている。怒られるとわかっているとき、犬も人もこういう顔をするものらしい。そんな顔をしたところで許されるわけではないのだが。

尚哉は体ごと高槻の方を向き、何よりもまず叱るべきだと思ったことを叱った。

「――まったくもう、何で一人で榊のアトリエに行っちゃったんですか！　危ないに決まってるじゃないですか！」

「ご、ごめんなさい……」

しゅんとしょげかえった様子で、高槻が謝る。

そう、やはり問題はそこなのだ。いくら尚哉がバイトだったからといって、一人で榊に会うどころかアトリエにまで行くというのは、さすがにやりすぎだ。せめて後日アトリエ訪問の日を設定して、尚哉と一緒に行けばよかったのだと思う。どうしてそれまで待てなかったのか。

佐々倉から、榊はやはり高槻を殺すつもりでいたらしいと聞かされた。あのとき尚哉達が踏み込んでいなければ、あの日のうちに高槻は殺され、塔矢のように山に埋められていただろうと。本当に危ないタイミングだったのだ。

高槻はしゅんとした顔のまま、

「……あの、でもね、一応そうした理由があって。健ちゃんにも説明したんだけど」

「何ですか？」

「美術展で榊に会って、お茶でも飲みませんかって誘ったときに、あの人、スケッチブックを見せてくれたんだよ。今描いている絵はこんな感じです、って」

それは榊からも聞いた。高槻はそれを見て、いたく気に入った様子で、アトリエに行きたいと熱心に頼み込んできたのだと。

「その中に——あのネックレスをつけた子の絵があったんだ」

「ネックレス？」

「塔矢くんが呑《の》み込んでいたネックレスだよ。林原さんが見せてくれたやつ」

言われて尚哉は思い出す。塔矢の遺体を司法解剖した結果、胃の中から見つかったというネックレスだ。確か丸い円盤に十字架のようなマークがついていた。

「それを見たとき——ひやりとしたんだ。もしかして、このネックレスをつけた別の子が、榊のもとに今もいるんじゃないかと思って。塔矢くんはそれを伝えるために、殺される直前にネックレスを呑み込んだんじゃないかって……それなら、一刻の猶予もないかもしれないから。急がないといけないって思った」

「……せめて佐々倉さんに連絡してからじゃ、駄目だったんですか」

「健ちゃんに言ったら、『絶対行くな』って止められるし。あの時点で警察が榊のアトリエの中にまで踏み込むのは無理だろうって思ったからね」

高槻はそう言って、あの晩にあったことを尚哉に説明してくれた。

――榊の家まで車で連れて行ってもらった高槻は、適当に榊に話を合わせ、榊が席を外した隙に家の中を捜索した。そして、アトリエに下りる階段を見つけたのだという。

アトリエの中には、あの子がいた。高槻は彼に向かって「逃げなさい」と伝え、さらに部屋の中を確認しようとしたそうだ。囚《とら》われている子が一人とは限らないから。

高槻にとって誤算だったのは、あの部屋に鳥がいたことだ。

よろめきながらも部屋の中を調べた高槻は、壁に飾られた塔矢の背中の皮を見つけた。思わず茫然《ぼうぜん》と立ちすくんだとき、誰かに頭を殴られた。床に倒れ、意識を失う寸前、あの子が花瓶を手にしているのが見えたのだという。

「あの子は……どうして先生を殴ったんでしょうか。せっかく助けに来てくれたのに」

尚哉は、うずくまって何度もごめんなさいと繰り返していたあの子の姿を思い返した。決して乱暴な子には見えなかった。青ざめた顔には、激しい後悔だけが浮かんでいた。

高槻は片手を持ち上げ、殴られた辺りにそっと指をやりながら、言った。

「あの子には、僕が『楽園』を踏み荒らしに来た侵入者に見えたのかもしれないね」

「え？」

「健ちゃんが、あの子も家出した子だって言ってた。詳しいことまでは聞けなかったけど、あの子にも家を出ないといけない事情があったんだ。……塔矢くんのように」

塔矢は妹に、『楽園にいる』と伝えてきた。

塔矢と榊の間には、おそらく恋人同士のような関係があったのだと思う。榊は塔矢が女の子として生きるのを許し、己のもとに迎え入れた。ほんの一時期、確かにそこには楽園での幸せな日々があったのかもしれない。

でも、その楽園は、いずれ地獄に変わる場所だったのだ。

塔矢の楽園の終焉は、いつだったのだろう。高槻を殴ったあの子が榊のもとに来たのは半月ほど前のことだったと、佐々倉から聞いている。榊と自分の二人だけだと思っていた楽園に別の子が連れてこられた時点で、おかしいと思ったか――それとも。

「塔矢くんは……たぶん、あの部屋の中を見てしまったんじゃないかな」

呟くように、高槻が言った。

あの部屋とは、あのアトリエの奥にある部屋のことだ。

榊の事件は、連日ワイドショーを騒がせている。警察の事情聴取で、塔矢以外に七人も殺して埋めていたことが判明したのだ。アトリエの奥の部屋からは、塔矢と同じように加工されて額装された皮膚が発見されている。

榊の秘密を知った塔矢は、同時に己の運命に気づいたはずだ。

そして、自分の後からやってきたあの子の運命にも。

どんなにか怖かったことだろう。楽園と思った場所が、恋人と思っていた相手が、そんな良いものではなかったとわかってしまって、どんなに辛かったことだろう。

それでも塔矢は、あの子だけは助けようとしたのだと思う。

最期のときに己の体を別の子のために使った塔矢は――なんて強い子だったのだろう。

「……あの子は、塔矢くんの死を知らなかったんでしょうか」

「本人は、知らなかったと証言してるらしいけど……どうだろうね」

何しろあのアトリエには、塔矢の皮膚が飾られていたのだ。たとえ塔矢の死を知らなかったとしても、薄々感じるものはあったのではないだろうか。

そして、それでもあの子は、あの楽園にまだしがみついていたかったのかもしれない。

突然現れた高槻に「逃げなさい」と言われても――逃げる先など、思い浮かばなかったのだろう。

「あの子は……どうなったんですか？」

「家に戻されたって、健ちゃんが言ってた。家出の理由が家族からの虐待とかではないって、ちゃんと確認してからね。事情を聴いてるとき、僕を殴ったことについて何度も後悔してたそうだよ。……家に帰って、少しでも彼の状況が改善されるといいけど」

だがそれはもう、高槻の手には負えないことだ。せめてと祈ることしかできない。

そして高槻は、居住まいを正して尚哉に向き直り、あらためて頭を下げた。

「深町くん。――本当にごめんなさい、心配かけて」

「先生のその言葉はもう聞き飽きました」

「う。……いやでも、本当に申し訳なくは思ってるんだよ……?」

「だったら、少しは行動を改めてください。──勝手にいなくならないでください」

尚哉は高槻の顔を見据えて、そう叱りつける。

またしゅんとした様子で、高槻はうつむいて「はい」とうなずく。

その顔に向かって、尚哉は言った。

「先生にいなくなられると、困るんです。大学院に行く意味がなくなるじゃないですか」

「──え」

高槻が目を上げ、尚哉を見た。

尚哉はその目を見返し、

「俺、遠山さんの事務所で働きながら大学院に行くつもりなんで。……先生には、ずっといてもらわないと困ります」

するとと高槻はえっとあらためて声を上げ、なぜかひどくびっくりした様子で、

「え……えええ、深町くん、君、大学院来る気あったんだ!?」

「何でそんな驚くんですか」

「だって君、難波くん達と一緒に就活関連の話ばっかしてたじゃない! 院に来る気はないのって訊《き》いても、いつも『考え中です』としか言わないから、だから僕はてっきり君は就職希望なんだと思って、諦めてたのに!」

「それは本当に考えてたんです! 考えて……その結果、院に行こうと思って」

ごにょごにょと口ごもりながら尚哉は言う。まさか高槻がそんな風に思っていたとは想定外だった。だが、思い返してみれば、最近高槻の口から「大学院においでよ」という言葉を聞いていなかった気がする。去年進路関係の相談をちらとしたときには、実に気軽に「院に来れば？」と言われたのだが。

高槻は、目をきらきらと輝かせてこちらに身を乗り出し、

「わかった、それじゃ僕、絶対いなくならないから！　だから大学院、おいでね！」

そう言った。

——はあ、と尚哉は胸の底からのため息を吐き、「そうしてください」と返す。

そうしながら、聞いているかと高槻の中の『もう一人』に心の中で呼びかける。

今のが、尚哉が高槻と交わした『約束』だ。

それを違《たが》えさせる気はない。この人は、自分の前からいなくならない。

あの『もう一人』が様々な約束で高槻を縛るというのなら、自分もまた高槻と約束を交わそう。そうして、少しでも高槻を繋ぎ止めよう。

もしそれでも、高槻をいつか戻すというのなら——そのときは。

別の策を講じるまでだと、尚哉は思った。

【extra】花占い

――ああ、薔薇《ばら》が咲いているわ。

赤くて、とっても綺麗《きれい》ね。

そうだ、花占いをしましょうか。花びらを一枚一枚、指でつまんでちぎるのよ。

なあに、どうしたの？……可哀想だから嫌？

ええ、そうね、せっかくこんなに綺麗に咲いているのに、残酷ね。

だけど、花の命と引き換えに、未来を教えてもらえるわ。

だからね、花占いは、やり直しては駄目なのよ。

占いの結果がどんなに気に食わなくても、あなたのために散った花があったことを忘れないで。

さあ、一輪選ぶのよ。どの薔薇にする？

お母さんはこれにするわね。

あなたはあなたの薔薇を選んでちょうだい、彰良……――

小さい頃から、薔薇の花が好きだった。

一重咲きの薔薇も素朴で可憐《かれん》でいいけれど、誰かに贈ってもらうなら、やっぱり八重咲きの大輪の薔薇がいい。華やかで存在感があって、特別感がある。

お母様は、お父様からプロポーズを受けたとき、薔薇の花を一輪もらったそうだ。

その頃、お父様はお友達と一緒に会社を起こしたばかりで、今みたいにお金がなかった。だから花束は買えなくて、一輪だけになってしまったのだとか。

その話を聞いたとき、いつか自分も薔薇の花と共にプロポーズを受けたいと思った。

それが小さい頃の私の夢だった。


でも、ある程度大きくなると、薔薇を贈られる機会というのは思いのほか多かった。

私がバレエをしていたからかもしれない。

「あなたのファンです」という男性達が、こぞって私に花束を贈ってきた。

けれどその頃、私はバレエ以外のことに興味がなくて、どんな殿方がやってきても、私の前に跪《ひざまず》いて薔薇を差し出してきても、「あらそうなの」としか思わなかった。

恋はしていた。

だってバレエには、恋を扱った作品が多いから。

どの演目も、恋人を想って踊った。

私の胸の中だけにいる、誰より素敵な運命の恋人に恋をしていた。

私を抱きしめ、口づけて、永遠の愛をくれる人。その人に裏切られたら心臓が破れて死んでしまうくらい、愛しい人。邪悪な妖精《ようせい》の呪いから解放してくれる素敵な人。

そう言ったら、弟の渉《いと》は「姉貴はロマンチストだな」と笑った。「そんなのは本当の恋なんかじゃない、ただの夢物語だ」と。

おかしなことを言う、と思った。

だって、バレエは夢物語。

本当なんていらない。だって観客は、私達がどれだけ努力し、どれほどのことを犠牲にして舞台に立っているかなんて知らないだろう。まるで体重を感じさせないステップやジャンプが、技術と筋力と足に血をにじませての練習によるものだなんて気づきもしないだろう。彼らが求めるのは、ひと時現実を忘れさせてくれる踊りと音楽。生々しい色恋に溺《おぼ》れてこそ芸が身につくと言う人もいたけれど、私はそういうのは必要ないと思った。むしろ夢として、物語として、恋や愛をこの身で表現する方がいい。

舞台の上で、儚《はかな》く、優雅に、軽やかに、愛らしく、力強く、私は踊り続けた。いくらでも跳べた。いくらでも回れた。十七歳のときにローザンヌの国際バレエコンクールで賞を獲《と》って、英国のバレエ学校に入って、バレエ団のプリンシパルになった。オデットも、ジゼルも、オーロラ姫も、エスメラルダも、私のものだった。私は踊り続けた。

あの頃の私にはバレエが全てだった。

でも、あるとき、お父様が彼を連れてきた。

「清花。彼は智彰くんだ。今日の公演を観て、ぜひお前と話がしたいと言っていてね」

その日、お父様が公演を観に来ることは知っていた。

でも、こんな風に楽屋に男の人を連れてくるのは初めてのことだった。日本人にしては背が高くてスタイルの良い、まだ若い男の人。顔もハンサムだった。

そのとき、なんとなく気づいた。

ああ、お父様はこの人を私の相手にしようと思っているんだと。

お父様は、自分の会社を継がせる相手を探している。上の弟の渉は奔放な性格で、家を出てしまった。下の弟の博也《ひろや》は真面目だけど気が弱くて、あまり経営者には向かない。私を誰かと結婚させて、その相手を自分の後継者にしたいのだ。

お父様がそう望むなら、そうすべきなのかもしれない。

結婚しても、別にずっと家にいなければいけないということはないはずだ。私はバレエを続けて、旦那《だんな》様は会社にいればいい。きっと彼だって、私じゃなくて会社内での地位が目当てだ。いつか子供は産まないと駄目だろうけど、今すぐじゃなくてもいいはず。

私は、お父様の陰に隠れるように立っていた彼に目を向けた。

彼は目を伏せるようにして、私を見てもいなかった。

ほらやっぱり、私のことなんてどうでもいいのだ。

彼は花束すら持ってきていない。

だから私は、つんと取り澄ました顔で、彼に片手を差し出した。

「観てくださったのね、今日の公演。どうもありがとうございます」

「……あ、はい」

彼——智彰さんは、慌てたように目を上げ、私を見て、すぐにまたそらした。

あら、と私はまばたきした。

彼の顔が赤い。真っ赤だ。

どん、とお父様が彼の背中を叩《たた》いた。

「何をしてるんだ。早く清花の手を取りたまえ」

「えっ？　あ、ああ……で、では」

彼は慌てて私の手を取り、そしてなぜだかひどく驚いた顔をした。

「どうかなさったの？　私の手が何か？」

「いえ。ちゃんと触れるんだなと思って」

「何ですって？」

「舞台で踊るあなたはとても軽やかで……本物の妖精なんだろうかと思っていたもので」

お父様が、「おい、しっかりしろよ」と彼の背中をまた叩いた。

「すまんな、清花。智彰くんは、会社ではもっとしゃっきりしていて、非常に頭の回転の速い男なんだがな。どうもお前を見て、魂が半分抜けたらしい」

智彰さんは恐縮した様子で、「そ、そんなことはありません」と言った。相変わらずその顔は赤い。手も熱い。なんだか急に可愛らしく思えて、私はくすくすと笑った。彼は私に興味がないわけではなく、単に私と目を合わせられなかっただけなのだ。

智彰さんとは、それから交際が始まった。

彼はお父様の会社の英国支社にいたから、英国のバレエ団にいる私と付き合うのは難しいことではなかった。

何度も公演を観に来てくれた。話してみると、彼は楽しい人だった。

彼はバレエには全く詳しくなかったけれど、私のために随分勉強してくれたようだ。公演の感想を伝えてくれるとき、前は「あのシーンでぽんと跳んで回ったのが印象的でした」という程度だったのに、しばらくしたら「二幕のパ・ド・ドゥで、アラベスクからのリフトがまるでふわふわと宙に浮いているようで見事でした」なんて言うようになって、思わず笑ってしまった。

父の会社のための結婚。そう思っていたのに——まるで、普通の恋愛みたいだった。

だから私は、あるとき冗談めかして彼にこう尋ねた。

「あなたったら、私のことが本当に好きなのね？」

「ええ、愛しています。心から、あなたを」

彼はそう答えた。

……その瞬間の気持ちを、どう表現すればいいのだろう。

まるで、胸の中で大輪の薔薇《ばら》の花が咲き開いたようだった。

鮮やかに色づいた花弁がふわりと広がるにつれて、甘やかな感情が輝かしい光と共に私の中を一杯に満たしていく。それは今まで私がバレエの中に見出《みいだ》していたどんな夢物語よりも素晴らしく、尊いものに思えた。つい胸を押さえて小さく吐いた息さえ、薔薇のように香った気がした。

ああ、ここがレストランじゃなければ、今すぐにでも私は踊ったことだろう。この胸の高鳴りをバレエで表現したことだろう。きっとその踊りは、これまでの私とは比べものにならないほど完璧《かんぺき》に、恋する乙女のそれになっていたはずだ。

夢見心地な気持ちで、私は彼に言った。

「では、薔薇を——次に会うときには、私に薔薇をくださる？」

「薔薇がお好きですか？」

「ええ。だから、きっと薔薇を持っていらして」

わかりましたと、彼はうなずいた。

けれど、次に彼に会う前に、私は事故に遭った。

乗っていた車に、別の車が衝突したのだ。

私は片脚を挟まれた。骨はぎりぎり大丈夫だったけれど、筋は無残に千切れた。

もうバレエはできないかもしれないと、病院で目覚めた私に医者はそう言った。

泣き崩れた私に、日本から飛んできた父が言った。

「可哀想に。だが、もう大丈夫だ。きっとこの先のお前には幸せがある」

何を言っているのだろう。そんなものあるわけがない。

私にとってバレエは全てだった。バレエを手放したら、どんな幸せがあるというのか。

「聞きなさい、清花。お前は、お前が一番大切にしていたものを神様に捧《ささ》げたんだ。代償を払ったんだよ。だから、バレエを手放した分の幸福は、必ずもたらされる。そういうものなんだ。そういうものなんだよ、これは」

お父様が何を言ってるのかわからなかった。

でも、お父様も泣いていた。私を抱きしめて、すまない、と何度も謝った。

なぜお父様が謝るのかもわからなかった。

そうやってずっと二人抱き合いながら泣いて——最後に、私は言った。

「……これから来る幸せは、どこにあるの？」

「智彰くんが、きっともたらしてくれる」

お父様はそう言った。

智彰さんは、それからすぐにお見舞いに来てくれた。

「もう妖精《ようせい》のようには踊れないかもしれないんですって、私」

私がそう言うと、智彰さんは私の手を取って、こう言った。

「それなら、ずっと私の傍にいてくれますか」

「踊れなくてもいい？　ただの人でもいい？」

「あなたが妖精ではなく人でよかったと、初めて会ったときにそう思いました」

私は智彰さんの胸に頰を寄せた。彼もまた人だった。

「ねえ。……薔薇の花は？」

「薔薇の花？」

「次に会うときに、くださる約束だったでしょう？」

「――あ」

智彰さんは慌てた様子で、私を見下ろした。

忘れていたらしい。早くお見舞いに行かなければとそれだけ思って、気が動転していたのだと、彼は言い訳した。会社では本当に優秀な人だそうだけれど、私の前では意外と抜けたところが多い。そんなところも愛《いと》しくて、私はくすくすと笑った。

次のお見舞いのとき、彼は抱えきれないほど大きな薔薇の花束を持ってきてくれた。

退院に合わせてプロポーズしてくれたときにも、あらためて薔薇の花束をくれた。

とても美しい大輪の薔薇だった。燃える情熱のように赤く、彼の愛の深さを表すかのように幾重にも重なった花びらは豪華だった。

その夜、私は一人でこっそりと、その薔薇の一輪をとって、『ジゼル』のように花占いをした。彼が本当に私を愛しているのか占った。占いは吉と出た。お父様の言う通り、智彰さんは幸せをくれる人なのだ。

式では自分の脚で歩きたかったから、結婚は私のリハビリが終わってからにしてもらった。回復は順調で、これならいずれほぼ元通りになるかもしれないと医者は言った。

でも、もう私にバレエへの未練はなかった。

智彰さんと結婚して、すぐに子供を身ごもった。

生まれてきた息子——彰良は、本当に愛らしくて、天使のようだった。

小さく温かな彰良を腕に抱いた瞬間、自分はこれからこの子を守って生きるのだと思った。バレエ界からは何らかの形で戻ってこないかと何度も誘いが来ていたけれど。

智彰さんと私と彰良の三人で、どんな夢物語も叶《かな》わない現実の幸せを生きるのだ。

けれど、奇妙なことが一つだけ起きた。

彰良が生まれてしばらくした頃、突然、父が母を離縁したのだ。

私の目には、父と母はとても仲睦《なかむつ》まじい夫婦に見えたのに。

どうしてと父に尋ねても、理由は教えてくれなかった。母も何も言わなかった。

——もしかして父は代償を払ったのかなと、そのとき私は思った。

何に対する代償かはわからなかったけれど。

日本に戻り、私達は新しく家を建てた。お庭の広い、洋風の邸宅。庭の一角に、智彰さんは小さな薔薇園を作ってくれた。それは私だけの花園だった。出来上がった家は美しく、でも温かみがあり、これからの日々にふさわしかった。

彰良はすくすくと成長し、賢く優しい子に育った。

彰良にバレエを習わせてみようと思ったのだけれど、本人が嫌がったのでやめにした。近所の子供と仲良くなったときには少し驚いたし、剣道をやりたいと言い出したときには危ないから駄目だと言いたかった。でも、健ちゃんと遊ぶようになってから、彰良は前よりも活発になった。なんだかとても男の子らしくなった。学校の友達とは少しタイプの違う健ちゃんが、彰良にとっては良い刺激になったのだろう。

日々は穏やかで幸せに満ちていた。

……でも。

たぶん私は、幸せになりすぎたんだと思う。

バレエを手放したくらいでは購《あがな》いきれないほどの幸せを、私は手にしてしまった。

だから神様は、私からそれを取り上げることにしたらしい。

ある日、彰良が消えてしまった。

どこを探しても見つからなかった。

頭がおかしくなるかと思った。心臓が壊れて死ぬのではないかと思った。智彰さんは少し休むようにと言ったけれど、私は昼も夜も辺りを駆け回って彰良を探した。鏡を見たら別人のようにやつれた自分がいた。智彰さんも日々憔悴《しょうすい》していった。

お父様が家にやってきたとき、私はお父様に取りすがって叫んだ。

「彰良を取り戻すために、どうすればいいの！　代償が要るなら私の命をあげるわ、だからあの子を返してと神様に頼んで！」

お父様は私の両肩に手を置き、「彰良のことは諦《あきら》めろ」と言った。

「彰良はもう戻ってこない。……諦めなさい」

私はお父様の言葉が信じられなかった。諦められるわけがなかった。

私は泣いた。わあわあ泣いた。泣きながら、それでも諦めきれずに彰良を探した。

彰良を戻してくれるなら何でもあげる。そう祈りながら、彰良を探した。

ひと月経って、彰良は見つかった。

彰良はいなくなっていた間の記憶をなくし——そして、背中の皮を剝《は》がれていた。

彰良が戻ってきても、私は夜も眠れなかった。また彰良がいなくなるのが怖くて、彰良の傍を離れられなかった。

警察が犯人を見つけられず、誰がこんなことをしたのかわからないままだったからだ。だって、誰かわからないその犯人は、いつかまた彰良をさらうかもしれない。

誰がどうして彰良をさらったの。彰良の背中には、どうしてこんな傷があるの。

こんな状態で、安心できるわけがない。

それに、戻ってきてからの彰良は、少し様子が変だった。前とは違っていた。

時折目の色が青みを帯びる。そんなときの彰良は、まるで別人みたいな顔をする。

妙に記憶力が良くなったのも気になった。ちらと目にしただけの書類の内容を、丸ごと暗記してすらすらと話してみせた。前から頭の良い子だったけど、でもこれは。

……――これは私の彰良なの？

恐ろしい疑問が私の中に生じた。

前に住んでいた英国には、『妖精の取り替え子』という伝承があった。うろ覚えだけど、妖精が人間の子をさらい、身代わりに妖精の子供を置いていく話だったと思う。

今ここにいる彰良は、どっちなんだろう。

彰良の姿をした彰良ではないものだったら、どうすればいいの。

そんなとき、お見舞いに来てくれた叔母《おば》が、訳知り顔で囁《ささや》いた。

「彰良に何が起きたのか、私にはわかる。彰良は天狗《てんぐ》にさらわれたの。そして、天狗の世界で天狗になっていたんだよ」

「……天狗？」

一体何を言っているのかと思った。

だって天狗って、あの鼻が長くて顔の赤い妖怪《ようかい》？　あんなものが本当にいるの？

叔母は、よく考えてみろと私に言った。

「彰良はどこで見つかった？　京都の鞍馬《くらま》山の近くでしょ。あそこには天狗がいるって昔から言われているのを知らないの？　天狗っていうのは、自分の仲間にするために人をさらうと相場が決まってる。それに、あの背中の傷！　あれは、何か理由があってこっちの世界に戻すことになったときに、背中に生えていた翼をもぎ取られたんだろうね。だからあんな傷ができたんだろうし、様子がおかしいのもそのせいだよ」

ああ、どうしよう。確かにそれなら辻褄《つじつま》が合う。ここは日本だ、人をさらうのは妖精ではなく天狗だ。背中に傷ができたのも、それならわかる。様子が変なのも当然だ。

でも、それを智彰さんに話したら、「そんなことあるわけがない」と言われた。

「彰良をさらったのは、どこかの変質者だ。目の変色や記憶力の向上は、何らかの薬物の副作用と考えた方がいい」

「……じゃあ彰良は、一ヶ月もの間、変態と一緒にいたっていうの」

「そう考えるのが自然だよ。——その間の記憶が消えているのは、むしろ幸いだ」

やめて、と私は叫んだ。

私の彰良がそんな目に遭ったなんて、思いたくない。

あの子が変態にひどいことをされて皮膚まで剝がれたと考えるくらいなら、天狗の方がずっとまし。いいえ、天狗に違いない。だってあの子の傷は、翼を切り落とした痕《あと》としか思えない形。前と様子が違うのも、あの子が天狗になったから。

そうだ、あの子は翼をもがれた天狗だ。

天狗は何でも知っているし、全てを見透かす千里眼を持っている。

あの子がこちらの世界に戻されたのは、きっとその力で皆を救うため。

……そうだわ、彰良。ねえ、その力を皆のために役立てないと。

お茶会をしましょう。そして皆の話を聞きましょう。困った人を助けましょう。

あなたは『天狗様』。

皆がそう呼ぶわね。だってあなたは、天狗の世界から戻った子。

ほら、すべて辻褄が合うわ。

あなたは——そう、あなた自身が、神様になったの。

さあ、皆を助けましょう。そのためにあなたは戻ってきたのだから。

「お母さん。もうやめましょう」

……何ですって？

「僕は神様じゃありません。天狗でもない。もう、あなたの望むままには振舞えません」

何を言うの、彰良。

どうしてそんな目で私を見るの。

「ねえ……お願い、お母さん。こんなの間違ってる。もう嫌なんだ。もうやめさせて。さっきもお茶会で、皆の困りごとを解決してあげたでしょう。『天狗様』として。でないと、僕は」

私が間違っていると言うの？

……やっぱりおかしいわ。

私の彰良は、私のことをこんな風に拒絶したりしない。だって私の子よ。

それともあなたは――偽物の彰良なの？

まさか、やっぱり取り替え子だったの？

ねえ、あなたは誰なの？　彰良じゃないわね、私の彰良を返してちょうだい。

どうして泣くの。彰良でもないくせに。

触らないで。近寄らないで。彰良じゃないんだから。

嫌よ。彰良じゃないなら、あなたなんて要らないわ。

早く消えてちょうだい。私の前から。

――――あら。

本当に消えたわ。

——彰良はもうずっと戻ってこない。どこにも見つからない。
今も神隠しに遭ったままなの。きっと天狗の世界にいるのね。
ねえ、あなた。智彰さん。……どうしてそんな顔で私を見るの？
彰良は今、どうしているかしら。
「清花。清花、彰良は——彰良は、今」
なぜ泣いているの？
ああ、彰良がいないから、悲しいのね。そうね、私も辛《つら》くて悲しいわ。
辛いときは一緒に泣きましょう。私が抱きしめてあげる。

彰良はもうずっと戻ってこない。
彰良はもうずっと戻ってこない。
彰良はもうずっと戻ってこない。
彰良はもうずっと戻ってこない。
彰良はもうずっと戻ってこない。

彰良はもうずっと戻ってこない。

彰良は——彰良は。

……あれから、どれだけの時間が過ぎたのかしら。

もう二十年以上？　私も智彰さんもすっかり年を取った。

いつか彰良は戻ってくるかしら。生きているなら、あの子ももうとっくに大人ね。

そうだわ。花占いをしましょう。

彰良が戻るかどうか占いましょう。

彰良が小さい頃に、一緒にやったことがある。あの子は優しい子だから、花びらをちぎるのをためらった。でも仕方ないの、何であれ望みを叶《かな》えるのには代償がいるのよ。

庭の薔薇《ばら》がやっと咲いたの。ピンクの薔薇よ。ああ、鋏《はさみ》はどこかしら。あったわ。

まだほとんど咲いていないわね。そうね、この薔薇にしましょう。

彰良は戻る。戻らない。戻る。戻らない。一枚ごとに花びらに願いをのせて、ちぎっては足元に落としていく。戻る。戻らない。戻る。戻らない。戻る。戻らない。戻る。

——戻らない。

待って。違うわ。こんなの駄目よ。やり直すわ。やり直すのよ、占いを。

ほら、まだあそこに一輪咲いてる。さあ初めから。戻る。戻らない。戻る。戻らない。

――戻らない。

どうしてなの。こんなの嘘よ。やり直さなくちゃ。

花びらが散る。足元に何枚も。なのに、何度やり直しても、占いは戻らないと告げる。

ああ、もう咲いている薔薇がない。葉っぱばかり。

花は。私の薔薇は、どこにあるの。どこにあるのよ。

「……清花!? 清花、どうしたんだ。何をしてるんだ！」

智彰さんが走ってきて、私の腕を押さえる。

嫌よ。放して。放して。放して！

取り上げられそうになった鋏を逆手に握り、そのまま振り回した手が、何かに当たる。

何か少し柔らかいものに、持っていた鋏の先がずぶりと埋まった。


…………え？

智彰さんが顔を歪《ゆが》めている。

どうしたの、あなた。そんなにお腹を押さえて。

一体何があったというの。智彰さん。あなた。ねえ。どうしたの。

「……大丈夫だ。ちょっと、出かけてくるよ」

本当に大丈夫？
「ああ。……君は、ここにいなさい。その鋏は、危ないからこっちへ」
わかったわ。
でも、その赤いものは何？
智彰さんは答えず、行ってしまう。
私は一人、薔薇園に取り残される。
風が吹き、私は乱れかけた髪を手で押さえ、耳にかける。
そして、ふと我に返った。
私、ここで何をしていたのかしら。
大変。薔薇園が滅茶苦茶《めちゃくちゃ》だわ。葉も茎も、誰がこんなに切り刻んだのかしら。
足元に、ピンクの花びらがたくさん散っている。
いいえ、赤いのもある。
私は庭のタイルに目を向ける。点々と散る赤い花びらが、向こうに続いている。
ああ。
赤い薔薇が咲いているわ。

【extra】向かいの家の猫の話

飯沼貴志《たかし》が初めて相原塔矢と顔を合わせたのは、二年前。

徹夜で賭《か》け麻雀《マージャン》をしてふらふらと朝帰りした日のことだった。

「あ、おはようございます」

これから登校するところだったのだろう。自分の家の門から出てきたところでちょうど飯沼と鉢合わせた塔矢は、ぺこりと小さく頭を下げて、そう挨拶《あいさつ》した。

対する飯沼は、麻雀で勝った後だったので機嫌が良かった。だから、「おー、おはようさーん」と笑って返した。塔矢はまた会釈して、にこりと笑ってみせた。

飯沼が引っ越してきて、二ヶ月ほど経った頃のことだった。

塔矢の家は、飯沼が住むアパートの斜向《はす》かいに建っている。

近所付き合いなどするわけもなく、引っ越しの挨拶もしていない。だから飯沼はこのとき、塔矢の名前も知らなかった。表札を見て、苗字《みょうじ》が『相原』なことはわかったが。

駅の方へと歩いていく塔矢を見送り、今時珍しい子だなと思った。小学生ならまだしも、道で会ったろくに知らない相手にきちんと挨拶するなんて。余程親の躾《しつけ》がいいのだろうなと思いつつ、飯沼はあくびしながら自分の家に入っていった。

このとき、塔矢はまだ中学校の制服を着ていた。

黒い学ランだった。詰襟からのびた首が細くて頼りなくて、ちょっと手をかけたら折れちまいそうだなと思ったのを覚えている。

それからも塔矢は、飯沼と顔を合わせる度に挨拶してくれた。

すれた感じが全くない、いかにも純粋そうな黒い瞳《ひとみ》でこちらを見て、ぺこ、と小さな頭を下げてくれる。こちらも「よお」と片手を上げる。

その程度のやりとりだったが、それが飯沼にはなんだか楽しかった。

この気持ちは、たとえるならアレだ。

近所の家で飼われている猫が、道端で自分に出くわす度に、一回だけするりと脚に体をこすりつけてくれる。そんな感じとよく似ている。

自分とは違う生き物との、ささやかな交流。しかも、他人の家のものだから、こちらには何の責任もない。「元気そうだな」とか「おっ、ちょっと背がのびたんじゃねえの」とか、そんな程度の気持ちだけ持っていればいい。

そのうち塔矢は高校に進学し、制服は学ランからブレザーになった。

それでも変わらず、飯沼と顔を合わせる度に、塔矢はぺこっと頭を下げて挨拶してくれた。おっさんの目にはティーンエイジャーってのは可愛いもんだよなと、そんなことを思いながら飯沼は塔矢に「よお」と片手を振り続けた。

ある夜、飯沼は、駅前で塔矢が男にからまれているのを見つけた。

「こんな時間に何やってんだ、補導するぞケーサツ行くぞこらぁ！」というわめき声が聞こえて、んだようるせえなと思いながら目を向けたら、そこに塔矢がいたのだ。

小太りの中年オヤジが、塔矢の腕をつかんでいた。オヤジの顔は赤く、シャツの裾《すそ》はズボンのベルトの上から半分以上はみ出していて、酔っ払い丸出しな様子だ。塔矢はやめてくださいと声を上げて必死に抵抗しているが、オヤジはそのまま塔矢をどこかに向かって引きずっていこうとしている。周りの通行人は見て見ぬふりだ。

おいおいマジかよと呟《つぶや》いて、飯沼は慌ててそっちに駆け寄った。

「ちょっと待てって、嫌がってんだろーが！　放してやれって！」

「ああん？　んだ貴様ぁこの俺に指図すんのかぁてめこのやろふざけんなクソボケぇ」

「あーはいはいはい、人生辛《つら》いのわかるよー、うんうんわかるわかる！　おとーさんも大変だよね！──けどそれはそれとして、酔っ払いはその辺で寝てろやカス」

すぱん、と飯沼は自分の足先でオヤジの足を軽く払った。オヤジはあっけなくその場に転倒し、腕をつかまれたままだった塔矢も転びかける。トロいなこいつと思いつつ、飯沼は塔矢の体をつかんで引き起こすと、そのまま ぐいと肩を押した。

「おら、行くぞ」

「え、あ、あああのっ、あの人はっ……？　あのままでいいんですか？」

「あーほっとけほっとけ、あーゆーのにかまってもろくなこたぁねーぞ」

転んだまま立ち上がれずにいるオヤジをそのまま放置して、歩き出す。

時間を確認すると、夜の十時半を過ぎていた。飯沼は塔矢を振り返り、

「つかお前、こんな時間に何してんの。自業自得だぜ、あんなのにからまれんのもさあ。また変なのにからまれないうちに帰ろうぜ。おじさんが一緒に帰ってやっから」

「え……──あ」

そこでやっと塔矢は飯沼の顔をまじまじ見つめ、ああそうかこの人はたまに顔を合わせる向かいのアパートの人だと気づいたらしい。

「お前さ、俺の名前知ってる？　向かいに住んでるおじさんなんだけど」

「……知らないです」

「あ、そ。んじゃこれ、俺の名刺ねー。もらってもどーしよーもねーだろーけど」

飯沼はポケットの中をあさり、そこに入っていた名刺をほいと塔矢に渡した。

週刊誌の名前が書かれた名刺を塔矢はおっかなびっくり眺め、それから飯沼を見て、

「……さっきは、どうもありがとうございました」

そう言った。

酔っ払いから助けたことについての礼らしい。「おはようございます」や「こんにちは」がきちんと言える子は、「ありがとうございます」もちゃんと言えるようだ。

「いいっていいって。ご近所のよしみだ。つか、お前、名前は？」

「あ、相原です」

「苗字はもう知ってんだよ、表札見たから。下の名前訊《き》いてんの」

そうだ。このときまで、飯沼は塔矢の名前を知らなかった。

塔矢はぱちぱちとまばたきした後、名乗った。

「……塔矢です」

「あ、そ。んじゃあ塔矢くん、これからはもうお家《うち》には早めに帰るよーに。キミみたいな毛並みの良い子が夜遅くにフラフラしてると、おじさんは心配になっちゃうからね」

世の中には悪い奴がたくさんいるんだからな、と飯沼はそう諭した。

ところが、しばらくしてまた、飯沼は塔矢を夜遅くに見かけた。

駅ビル近くの、自販機が並んでいる横。そこにぼんやりと、塔矢が佇《たたず》んでいたのだ。

「何やってんだお前」

飯沼が声をかけると、塔矢は驚いた顔をした後、ばつの悪そうな様子で目をそらした。

帰るぞ、と飯沼が声をかけると、塔矢は、はいと大人しくついてきた。

そんなことが、それから何度も繰り返された。

塔矢がどのくらいの頻度であそこに立っていたのかは知らない。飯沼だってそこまで暇ではない。ただなんとなく気にするようにはなった。飯沼がわざわざ見に行っても、いないことも勿論《もちろん》あった。

塔矢がいるのを見つけたときには、飯沼は帰るぞと声をかけに行った。

別にそれが大人の義務だと思っていたわけではなかった。何せ飯沼は、普段は十代のアイドルのケツを追いかけ回してスクープを狙っているような下卑た人間だ。

ただ、なんとなく——塔矢に何かあったら寝覚めが悪いなと思ったのだ。

誰だって、向かいの家で飼われている猫がある日迷子になった末に死んだりしたら嫌な気分になるだろう。それと同じだ。


駅から家までは、徒歩十五分の距離だ。

駅前を離れて住宅街に入ると、辺りは途端に暗く静かになっていく。

外を歩いているのはもう自分達だけで、どこかの家のテレビの音が漏れ聞こえてくる以外には、あまり音もしない。

十五分の道程《みちのり》は長くもなく短くもなく、どうでもいい話もどうでもよくない話も両方交わした。

「——お前さあ」

「はい？」

「まさかウリとかしてる？」

「ウリって、売春？　してないですそんなこと」

「じゃあ、何で家帰りたくねえの？　もしかして虐待？」

「だからそういうんじゃないですって。うちは本当に、家族仲いいですよ。皆、すごく普通の人達。円満で幸せな家庭ってやつです」

「じゃあ早く帰ればいいじゃん。円満で幸せな家庭を満喫しろよ」

「家にいると、なんか窮屈なんですよね」

「窮屈ぅ？　何だそりゃ」

「……」

「……」

「……飯沼さん、雑誌の記者なんですよね。どんな記事書いてるんですか」

「あ、話そらしやがったなこのガキ。ま、いいけど。俺はなー、主に芸能ゴシップだな。俳優の○○、女子アナの××と深夜に密会、ホテルへ！　みたいな記事」

「うわー」

「低俗ぅ、みたいな顔すんなよ。そーゆーのを求めてる奴らは多いの。だって気楽だろ」

「気楽？」

「自分と関係ない人間のみっともないところ見て安心したがるんだよ、人間って奴は。なーんにも考えないで読めるしな、そーゆー記事って。……辛くならずに済む」

「辛くなる人もいるでしょ、その女子アナや俳優のファンだったら」

「んなの俺の知ったことかよ。そーゆー奴は読まなきゃいいんだって」

「でも俺の妹、週刊誌の見出しを新聞で見てショック受けてたことありますよ。『推しが三角関係に巻き込まれた！』って。ああいうのって、読む気なくても目に入るじゃないですか。記事に書かれた人も可哀想だし、嘘とか捏造《ねつぞう》も多いんでしょ？」

「じゃあもうお前ら新聞の下半分見るな。ネット記事も金輪際見るなよ。——つか、お前の妹さあ、可愛いよなあ。誰のファンなんだよ、サインもらってきてやろうか」

「ちょっと、うちの妹に手出すのやめてくれません？　大事な妹なんで」

「ガキには興味ねえよ。——つーか、やっぱお前そーゆーとこ、お兄ちゃんなのな」

「……」

「……」

「……」

「……何。どしたよ」

「……俺『お兄ちゃん』って言われるの、苦手で」

「何でよ。『お兄様』とか『兄貴』って言えばいいわけ？」

「……」

「……あ、今日って満月だ」

「ああ？……満月じゃねえだろ。ほら、端の方ちょっと欠けてる」

「そうですか？」

「そうだよ」

「……」

「……」

「……ああ、どっか行っちゃいたいなあ」

「どこ行くんだよ。月か？」

「月、いいなあ」

「マジかよ。何もねえぞ。空気もねえし」

「でも、人がいないでしょ。宇宙飛行士くらいしか」

「人のいないところに行きたいのか？　せめて無人島にしとけ。空気あるぞ」

「あー、空気はあった方がいいかなあ。とにかく、誰も俺のこと知らない場所がいい」

「何でだよ」

「……俺、人に言えない秘密があって。だからここじゃ、自由になれない」

「ほお、秘密？　俺にも言えねえってか」

「飯沼さんには言ってもいいのかもしれないけど。……ああ駄目駄目、だって飯沼さん、記者だし。記事にされたら困る」

「しねーよ！　普通の高校生の秘密なんて誰が読みたいんだよ、金にならんわ」

「そっかあ。俺、一般人でよかった」

少しだけ端の欠けた白い月がぽっかりと浮かぶ下を、飯沼と塔矢は二人で歩いた。

また別の日は、睫毛《まつげ》みたいに細い三日月の下を。

月なんてどこにも見当たらない日もあった。一面曇っていた日もあった。

色々な話をした。今度写真を撮ってくれと頼まれて、いいぜと答えた。この前書いた女優の不倫記事の話をした。塔矢が所属する美術部の顧問の犬の名前を教えてもらった。煙草の値上がりを嘆いたら、禁煙したらと勧められた。無理だと返した。くだらない話もくだらなくない話も両方しながら、徒歩十五分の道程を二人でたどった。

塔矢が言った。

「家族のことは好きなんです」

へえそうかよ、と飯沼は答えた。

「家族は悪くないんです。……俺一人、ちょっとおかしいだけ」

へえそうかよ、と飯沼は答えた。

「家族に言えないことがあって。だから、家にいると苦しくて。自分らしくいられないっていうか。だから、家に帰りたくなくなる。自由になれる場所にずっといたくなる」

——このときの塔矢の言葉にもっと気をつけておくべきだったのだと、随分後になってから、飯沼は思った。

ずっといたくなる、という塔矢の言葉に。

それはつまり、塔矢がもうそんな場所を見つけていたということだ。

おそらくこの頃、すでに塔矢はあの画家と出会っていた。

でも、この頃の飯沼は、自分の隣にいる高校生が無残な死を遂げることになるなんて夢にも思っていなかった。

殺されて、背中の皮を剝《は》がれて、埋められてしまうなんて――予想もしなかった。

だから飯沼は、実に気安い気持ちでこう返していた。

「へえ、それじゃあ、いつかそんなところに行けるといいな」


そういえば最近塔矢を見かけねえな、と思ったのがいつだったか、飯沼はもうよく覚えていない。確か梅雨が始まったくらいの頃だったように思う。

梅雨が終わりかけた頃、たまたま道端で塔矢の妹に出会った。

「そういえば兄ちゃん、最近見かけねえな。どうしてる？」

飯沼がそう尋ねると、妹は可愛い顔を曇らせ、兄がいなくなったことを教えてくれた。

そのとき飯沼は、ああとうとうあいつ家出したのかと思った。

きっと塔矢は自由になれるところとやらに旅立ったのだと。

それから数日後、世話になっている週刊誌の編集部に女優の不倫ネタを持ち込みに行ったときに、副編集長の北上《きたがみ》に声をかけられた。

「おう、飯沼ちゃんよう。お前さん宛てに何か届いてんぞ」

飯沼はフリーの身の上だ。一応ここの編集部の名刺も作らせてはもらっているが、編集部に常駐しているわけではない。だが、たまにこういうこともある。飯沼がどこかで渡した名刺を頼りに、郵便物を送ってくる奴がいる。

渡されたのは何の変哲もない普通の封筒で、差出人は塔矢だった。消印を確かめると、どうやら家出の直前くらいに投函《とうかん》されたものらしい。

開けてみると、灰色の薄いカードと鍵《かぎ》が入っていた。あとはメモ用紙が一枚。

『これが俺の秘密。預かっといて』

北上が横から飯沼の手元を覗《のぞ》き込み、「何だそりゃ」と呟《つぶや》いた。

飯沼も首を捻《ひね》りつつ、まあいいやと思ってそれらを元通り封筒に入れ、バッグに放り込んだ。それよりも仕事の話だ。北上にネタを買ってもらわないといけない。

北上は飯沼が持ち込んだネタを見て、掲載をOKし、それから少し苦笑いして、

「つーかお前、いつまで芸能ゴシップやんの？　もうちょっとマトモな記事書けよ」

「なーに言ってんすか、北上さーん。俺ぁね、芸能ネタに命懸けてっから」

「アレはどうなったのよ。前言ってたやつ、昔の誘拐事件の真相を暴く系の」

「あー、アレねえ……いや、まだよくわかんねえっつーか……記事にはしねえかも」

「ええ？　元プリマのドロッドロの不倫ネタになるかもとか言ってなかったか？」

「なーんかそんな感じになりそうもなくてさ……キナ臭い話ではあるんだけど、ゴシッ

プってわけじゃなくて、もっと違う話な気がして。気になるから調べは続けるけど」

「続けるんなら記事にしろよ。面白い話だったら載せてやるから」

「……いやー、俺、芸能ゴシップ専門だから？　あんまり壮大な話はねえ」

へらりと飯沼が笑うと、北上は何言ってんだよと飯沼を睨《にら》んだ。

「お前、昔はブン屋だったんだろ？　ゴシップ記者に身を落として一生終わんのかよ」

「うっせえな、それも俺の人生だよ」

お説教は勘弁してくれと、飯沼はさっさと北上の前から逃げ出した。

編集部を後にして、バッグの中から塔矢が送ってきた封筒を取り出す。あらためて眺めてみても、なんだかわからなかった。とりあえず預かっておくしかないかと思った。

丹沢の山中で十代と思われる男性の遺体が発見された、というニュースが流れたのは、その日の夕方のことだった。

身元が特定され、それが相原塔矢のものだとわかったのは、さらにその二日後だった。

——嘘だろ、とリアルに声が漏れた。

向かいの家に警察が来るのを、近隣にマスコミが押しかけるのを、塔矢の家族が泣きながらどこかから戻ってくるのを、飯沼は全て自宅の窓から見ていた。

インターホンが鳴り、ドアを開けたらテレビ屋を名乗る奴が「相原塔矢くんを知っていますか」と訊《き》いてきたときには、無言でドアを閉めた。ちょっとコンビニに行くだけでも、記者やらリポーターやらの猛アタックをかいくぐる必要があった。どいつもこいつも相原塔矢がどんな少年かを知りたがっていた。記事にするためだ。ニュースにするためだ。遺体が山中に埋められていたこと、被害者がしばらく行方不明だったこと、そうした事実を並べた後には、被害者の人となりに言及するのが定型だからだ。彼は近所の人に挨拶《あいさつ》する真面目な少年だった、高校では美術部だった、彼の将来の夢は——そういう風にまとめると、記事として美しいからだ。

飯沼にも覚えがある。

かつて新聞記者だった頃、飯沼もそんな風に幾つも記事を書いた。

あるとき、取材先で、飯沼は子供が川で溺《おぼ》れているのを見た。

水の中でもがく小さな姿を見て、慌てて飯沼は川に飛び込み、助けに向かった。

だが、飯沼がたどり着く前に、子供は水に沈んだ。

飯沼は子供を見失い、水の中に潜って必死に探し——見つけたときには、もう子供に息はなかった。まだ幼児だった。その後、搬送された先で、死亡が確認されたと聞いた。

会社に戻り、上司に何があったか伝えたら、すぐに遺族のもとに行けと言われた。

助けられなくてすみませんと謝罪しろということかと思ったら、違った。

記事にするために話を聞いてこいということだった。

——お前は子供を助けようとしたんだろ。なら、きっと色々話してくれるさ。

――その子がどんな子供だったか、何が好きだったか、そんな泣ける話を聞いてこい。

――溺れたときの状況も、詳しく書けるだろ。お前はその場にいたんだからな。

上司の言う通りに遺族のもとを訪れ、泣き崩れている母親に、飯沼は死んだ子供の思い出話を聞いた。新幹線とサッカーボールが好きだった。将来の夢は駅長さん。うつろな気分でそれらをメモし、記事にまとめ、辞表と一緒に上司に出した。

もうたくさんだった。クソみたいなお涙頂戴《ちょうだい》記事で食っていくくらいなら、クソみたいな芸能人の惚《ほ》れた腫《は》れたの記事で食っていく方がましだと思った。

塔矢から送られてきたカードと鍵を取り出し、飯沼は己の髪をかきむしった。

「何が『俺の秘密』だよ……どこの鍵なのかくらい書いとけやクソガキ……っ」

呟いて、自分の部屋の壁を蹴《け》る。数秒おいて、隣の部屋から、どんと壁を蹴り返す音がする。うるせえぞ畜生と叫んでもう一度蹴りつけたら、しんと静かになった。

静かになったらなったで今度はその静寂に耐えられなくなって、飯沼は頭を抱えて床に座り込んだ。そのまま横倒しに転がり、目を閉じる。胸に穴があいたような気分だった。なぜ自分がそんなに塔矢の死にショックを受けているのかわからなかった。あれは向かいの家の猫だ。自分のではない。そこまで悲しむ必要なんてない。いつもみたいにへらへら笑って、ああそりゃ可哀想だねえと呟いて済ませればいいはずなのに。

自分の中にこんな感情が残っていることが、意外だった。

「何で俺だったんだよ、塔矢……」

クソみたいな人生を送っている自覚は十分にある。

自分はクズだと知っている。

それでも――……塔矢と歩くあの十五分は、このクソみたいな人生の中で、決して悪くはない時間だった。

塔矢も、そうだったのだろうか。

だからこんな自分に、己の大事な秘密を預けたのだろうか。


「……だからさあ、秘密って何なんだよ……」

呟いて目を開けたら、目の前の床に、塔矢のカードと鍵が転がっていた。

これが送られてきたときの差出人氏名をもし北上が覚えていたら、「飯沼ちゃぁん」と舌舐めずりしながら連絡を寄越《よこ》すかもしれない。

そう覚悟していたのだが、今のところ何の連絡もなかった。北上も編集部の他の奴らも、フリーの記者宛ての郵便になどさして興味もなかったのだろう。

つまり、このカードと鍵の存在は、今おそらく飯沼しか知らない。

――飯沼は手をのばし、それらを握りしめた。


ブン屋時代に親しくなった刑事は今でも刑事をしていて、驚いたことに塔矢の事件の担当だった。

記事にはしないからという約束で、飯沼は塔矢の事件の情報を教えてもらった。

塔矢の遺体は背中の皮膚が剝《は》がされていたと聞いて、高槻のことを思い出した。失踪《しっそう》時の、まるで神隠しのごとき状況も似ているように思えた。

藁《わら》にもすがるような気持ちで青和大を訪れてはみたものの、高槻は自分の神隠し事件の真相を知らず、たいした役には立たなかった。

手がかりはもう、塔矢が飯沼に預けた鍵しかない。たぶんトランクルームの鍵だろうと当たりをつけて、都内にあるトランクルームを片っ端から調べて回った。

気の遠くなるような数を巡った末に、池袋《いけぶくろ》のビルで当たりを引いた。カードキーのリーダーに灰色のカードをかざした瞬間、鍵が開く音がしたのだ。

塔矢が借りていたのは、一番小さなロッカーだった。駅のコインロッカーと変わりない大きさのやつだ。

鍵を回すときには、少し手が震えた。かちゃりと小さな音を立てて、鍵は開いた。

中を覗いて、飯沼は茫然《ぼうぜん》とした。

ロッカーの中には、塔矢が家族に隠したかった秘密が詰まっていた。

……どうして、とも思ったし、なんとなく腑《ふ》に落ちたような気持ちもあった。

『お兄ちゃん』と呼ばれるのが嫌で、家に帰りたくなかった塔矢。

塔矢は、自分の家族を評して「普通の人達」と言った。自分一人がおかしいのだと。

つまり塔矢は、自分がどんな人間なのかを自覚したとき、それを「おかしい」と思ってしまったのだ。

だから、家族には言えなかった。秘密にした。なけなしの小遣いをはたいて安い服やアクセサリーを買い漁《あさ》り、ロッカーを借りてそこに全てを隠した。

今ならわかる。塔矢の帰りがよく遅くなっていたのは、女の子の格好をして外を歩いていたからだったのだ。家族の目につかない場所で好きな格好をして、自由な気持ちを味わって、また着替えて地元駅に戻ってきて——でも、家に帰ったら、『お兄ちゃん』と呼ばれるのだ。家族のことは好きだったが、『お兄ちゃん』としての自分は、塔矢が望む本来の姿とは違っていたのだろう。だから、帰りたくなかったのだ。


その後、塔矢の事件の犯人は逮捕され、日本のエド・ゲインなどと呼ばれて、連日ワイドショーや週刊誌を騒がせた。

だが、被害者が未成年だったことも影響してか、塔矢が女装を好んだことなどはマスコミには情報として出なかったらしい。どの週刊誌を読んでも、ひと言も触れられていなかった。知っているのは一部関係者だけということだ。

つまり、記事にしたら、スクープになる。

そもそもの事件自体がショッキングだし、塔矢本人を知り、その秘密を託された飯沼には、たぶんどの記者よりも泣ける記事を、読ませる記事を書くことができるだろう。

「……書くか馬ぁ鹿。俺は芸能ゴシップ専門だっての」

駅前にある馴染《なじ》みの呑《の》み屋《や》で一人きり呑みながら、飯沼はそう呟《つぶや》いた。

塔矢が隠していた秘密は今なお、飯沼の部屋の片隅に、紙袋に入れて放置してある。

塔矢の家族に遺品として持って行こうかと一瞬考えないでもなかったのだが、塔矢はこれを家族に隠しておきたかったのだ。そう思うと、渡しにはいけない。

しかし、どうしたものかと思う。あのまま永遠に放置しておくのもな、と。

いつか機会を見て寺にでも持っていき、供養してもらうのが妥当だろうか。

「どーせどれもこれも安物だからなあ……売るとか、女にあげるってわけにもなあ……」

「何だよ飯沼ちゃん、今日は随分くだ巻いてんじゃん」

ぽん、と背中を叩《たた》かれて振り返ると、そこに北上がいた。

北上のところの週刊誌も、塔矢事件についての記事を載せていた。大して面白みもない、憶測だらけのぐだぐだな記事だったから、破って捨ててしまったが。

北上に、塔矢は個人的な知り合いだったと伝えたら、きっと記事を書けと言うだろう。

「珍しいね、飯沼ちゃんがそんな酔っ払ってんの。どーした、何かあった？」

「……ああ、猫がね」

飯沼はぐすりと洟《はな》をすすり、言った。

「猫が死んじまって。近所で飼われてた、毛並みのいい、可愛い猫だったんだけど」

「猫ぉ？　飯沼ちゃん、猫好きだったっけ？」

「そんなでもねえけど。でも、その猫とは、仲良かったのよ俺」

「そっかー、そりゃ可哀想だったねえ」

北上はそう言って、自分のテーブルに戻っていった。

飯沼はよろよろと立ち上がり、会計を済ませて店を出た。

時計を見ると、夜十時半。よく塔矢が駅前に立っていた時刻だ。

よくあの辺りの自販機の横にいたよな――と思って、視線を巡らせたときだった。


相原塔矢が、そこにいた。


見間違いかと思った。何度も何度も目を擦《こす》った。酒のせいかとも思った。

でも、そこに立っているのはやはり塔矢だった。

何だよ死んでなかったんじゃねえかと、そう思いながら飯沼は塔矢に歩み寄った。

塔矢は高校の制服姿で、飯沼が近づいてくるのに気づくと、にこりと笑った。

「何やってんだお前」

飯沼が言うと、塔矢は困ったような顔をしてみせた。

「帰るぞ」

飯沼が言うと、塔矢はこくりとうなずいた。

駅前を離れて、歩き出す。

「お前の荷物な、ロッカーから出したぞ。俺が預かってる」

そう、と塔矢はうなずいたようだった。

「安物ばっかなのな。今度俺が、もうちょっといいやつ買ってやろうか」

いらないよ、と塔矢は首を横に振ったようだった。

「つーかお前、あんま心配させんなよ」

ごめんなさい、と塔矢は言ったようだった。

「俺はさ、お前がどんな服着てようと、ゲイだろうと、気にしなかったぜ」

そうかな、と塔矢は首をかしげたようだった。

「……いや、悪い、やっぱちょっとは驚いたと思う。えええマジで、って言ったかも」

だよね、と塔矢は笑ったようだった。

「でも本当、言ってくれりゃよかったのによ。お前の家族だって、聞いてくれただろ」

そうかもしれないね、と塔矢は呟いたようだった。

いつもの徒歩十五分の道程《みちのり》を、飯沼はその夜、倍くらいの時間をかけて歩いた。

ゆっくりゆっくり、惜しむように、大事に歩いた。

住宅街は静まり返り、空に月は見当たらなくて、すれ違う者もいなかった。

煙草が吸いてえな、と飯沼は思った。路上喫煙禁止なんてクソくらえだ。

なのに、煙草を取り出したら、塔矢が首を横に振った気がした。

舌打ちしてまた煙草をしまい、ポケットに両手を突っ込んで、飯沼は歩き続けた。

死んだ後くらい好きな格好すればいいのに、と言ってやりたかったが、やめておいた。

どれだけゆっくり歩いても、前に進む以上、いずれは目的地に着く。

塔矢の家の前で足を止め、飯沼は言った。

「じゃあな。おやすみ」

いつもここでそう言って、塔矢と別れていたのだ。

塔矢は静かに自分の家を見上げていた。

立ち去りがたくて、飯沼はその姿を見つめ続けた。

一瞬でも目をそらしたら塔矢は消える。

なぜだかそうわかっていた。

そのときだった。

がちゃり、と塔矢の家の玄関扉が開いて、塔矢の妹が顔を出した。

「——あれ」

飯沼を見て、驚いた顔をする。

飯沼もまた驚いて、

「お、どした。こんな時間に」

「あ、ううん、なんか……誰か来たような気がしたもんだから」

塔矢の妹がそう言って辺りを見回し、ううん気にしないでと苦笑する。

あっと思って飯沼が己の横に視線を戻すと、そこにはもう塔矢の姿はなかった。

塔矢の妹が、それじゃあと言って家の中に引っ込もうとする。

その瞬間、飯沼には、己のすべきことがわかった。

「──待った！」

大声でそう呼びかけると、塔矢の妹はびっくりした顔で振り返った。

「いいからちょっとそこで待ってろ！　すぐ戻るから！」

飯沼はそう言って、大急ぎで自分の家に入り、塔矢のものが入った紙袋をひっくり返した。ブラウス。ニット。パンプス。ウィッグはまずいだろう。何なら自然に渡せるだろうか。スカートを引っ張り出したとき、何かがころころと床の上に転がった。

銀色のイヤリングだった。星の形をした、安っぽいが可愛いデザインのもの。

飯沼は迷わずそれを手の中に握り込み、また外に飛び出した。

塔矢の妹は、飯沼に待てと言われたまま、自宅玄関の前に立っていた。

飯沼は彼女に向かって、握《にぎ》り拳《こぶし》を突き出した。

「これ！」

「え？」

「これ、あの、塔……お兄ちゃんから、君に」

「え……」

戸惑う妹の手を取り、飯沼はイヤリングをその中に落とす。

妹の困惑が増すのがわかり、飯沼は慌てて脳味噌《のうみそ》をフル回転させて、

「これ、俺が預かってたんだ。妹へのプレゼントなんだって言われて。でも家に置いとくと見つかっちゃうかもしれないから、サプライズで渡したいから、預かっててって頼まれて。ごめん、ずっと渡しそびれてた」

早口でまくし立てながら、しっかりしろよ俺、と飯沼は思う。でっち上げの記事ならいくらでも書いてきたのに、もう少しもっともらしいことを言えないのかと。というか、せめて何か袋にでも入れてくるべきだったかもしれない。剝《む》き出しのままプレゼントと言われても、信じられるわけがない。

塔矢の妹は手の中のイヤリングを見つめている。

飯沼は必死に塔矢のことを思い出し、

「前に塔矢が言ってたんだ。君のこと……『大事な妹』なんだって」

——その途端のことだった。

何かが突然決壊したかのように、塔矢の妹の目にどっと涙があふれた。

人というのはこんな一瞬で泣き顔に変わるのだろうかというくらいの唐突さだった。イヤリングを両手で包むようにしているせいで涙も拭《ぬぐ》えぬまま、全身を震わせて塔矢の妹は泣き始める。何だどうしたおいしっかりしろと、飯沼はおろおろあたふたと己が両手をさ迷わせた末に、ティッシュはあっただろうかとポケットをあさった。ない。古い

レシートと、道端で渡された風俗のチラシしかない。

そのとき、塔矢の妹が、激しくしゃくりあげながら言った。

「……あ、あたし、ずっと、お、おに、お兄ちゃんに、嫌われてるのかと思ってた……」

「え？」

「お、お兄ちゃん、『お兄ちゃん』って呼んだら、いつも、嫌そうな顔したから……っ」

「それは――それはさ、違う理由があったからだよ」

「ち、違う理由って、て何？」

「……それは俺も知らないけど」

飯沼はそう言って、わざと嘘をついた。そうするのが正しい気がしたからだ。たぶん家族は、塔矢が女装して家を出たことを警察から聞かされているのだろうけれども。

じゃあな、と言って、飯沼は塔矢の妹に背を向けた。自分のアパートに戻ろうとする。

そのとき、飯沼の背中に向かって、塔矢の妹が言うのが聞こえた。

「おやすみなさい！」

それはいつも、塔矢が飯沼と別れるときに言っていた言葉だった。

飯沼は振り返り、ふっと笑った。

そして、「じゃあな。おやすみ」と言って、ひらりと手を振った。

《参考文献》
・『日本現代怪異事典』朝里樹（笠間書院）
・『日本現代怪異事典　副読本』朝里樹（笠間書院）
・『21世紀日本怪異ガイド100』朝里樹（星海社 e-SHINSHO）
・『耳袋1』根岸鎮衛（平凡社ライブラリー）
・『画図百鬼夜行』鳥山石燕（国書刊行会）
・「怪談はどのように語り継がれてきたのか」『望星　二〇二三年十一月号』東雅夫（東海教育研究所）
・『心霊スポット考　現代における怪異譚の実態』及川祥平（アーツアンドクラフツ）
・『妖怪談義』柳田國男（講談社学術文庫）
・『遠野物語・山の人生』柳田国男（岩波文庫）
・『夢で田中にふりむくな　ひとりでは読めない怖い話』渡辺節子・岩倉千春編著（ジャパンタイムズ）
・『神隠し―異界からのいざない』小松和彦（弘文堂）
・『竜潭譚』泉鏡花（千歳古典名作文庫）

《参考HP》
・「Ａｌｐｈａ‐ｗｅｂ　怖い話」アーカイブ

本書は書き下ろしです。
この作品はフィクションです。実在の人物、団体等とは一切関係ありません。

准教授《じゅんきょうじゅ》・高《たか》槻《つき》彰《あき》良《ら》の推《すい》察《さつ》10

帰《かえ》る家《いえ》は何処《どこ》に

澤《さわ》村《むら》御《み》影《かげ》

令和6年 3月25日 初版発行

発行者●山下直久

発行●株式会社KADOKAWA
〒102-8177 東京都千代田区富士見2-13-3
電話 0570-002-301(ナビダイヤル)

角川文庫 24092

印刷所●株式会社暁印刷
製本所●本間製本株式会社

表紙画●和田三造

●お問い合わせ
https://www.kadokawa.co.jp/ (「お問い合わせ」へお進みください)
※内容によっては、お答えできない場合があります。
※サポートは日本国内のみとさせていただきます。
※Japanese text only

ISBN 978-4-04-113794-9 C0193

角川文庫発刊に際して

角川源義

第二次世界大戦の敗北は、軍事力の敗北であった以上に、私たちの若い文化力の敗退であった。私たちの文化が戦争に対して如何に無力であり、単なるあだ花に過ぎなかったかを、私たちは身を以て体験し痛感した。西洋近代文化の摂取にとって、明治以後八十年の歳月は決して短かすぎたとは言えない。にもかかわらず、近代文化の伝統を確立し、自由な批判と柔軟な良識に富む文化層として自らを形成することに私たちは失敗して来た。そしてこれは、各層への文化の普及滲透を任務とする出版人の責任でもあった。

一九四五年以来、私たちは再び振出しに戻り、第一歩から踏み出すことを余儀なくされた。これは大きな不幸ではあるが、反面、これまでの混沌・未熟・歪曲の中にあった我が国の文化に秩序と確たる基礎を齎らすためには絶好の機会でもある。角川書店は、このような祖国の文化的危機にあたり、微力をも顧みず再建の礎石たるべき抱負と決意とをもって出発したが、ここに創立以来の念願を果すべく角川文庫を発刊する。これまで刊行されたあらゆる全集叢書文庫類の長所と短所とを検討し、古今東西の不朽の典籍を、良心的編集のもとに、廉価に、そして書架にふさわしい美本として、多くのひとびとに提供しようとする。しかし私たちは徒らに百科全書的な知識のジレッタントを作ることを目的とせず、あくまで祖国の文化に秩序と再建への道を示し、この文庫を角川書店の栄ある事業として、今後永久に継続発展せしめ、学芸と教養との殿堂として大成せんことを期したい。多くの読書子の愛情ある忠言と支持とによって、この希望と抱負とを完遂せしめられんことを願う。

一九四九年五月三日